Marina Simcoe

La Caresse du Serpent

PARTIE 1

LA RIVIÈRE DES BRUMES

La Caresse du Serpent

Copyright © 2022 Marina Simcoe

Tous droits réservés. Aucune partie de cette publication ne peut être reproduite, distribuée ou diffusée sous quelque forme ou par tout autre moyen, y compris la photocopie, l'enregistrement ou d'autres méthodes électroniques ou mécaniques, sans l'autorisation écrite préalable de l'auteur, sauf dans le cas de brèves citations figurant dans des critiques et de certaines autres utilisations non commerciales autorisées par la loi sur le droit d'auteur. Pour les demandes d'autorisation, veuillez contacter l'auteur.

Marina Simcoe

Marina.Simcoe@Yahoo.com

Facebook/Marina Simcoe Author

Ce livre est une œuvre de fiction. Les noms, les personnages, les lieux et les événements sont le fruit de l'imagination de l'auteur. Les noms locaux et de lieux publics sont utilisés pour créer l'ambiance du roman. Toute ressemblance avec des personnes réelles, vivantes ou mortes, ou avec des entreprises, des sociétés, des événements, des institutions ou des lieux est totalement fortuite.

Première Édition

Traduit par : Kahina O.

Corrigé par : Alorthographe

La Caresse du Serpent est un roman de fantasy avec une histoire d'amour entre un homme et une femme. Il vise un public adulte.

 Réalisé avec Vellum

La Caresse du Serpent

TOME 1

MARINA SIMCOE

AMIRA

— **B**on spectacle, dis-je en tendant deux tickets à un couple de personnes âgées dans la file.

Ils se dirigèrent vers les tentes rayées aux abords de la fête foraine, l'homme soutenait sa compagne par le coude.

Bien que nous soyons en janvier, c'était une journée chaude et ensoleillée dans le sud des États-Unis. Nous avions allumé les lumières multicolores du panneau peint à la main « Ménagerie de Madame Tan », au-dessus de l'entrée des tentes, mais elles étaient pâles sous le soleil vif.

Je n'arrivais pas à me souvenir du nom de la ville où se tenait la foire cette semaine. Mais cela n'avait pas d'importance de toute façon. La semaine suivante, nous irions dans une autre ville, avec un autre nom que j'oublierais vite aussi.

Radax, l'un des hommes de Madame Tan, fit entrer deux personnes âgées dans les tentes, puis rabattit le volet de toile rayée derrière elles. Madame était sur le point de commencer une nouvelle visite de sa ménagerie.

Un jeune couple se précipita vers mon stand.

— Oh non !

— Est-ce qu'on a raté le spectacle ?

Le jeune homme saisit fermement le bras de la fille qui tenait dans son autre main un morceau de barbe à papa sur un bâton.

J'étirai mes lèvres en un sourire, que Madame exigeait de tout son personnel lorsque des clients étaient présents.

— Le prochain est dans quarante-cinq minutes. Vous pouvez attendre ici ou revenir plus tard.

C'était en fait encore un adolescent, probablement un lycéen, il passa une main sur les tresses sombres et soignées de son amie.

— Qu'est-ce que tu veux faire ? demanda-t-il à sa copine. Attendre ?

La fille haussa les épaules en prenant un morceau de sa barbe à papa.

— Peu importe. On peut traîner dans le coin.

— D'accord. Deux billets, s'il vous plaît.

Le garçon glissa un billet de cinquante dollars à travers la découpe du plexiglas qui me séparait du reste du monde. Il lança un regard fier à la fille, comme pour s'assurer qu'elle remarquait bien l'argent. Ou était-il peut-être simplement heureux de pouvoir se permettre de lui faire plaisir.

Elle sourit, en renvoyant ses fines tresses noires par-dessus son épaule.

Je comptai la monnaie et lui remis les deux tickets. Il les fourra dans sa poche arrière et se retira, en entraînant la fille avec lui.

Elle prit un morceau de sa barbe à papa et le lui offrit.

— Est-ce que tu en veux ?

Il lui tint le poignet tout en mangeant la friandise de sa main, puis lui lécha le doigt. Elle gloussa, et retira sa main d'un coup sec. Il la rattrapa par la taille.

— C'est sucré, comme toi, dit-il, et il embrassa ses lèvres charnues et souriantes.

Cela ressemblait à un petit moment privé, même s'ils le faisaient au milieu de la foire bondée. Je ne devais pas les regarder, mais je ne parvenais pas à détourner mes yeux de la scène.

Le couple était plus jeune que moi de quelques années. Mais

bon, personne ne pouvait dire quel âge j'avais vraiment. Radax, qui m'avait trouvée presque vingt ans auparavant, pensait que je devais avoir environ vingt-quatre ou vingt-cinq ans aujourd'hui. Pourtant, contrairement à ces jeunes, on ne m'avait jamais embrassée. À part les quelques rares baisers amicaux sur la joue et les câlins rapides de Radax, qui avait toujours été comme un grand frère pour moi, jamais un homme ne m'avait touchée.

Le garçon pressa les fesses de la fille, puis glissa sa main sous son t-shirt. J'imaginai sa paume contre sa peau sombre et lisse sous son petit haut. Quel effet ce contact avait-il ?

La fille passa son bras autour de son cou, et se serra contre lui. Que ressentait-elle en se faisant embrasser aussi intensément ?

— Combien coûte un billet, ma belle ? demanda une voix masculine qui me tira de mes rêveries.

Surprise, je bondis de mon tabouret en bois. Lorgner les gens au lieu de faire mon travail était le meilleur moyen de m'attirer des ennuis avec Madame.

Un petit groupe de jeunes me dévisageait derrière le plexiglas.

Je me raclai la gorge et montrai du doigt le panneau peint à ma droite.

— Le prix est indiqué ici.

Le jeune homme de devant, aux boucles blondes balayées par le vent et au visage fortement bronzé, me scruta attentivement. M'avait-il surprise à regarder les adolescents s'embrasser ?

Mes joues se mirent à chauffer. J'enfonçai mon menton dans la large écharpe que je portais autour du cou malgré la chaleur du kiosque.

— Est-ce que le spectacle est bien ? demanda le blond, sans même jeter un coup d'œil au panneau qui indiquait le prix.

— C'est le seul en son genre, répétai-je machinalement en prononçant les mots que je connaissais par cœur. Du jamais vu pour les habitants de la Terre.

— Et ces gens-là ? dit-il en désignant le groupe de visiteurs qui commençait à sortir de la tente.

La dernière programmation de la ménagerie était terminée.

Une file de nouveaux clients se formait déjà derrière le gars blond et ses amis, qui attendaient d'acheter des billets pour la prochaine. Madame faisait plusieurs visites par jour, en plus de ses spectacles VIP.

— Ces gens viennent juste de le voir, alors vous ne pouvez pas prétendre que c'est du jamais vu, ajouta le blond qui ricana, en poussant du coude le plus proche de ses camarades, pour l'inviter à se joindre à la rigolade.

Je le regardai droit dans ses yeux bleus de bébé.

— *Ils* l'ont vu, mais pas vous. Voulez-vous acheter un billet ?

Il tourna la tête vers ses amis.

— Elle est plutôt vive, hein ? (Il plissa les yeux vers moi.) Et mignonne, aussi, dans le genre gothique.

Gothique ?

J'avais déjà entendu ce mot, mais je ne connaissais pas sa signification exacte. Même si j'étais née et que j'avais grandi dans ce monde, je connaissais peu de choses sur la vie en dehors de la ménagerie.

Un de ses amis se moqua, en me regardant de travers.

— Elle est mignonne, d'accord. Comme Mercredi Addams. Je parie que toutes ses poupées n'avaient pas de tête.

Qu'est-ce que cela voulait dire ?

Je n'avais pas eu de poupées dans mon enfance ni aucun jouet d'ailleurs. Pas de temps pour jouer. D'aussi loin que je me souvienne, j'avais toujours travaillé à la ménagerie, et mes corvées avaient augmenté en nombre au fur et à mesure que je grandissais. Tout comme l'école, les amis ou la famille, les poupées étaient un concept abstrait pour moi. Je savais que c'était un objet pour enfant, mais je n'en avais jamais possédé une.

Et même si j'en avais eu... pourquoi auraient-elles été sans tête ?

Les hommes étaient incompréhensibles. Ou du moins, ils l'étaient pour moi. Un début de malaise me picota la peau. Je voulais que le groupe s'en aille, avec un billet ou non.

Malheureusement, ils avaient l'air de trop s'amuser pour passer à autre chose.

Un autre me lança un regard inquisiteur.

— On dirait un fantôme, Brad.

Je m'enfonçais encore plus dans mon écharpe, souhaitant y disparaître complètement.

— Voulez-vous acheter des billets ? répétai-je, en évitant tout contact visuel.

Le blond, Brad, déposa une carte en plastique sur le comptoir.

— Impatiente, hein ? dit-il avec un sourire narquois.

Je ne touchai pas sa carte.

— Hum, uniquement du liquide, s'il vous plaît.

Madame refusait de s'embarrasser des machines nécessaires au traitement de toute autre forme de paiement. «Si les gens n'ont pas d'argent liquide, je ne veux pas d'eux ici», disait-elle. «C'est déjà bien suffisant que je sois réduite à accepter leur pathétique monnaie de papier. Je ne vais pas traiter avec des promesses de crédit en plastique d'humains qui ne tiennent jamais leurs promesses. Les gens respectables font du commerce avec de l'or et des bijoux. »

On ne m'avait jamais proposé d'or ou de bijoux en échange d'un billet pour le spectacle. Donc je supposai que personne dans ce monde n'était une «personne respectable» aux yeux de Madame.

Brad me fixa du regard, visiblement irrité.

— Quoi ? Pourquoi seulement du liquide ? Qu'est-ce qui ne va pas avec ma carte ?

Il saisit la carte puis la frappa contre le plexiglas, en s'appuyant si fort dessus que je craignis qu'il ne brise la cloison fragile.

— Hein ? Qu'est-ce qui ne va pas avec ? cria-t-il presque.

Je tressaillis, et reculai le plus possible sur mon tabouret sans risquer d'en tomber.

— Hé, tu lui fais peur, lança un membre du groupe qui passa par derrière Brad et posa un billet de cent dollars sur le comptoir.

Je glissai ma main par la petite ouverture pour le saisir, mais Brad attrapa mon poignet.

— Non, dit-il avec un petit sourire en coin. Je veux que tu sortes de cette cabine, ma belle, et que tu le prennes ici. (Avec une main autour de mon poignet, il m'arracha le billet des doigts avec l'autre.) Sors et viens faire un tour avec moi.

— Je dois travailler... répondis-je en essayant de retirer mon poignet, mais il ne lâcha pas prise.

— Le travail peut attendre.

Un homme dans la file derrière le groupe protesta en ma faveur.

— Laissez-la tranquille !

— Hé ! Qu'est-ce qui se passe ? cria quelqu'un d'autre. Achetez vos billets et circulez. On attend, là !

— Va te faire foutre ! grogna Brad par-dessus son épaule.

— Il y a un problème ? gronda la voix grave de Radax à proximité alors qu'il s'approchait de la file de personnes agitées, sa grande silhouette dominant tout le monde.

— Et qui es-tu, bordel ? lâcha Brad sèchement à Radax, en redressant ses épaules.

Cependant, sa bravade se dissipa rapidement. La plupart des fauteurs de trouble reconsidéraient leur comportement dès qu'ils voyaient Radax.

Plus grand d'au moins une tête que n'importe qui dans la file, Radax était aussi beaucoup plus large. Il croisa ses bras sur son vaste torse. Ses biceps épais ressortirent en tendant les manches courtes de son t-shirt noir.

— Qu'est-ce qui se passe ? demanda-t-il à Brad, qui le regarda longuement.

Le jeune homme blond dut pencher sa tête bien en arrière pour croiser les yeux sombres de Radax, au-dessus de lui.

Radax était un *brack*, un des membres du personnel de Madame. Et tous ses *bracks* se ressemblaient beaucoup : grands, larges, avec un crâne rasé et des muscles énormes. Tous avaient un tatouage qui encerclait leur cou et couvrait tout leur bras droit.

Contrairement aux autres, Radax affichait également une barbe fournie, ce qui ne le rendait pas plus sympathique.

Leur apparence n'était pas trompeuse. Ils étaient dangereux. J'avais été témoin de leur force inhumaine à plus d'une occasion. N'importe lequel d'entre eux pouvait facilement soulever cette cabine, avec moi et le tabouret à l'intérieur.

Radax étira son cou épais. Les lignes de son tatouage remuèrent tandis que les muscles se contractaient sous sa peau.

— J'ai demandé s'il y avait un problème ici ? répéta-t-il alors que Brad semblait ne plus trouver ses mots.

Le blond déglutit difficilement, puis se redressa, en sortant de sa stupeur.

— Ouais ? Et si c'était le cas ?

Il pencha la tête et prit une position plus ample. Malgré le défi dans son ton, il lâcha ma main. Je la repris et la cachai dans mon sweat à capuche.

Face au regard de Radax, Brad fit un pas en arrière. Il devait penser qu'il se mettait ainsi hors de portée de son poing. Il ne savait pas que les *bracks* se déplaçaient rapidement, bien plus vite que leur taille et leur poids ne le permettaient. Si Radax était suffisamment en colère, aucun endroit n'était à l'abri de sa rage. Heureusement pour Brad et ses semblables, Radax avait beaucoup de sang-froid.

— S'il y a un problème, j'ai une solution, dit-il d'un ton posé. Soit vous achetez un billet, soit vous emportez votre argent ailleurs. Il se pencha légèrement et ajouta avec un grognement d'avertissement : dans les deux cas, vous laissez la fille tranquille.

Brad se figea sous le regard de Radax.

Son ami lui prit rapidement le billet de cent dollars et lui donna un coup de coude.

— On y va, mec.

— Rien à foutre de ce spectacle à la con, lança un autre membre du groupe d'une voix molle. Allons chercher de la bière.

Le groupe bruyant partit finalement, en traînant les pieds sur la terre battue du champ de foire.

Je glissai un regard reconnaissant à Radax. *Tu peux y aller*, murmurai-je pour qu'il lise sur mes lèvres, en jetant un coup d'œil aux tentes.

La prochaine représentation allait bientôt commencer. Madame avait besoin de lui là-bas. Si elle constatait son absence, elle serait mécontente. Et si elle découvrait que son absence était de ma faute, elle se mettrait probablement en colère et le punirait. Encore une fois.

Comme c'était Radax qui m'avait amenée à la ménagerie, Madame le tenait souvent pour responsable de mes erreurs. Radax avait été fouetté plus de fois que je ne voulais m'en souvenir.

Tu peux y aller, lui murmurai-je encore, en penchant la tête vers l'entrée où un nouveau groupe de clients s'était déjà rassemblé, dont les deux amoureux du lycée à qui j'avais vendu les billets plus tôt.

Je me retournai vers la file de personnes derrière ma vitre.

— Combien ? demandai-je au client suivant.

Du coin de l'œil, je vis Radax retourner à la tente et je lâchai un soupir de soulagement. Avec un peu de chance, il ne subirait pas de châtiment aujourd'hui.

Deux

AMIRA

J'avais presque fini de balayer la pièce vide à l'intérieur d'une tente lorsque Krin, l'un des *bracks* de Madame, apporta une énorme caisse en bois. Un camion l'avait livrée plus tôt dans la matinée et l'avait déchargée dans la cour pendant que les *bracks* prenaient leur petit déjeuner.

— Pousse-toi de là, me siffla Krin.

Je me précipitai vers la paroi de toile rayée tandis qu'il dégageait un cadre métallique massif de la caisse.

Une énorme créature était enchaînée au cadre. Elle se tenait debout, les bras et les jambes écartés comme une étoile de mer, les chevilles et les poignets enfermés dans des menottes métalliques.

Au fil des années, j'avais vu de nombreux animaux étranges intégrer la ménagerie de Madame. Les *bracks* les traquaient et les capturaient à Nérifir, le monde originaire de Madame et des bracks. Radax m'avait expliqué qu'elle ne pouvait pas retourner sur Nérifir. Mais ses *esclaves* voyageaient entre les dimensions, pour ramener des choses merveilleuses et des bêtes magnifiques de ce royaume magique.

Celui-ci avait cependant une apparence humaine troublante.

Ses proportions distordues lui donnaient l'apparence de la version la plus grotesque d'un homme.

C'était très certainement un *mâle*, un énorme pénis pendait entre ses cuisses musclées. La créature était partiellement couverte de fourrure noire. Cependant, il n'y en avait pas assez pour couvrir tout son corps. Des plaques de fourrure poussaient sur ses larges épaules et ses hanches étroites, sur une partie de son entre-jambes et de ses cuisses, laissant sa peau grise à nu à d'autres endroits.

— Où est-ce que Madame veut qu'on le mette ? demanda Krin à un autre *brack*, Dez, qui le suivait.

Je n'avais pas vu Dez depuis des mois. Il avait quitté la ménagerie, mais pas pour Nérifir. Madame avait évoqué une fois que Dez s'occupait pour elle d'une bête dans un autre emplacement du pays. Je me demandai si c'était cette créature que Dez avait gardée.

Dez haussa les épaules.

— Mets-le ici pour l'instant.

La créature grogna et fit claquer ses dents aiguisées. De la salive coula de ses crocs. Elle grésilla et fuma quand elle atterrit sur la terre battue du sol de la tente.

— Doucement, *voukalak*, ordonna Dez qui enfonça un poing dans les côtes de l'animal. (La bête grogna et fit claquer ses dents, manquant de peu le bras de Dez.) Doucement ! ajouta le *brack* en faisant un bond en arrière, puis il me remarqua alors que j'essayais de me cacher dans l'ombre près du mur. Hé ! Qu'est-ce que tu fais là, toi ?

Madame m'avait ordonné de balayer cette pièce pour l'arrivée de la caisse. Elle avait indiqué que la créature serait sa nouvelle exposition VIP. J'avais terminé et je m'apprêtais à sortir quand Krin m'avait bloqué le passage.

Je soulevai le balai dans ma main, pour expliquer ma présence dans la pièce à Dez, sans parler.

Dez fit une grimace comme s'il avait marché sur un chewing-gum sur un trottoir, inoffensif, mais énervant. À l'exception de

Radax, les *bracks* ne se souciaient guère de moi. Pour eux, j'étais surtout une nuisance avec laquelle ils devaient partager leur espace. J'avais beau essayer de me tenir à l'écart, il n'était pas toujours possible de les éviter dans le petit monde de la ménagerie.

— Fiche le camp d'ici, me lança Dez en pointant sa tête vers la sortie.

Prenant le balai et la pelle à deux mains, je me précipitai vers la sortie quand Krin glapit de douleur. Il bondit loin du cadre où se trouvait la bête et me percuta. Du sang coulait de la profonde égratignure sur la pulpe de son pouce.

Je chancelai en arrière, pour essayer de retrouver mon équilibre.

— Qu'est-ce que tu fais encore ici, bordel ? (Krin me poussa sur l'épaule et me fit tomber à terre.)

Le balai et la pelle m'échappèrent des mains. Mon coccyx s'écrasa douloureusement contre le sol dur, mais je ravalai mon gémissement de douleur. Les *bracks* ne connaissaient pas l'empathie. Mes pleurs ne feraient que les irriter davantage.

— Putain de *voukalak* ! dit Krin en frappant la créature enchaînée à la tête.

La bête hurla et se débattit dans ses liens.

— Qu'est-ce qu'il a fait ? demanda Dex, qui s'approcha de l'animal, les poings prêts à frapper.

— Il m'a griffé, répondit Krin, qui suçait la blessure de son pouce.

Dez pouffa de rire et envoya un coup dans les côtes de l'animal, puis se tourna vers Krin.

— Tu as eu de la chance que ce soient ses griffes. Si ça avait été ses crocs, tu serais mort.

J'empoignai le manche du balai, ramassai la pelle, puis me faufilai derrière la cloison en tissu, dans l'étroit passage qui se trouvait derrière. Ce ne fut qu'une fois hors de vue des *bracks* que je pus respirer pleinement.

La matinée m'échappait de plus en plus. De nombreuses

corvées restaient à faire, mais je me précipitai vers l'une des pièces de stockage situées dans les entrailles des tentes interconnectées.

J'avais beau avoir passé la majeure partie de ma vie au sein de la ménagerie, je n'avais pas de chambre à moi. Madame utilisait une caravane ou allait à l'hôtel si elle en trouvait un à son goût. Les *bracks* se partageaient quelques roulottes. Je restais généralement dans les tentes.

Je n'avais pas besoin de beaucoup d'espace, et je trouvais toujours un tas de chiffons ou une pile de sacs sur lesquels dormir. Je n'avais pas non plus assez de vêtements pour avoir besoin d'une armoire. Je portais les vêtements des *bracks* : des t-shirts noirs et des sweat-shirts à capuche. Leurs tenues étaient bien trop grandes pour moi, mais cela ne me dérangeait pas. Elles étaient chaudes et permettaient de me cacher dedans facilement.

Et je ramassais parfois des objets perdus sur le champ de foire. C'est ainsi que j'avais eu l'écharpe grise que je portais maintenant jour et nuit. Elle était confectionnée dans une matière fine, mais douce, large et longue. J'aimais la chaleur qu'elle dégageait, enroulée en plis épais autour de mon cou, et la façon dont je pouvais y enfouir mon visage en rentrant ma tête dans mes épaules. D'une certaine manière, je m'y sentais en sécurité.

Après avoir rangé le balai et la pelle, je trouvai un endroit sombre derrière une autre grande caisse dans l'une des petites salles de stockage étouffantes du dédale des murs de toile. Je me calai entre la paroi en bois de la malle et la cloison en toile poussiéreuse.

Nettoyer la caravane de Madame était la tâche suivante sur ma liste de corvées. Mais peut-être ne le remarquerait-elle pas si je prenais une petite pause ?

Appuyée dos contre la caisse, je rentrai ma tête dans mes épaules, enfouis mon menton dans mon écharpe, et serrai mes genoux contre moi, pour prendre le moins d'espace possible. Ici, dans cette cachette, je pouvais faire comme si j'étais invisible.

L'homme au guichet, un des amis de Brad, m'avait traitée de

fantôme. Et parfois, j'aurais aimé en être un, invisible, intouchable, immatériel. Impossible à faire souffrir.

Mon coccyx me faisait mal, et je me mis dans une position un peu plus confortable. Je pris une grande inspiration. Elle ressortit tremblante, mais sans aucune larme. Pleurer ne servait à rien. J'avais appris il y a bien longtemps que les larmes ne changeaient rien.

Un bruit de grattage provint de la caisse derrière moi. Je sursautai, puis me réinstallai confortablement. Les animaux me faisaient bien moins peur que les gens.

Cette caisse voyageait avec nous depuis un certain temps maintenant. Pour une raison quelconque, Madame s'était retenue de montrer au public la créature qui s'y trouvait. À en juger par sa taille, la bête devait être grande, peut-être de la taille d'un lion. Mais c'était seulement un autre animal de Nérifir. Enfermé dans la caisse, il ne pouvait pas me faire de mal. Je m'appuyai alors contre le bois.

De toutes les créatures étranges de la ménagerie de Madame, ma préférence allait à ses animaux. Les *bracks* étaient sans cœur et agissaient souvent avec cruauté.

Sauf Radax. Si Radax avait été là quand Krin m'avait jetée à terre, il aurait certainement réagi et l'aurait frappé en représailles. Madame aurait alors ordonné qu'il soit fouetté une fois de plus.

Toute ma vie, Radax avait veillé sur moi, mais cela avait un prix. Madame détestait notre attachement mutuel. Je pensais qu'en le punissant, elle essayait de nous séparer. Et d'une certaine manière, elle avait réussi. Je restais loin de Radax autant que possible. Et Dieu merci, il devait être occupé ailleurs ce matin-là. Mais tant d'autres occasions pouvaient se présenter...

— Pourquoi n'y a-t-il personne ? retentit la voix aiguë de Madame juste à l'extérieur de la pièce avec la caisse.

La panique m'envahit, puis une peur glaciale la chassa.

Me cherchait-elle ? Depuis combien de temps étais-je assise ici ? Trop longtemps ?

— Où l'as-tu mis cette fois ? ajouta sa voix de plus en plus proche.

Je m'immobilisai et retins mon souffle. La terreur me glaça les entrailles et paralysa mes membres, c'était ma réaction habituelle en sa présence.

— Il est là, Madame, répondit Krin.

« *Il* », et non pas « *elle* ». Madame ne me cherchait pas, pour une fois. Je laissai un peu de tension s'évacuer et détendis mes épaules raides.

— Mettez le miroir ici, ordonna-t-elle vivement et le bruit de ses pas s'arrêta devant la caisse derrière laquelle je me cachais.

D'autres bruits de pas se joignirent aux siens, celui des bottes de *bracks*. Beaucoup de *bracks* l'accompagnaient, pas seulement Krin. J'essayai de me faire encore plus petite, en espérant qu'ils ne regarderaient pas derrière la caisse.

— Trouvez-moi une chaise également, exigea Madame.

Trop effrayée à l'idée d'être découverte, je ne me hasardai pas à sortir de ma cachette, restant aussi silencieuse que possible.

— Ouvrez la caisse, ordonna Madame. Il est enchaîné, n'est-ce pas ?

— Oui, Madame, répondit Krin. (Les *bracks* se conformèrent à ses ordres, à en juger par le bruit grinçant des clous que l'on arrachait du bois.) Il a aussi mis sa capuche.

— Je ne fais pas confiance à leurs capuches. Je ne regarde jamais une gorgone directement. Vous ne devriez pas le faire non plus si vous tenez à votre vie. Placez le miroir de façon à ce que je puisse le voir dedans, souffla-t-elle.

D'autres mouvements et bruissements se firent entendre pendant que les *bracks* s'exécutaient. Puis il y eut un claquement d'un côté de la caisse qui s'ouvrit.

— Quel état pathétique pour un futur Haut seigneur ! ajouta Madame, avec une note moqueuse dans la voix.

Un cliquetis de chaînes provint de l'intérieur, comme si la créature qui s'y trouvait remuait.

Madame gloussa.

— Bien sûr, travailler pour moi ne peut pas être plus dégradant que de passer ses journées enchaîné dans une caisse comme un animal.

— Je préfère mourir comme un animal plutôt que vivre comme un esclave.

Il le dit d'une voix basse et cassée, à peine audible. Pourtant, ce message me frappa comme un coup de marteau.

Ce n'était pas une bête, mais une vraie personne dans cette caisse ! Une personne qui pouvait parler, penser, ressentir des choses…

Depuis combien de temps était-il là-dedans ?

Je n'avais jamais reçu l'ordre de nourrir l'occupant de cette caisse. Quelqu'un d'autre l'avait-il fait ?

— Mon esclave ? railla Madame. Comme mes *bracks* ? Non, mon chéri. Je ne t'offre pas l'honneur de devenir l'un d'entre eux. Tout ce que je te demande, c'est un partenariat, un arrangement commercial, si tu veux. Tu seras mon prochain numéro VIP. Je veux que tu utilises ta magie pour épater mon public humain, mais sans leur faire de mal. Les morts ne peuvent pas payer, n'est-ce pas ? (Elle gloussa.) Ensuite, je penserai à te renvoyer sur Nérifir un jour. Tout ce dont j'ai besoin, c'est ta promesse de coopérer.

— Tu ne l'auras pas, dit-il en guise de réponse. Je ne fais pas de marché avec des déesses en disgrâce.

Aussi calme que fût la voix, elle portait en elle la puissance du défi et du mépris. Le prisonnier de Madame semblait se moquer d'elle. Je m'émerveillais de voir à quel point il était courageux. Stupide, mais courageux.

Abasourdie par son insolence, j'en oubliais presque qu'il l'avait qualifiée de déesse. Était-ce vraiment *ce* qu'elle était ?

La chaise de Madame se brisa soudain sur le sol dans un grand fracas. Elle avait dû se lever d'un bond.

Connaissant trop bien son caractère, je rentrai ma tête dans mes épaules, même si je savais qu'elle ne pouvait pas me voir.

— Regarde-toi ! cria-t-elle. Tu es pathétique ! Tu te flétris et tu te dessèches à cause de la soif. Tu n'as pas bu une goutte d'eau depuis des mois, et tu n'en auras certainement pas tant que tu n'auras pas accepté de travailler pour moi. Résiste et tu mourras de façon pitoyable. Personne à Nérifir ne connaîtra ton sort. Tu périras ici, dans ce triste monde humain. Anonyme !

Un gloussement doux et sec vint de la caisse. Il devait être fou pour lui rire ainsi au nez.

— Je te défie de me regarder, déesse Ghata. Au lieu de te cacher derrière ce vieux miroir, lâche que tu es...

— Assez ! tonna la voix de Madame qui envoya une vague de terreur dans ma poitrine. Fermez la caisse. Laissez-le pourrir à l'intérieur.

Les *bracks* se mirent en mouvement pour exécuter ses ordres.

— Sa capuche ! cria-t-elle soudain en guise d'avertissement. Krin. Non ! (Une peur authentique, émotion que je n'avais jamais rencontrée chez elle auparavant, vibra dans sa voix.) Zuso, Nerkan, fermez les yeux !

Le son d'un coup de poing se fit entendre.

Puis celui de grognements de douleur.

Quelque chose de dur et de lourd s'écrasa sur le sol.

Je couvris mes oreilles avec mes mains, pour essayer d'arrêter le bruit des horreurs qui se déroulaient devant cette caisse, des choses si terrifiantes qu'elles effrayaient, même une *déesse*.

Le claquement de la caisse que l'on refermait retentit, suivi du tapage des clous que l'on enfonçait.

— C'est fait, Madame, dit Zuso, un autre *brack*.

— Nettoyez ça, ordonna-t-elle d'une voix quelque peu ébranlée. Et pas d'eau pour la gorgone. Il a fait son choix. Laissez-la mourir.

Effrayée à l'idée de respirer, je demeurai derrière la caisse longtemps après que tout le remue-ménage dans la pièce eut cessé — les allées et venues des *bracks*, le mouvement du balai et les bruits de pas de tous ceux qui partaient.

Dans le silence qui suivit, je me risquai à coller mon oreille contre la caisse. Le faible son d'une respiration courte et laborieuse venait de l'intérieur.

Un homme ?

Un monstre ?

La peur m'envahit avec un frisson.

En essayant de faire le moins de bruit possible, je rampai derrière la caisse à quatre pattes. Ma main atterrit sur quelque chose de dur sur le sol. Je le ramassai.

Des faisceaux de lumière blanche brillaient sous le plafond de la tente, aidant la lumière du soleil qui filtrait à travers la toile à éclairer les lieux.

J'examinai l'objet dans ma main. Il faisait environ deux centimètres de long, était gris et dur comme une pierre. Il avait la forme du bout d'un doigt, un pouce, avec l'ongle court et lisse à son extrémité. Quand je le retournai, une longue entaille sur la pulpe du pouce apparut, l'éraflure de la griffe de la bête.

Frappée d'horreur, je le jetai au loin et quittai la pièce en courant aussi vite que possible et aussi loin que je le pouvais de la caisse.

Je n'avais aucune idée de ce qui s'était passé exactement dans cette pièce ce matin. Mais j'étais presque sûre de ne plus jamais revoir Krin.

Trois

AMIRA

Quelque part entre les cauchemars de la nuit et les horreurs de la journée se trouvaient les quelques instants de douceur du petit matin. En serrant mes bras contre mon corps, je gardai les yeux fermés, pour essayer de faire durer ce moment, juste un peu plus longtemps.

Peu de sons filtraient à travers les parois en toile de la tente, le chant des oiseaux, le bourdonnement lointain de la circulation, le bruissement du vent entre les guirlandes lumineuses à l'extérieur. Il n'y avait pas encore le bruit des gens qui allaient et venaient. J'étais généralement la première à me lever.

Sans chambre attitrée à la ménagerie, je dormais dans n'importe quel coin isolé que je trouvais. La nuit précédente, j'avais trouvé un tas de rouleaux de toile cirée. Empilés les uns sur les autres, ils formaient un lit décent pour quelqu'un comme moi, qui n'avais jamais eu de lit pour comparer.

J'avais dormi tout habillée, mais le froid du matin s'était faufilé à travers les parois de la tente et sous mes vêtements. Je me blottis plus étroitement dans mon sweat à capuche.

Comme dans un nouveau rêve, enveloppé de la brume dorée

du matin, le souvenir du jeune couple qui s'embrassait devant mon guichet pénétra mon esprit. La fille gloussait tandis que le garçon lui berçait la tête d'une main, et appuyait l'autre sur son dos, sous sa chemise.

Une sorte de picotement se répandit dans mon corps, agréable et chaud. Je fis glisser un doigt le long de ma lèvre inférieure, en essayant d'imaginer un baiser sur mes lèvres. Doux, tendre et à peine perceptible ?

Puis je repensai au dos de la fille qui se cambrait pendant que le garçon se penchait sur elle. Une telle passion était-elle plutôt éprouvante, exigeante, revigorante ?

Je n'en avais aucune idée.

À la ménagerie, je ne vivais qu'aux côtés des *bracks* de Madame, tous des hommes jeunes, forts et esthétiquement considérés comme beaux. Mais ils n'étaient pas humains. Ils ne ressentaient aucun désir pour une femme autre que Madame.

Radax me traitait comme sa petite sœur, qu'il fallait surveiller et protéger. Les autres ne me prêtaient guère attention. Ils me supportaient, à contrecœur, parfois avec agacement, souvent avec un dédain évident. Et je préférais que les choses soient ainsi. L'idée que l'un d'entre eux puisse me toucher de manière intime m'inspirait de la peur et un soupçon de répulsion.

Madame ramenait un ou deux *bracks* dans sa caravane chaque soir. Quand je passais par là, j'entendais leurs grognements et leurs gémissements à l'intérieur. Ces sons me remplissaient d'effroi plutôt que d'excitation.

Je savais ce qui se passait entre Madame et ses *bracks* la nuit. Je savais ce qu'était le sexe, même si je ne l'avais jamais pratiqué. J'avais vu des accouplements d'animaux dans la ménagerie. Je lisais beaucoup aussi. Je trouvais régulièrement des livres de poche abandonnés sur le champ de foire qui venaient des quatre coins du continent. La plupart étaient des thrillers ou des romans d'horreur à glacer le sang. D'autres étaient des histoires d'amour qui faisaient battre mon cœur pour différentes raisons.

De temps en temps, la fête foraine s'installait à côté d'un

cinéma en drive-in. Je restais alors debout toutes les nuits, cachée derrière la clôture grillagée qui séparait le drive-in du champ de foire, et je regardais tous les films qui passaient. Je n'entendais rien, bien sûr, et l'écran était souvent mal positionné pour que je puisse le voir correctement. Mais les films étaient comme une fenêtre sur la vie ordinaire des gens de mon monde. La vie que je n'avais jamais connue, famille, école, amis... Amour.

Le désir réchauffait mon corps. Une petite partie était physique, elle se pressait entre mes cuisses et picotait le bout de mes seins. Mais une énorme partie de ce désir résidait bien plus profondément dans mon cœur. La solitude me broyait. Parfois, j'avais l'impression que la place manquait en moi pour contenir ce besoin désespéré d'avoir quelque chose ou... *quelqu'un* dans mon existence.

Mon silence avait assuré ma sécurité dans la ménagerie. Mais parfois, le besoin d'entendre un mot gentil de la part de quelqu'un, de tenir une simple conversation avec une autre personne semblait encore plus important que la vie.

J'essayai de m'imaginer en train d'embrasser un homme en public, devant les tentes, au vu et au su de Madame... Mais je ne pus le faire. La terreur s'empara de moi, comme toujours à la simple évocation de son nom.

Je pris une longue inspiration, puis la relâchai lentement.

Dans quelques instants, je devais me lever et entamer toute une série de corvées interminables. Les tracas de la journée menaçaient déjà de déferler sur moi. J'en chassai la plupart, mais le souvenir de la confrontation entre Madame et la personne dans la caisse me revint en mémoire.

Je n'avais pas bien compris ce qui s'était passé la veille. Krin était introuvable aujourd'hui, ce qui ne me surprenait pas. Madame boudait, mais ne fit aucune annonce à son sujet ou à propos de son prisonnier qu'elle avait appelé « gorgone ».

Si j'interrogeais Radax, il risquait de ne pas répondre ou d'avoir des ennuis s'il le faisait. Il se contenterait probablement de balayer cette histoire d'un revers de la main, comme il le faisait habituellement lorsque je posais des questions sur les nombreuses choses étranges qui se passaient à la ménagerie.

« Il y a des choses qu'il vaut mieux que tu ne saches pas, Amira. C'est plus sûr ainsi », disait-il.

Avec un long soupir, j'ouvris les yeux et descendis de la pile de rouleaux de toile. Je quittai la tente et traversai le parking à pas feutrés jusqu'à l'une des remorques des *bracks*. Là-bas, j'utilisai la salle de bains, puis commençai à préparer le petit déjeuner de Madame. Le menton enfoui dans mon écharpe, je fis rapidement frire des œufs, comme Madame les aimait, et griller une tranche de son pain préféré, puis je disposai des baies et du yaourt dans un bol.

Le bruit de tonnerre des ronflements des *bracks* secouait la caravane pendant que je travaillais. Seule une fine cloison séparait la minuscule kitchenette de leur espace de couchage avec ses rangées de lits superposés.

Je me hâtai, souhaitant quitter au plus vite le quartier des *bracks*. Une fois réveillés, ils occuperaient tout l'espace, énormes qu'ils étaient. J'allais sûrement me retrouver en travers de leur chemin et en mettre un en colère.

Après avoir rapidement disposé la nourriture et un petit verre de thé sur un plateau, je me faufilai hors de la caravane et me dirigeai vers celle de Madame, stationnée à proximité.

La sienne était bien plus richement décorée que celle des *bracks*. Un tapis rouge bordait l'escalier, et une tapisserie colorée était suspendue au-dessus de la porte. Des bêtes et des plantes mystérieuses que je n'avais jamais vues étaient tissées dessus, mais je n'avais jamais le temps de m'arrêter pour étudier le magnifique tableau, toujours pressée, d'une corvée à l'autre.

— Petit déjeuner, annonçai-je en frappant doucement à la porte.

— Eh bien, apporte-le ! ordonna Madame.

Je ne savais pas s'il lui arrivait de dormir. Depuis plus de dix ans, je lui servais invariablement son petit déjeuner tous les jours, excepté lorsqu'elle logeait à l'hôtel. Et chaque fois que je me présentais avec mon plateau, elle était toujours éveillée, quel que soit le nombre de *bracks* qu'elle avait pris dans sa caravane la nuit précédente.

Madame était assise devant sa commode, et brossait ses longs cheveux roux.

— Pose-le sur la table de nuit là-bas, dit-elle en agitant sa main.

La lumière de la bougie du candélabre sur la commode se décomposa en un million de petites étincelles sur les pierres précieuses des bagues à ses doigts.

— Est-ce que Vuk a apporté du miel de lys de Lorsan depuis son retour de Nérifir ?

— Non, Madame. (Je déposai le plateau sur la table de nuit.) Il a dit que c'était très difficile d'en trouver là où il a atterri sur Nérifir.

Les *bracks* ne me racontaient pas leurs voyages à Nérifir bien sûr. Mais ils se parlaient souvent entre eux en ma présence. J'avais entendu Vuk se plaindre à Leslo de ne pas avoir trouvé le miel que Madame aimait mettre dans son thé.

— *Difficile*, ne veux pas dire *impossible*, siffla Madame entre ses dents, en me fourrant sa brosse à cheveux dorée dans les mains. Il n'a manifestement pas fait assez d'efforts. Esclave paresseux et inutile qu'il est.

Son mécontentement me fit frissonner d'effroi, comme si cela avait été de *ma* faute, que Vuk n'ait pas trouvé le miel. Vuk avait des chances d'être puni maintenant, et je tressaillis, comme si j'entendais déjà le son du fouet qui déchirait la peau sur son dos.

— Tresse-moi les cheveux, ordonna sèchement Madame. Puis donne-moi mon thé, avec ce miel local dégoûtant, et sors d'ici.

Je m'exécutai, en essayant de ne pas emmêler ses magnifiques boucles rouge feu avec mes doigts tremblotants. Elle privilégiait les coiffures élaborées qui m'avaient demandé beaucoup d'entraînement pour être au point. De minuscules tresses s'entremêlaient à l'arrière de sa tête pour former des motifs floraux, puis se fondaient en une large natte qui descendait le long de son dos.

Je passai la brosse sur une mèche aussi doucement que possible. Mais je tirai par inadvertance sur un minuscule nœud invisible.

— Argh ! lâcha Madame en inspirant brusquement et en m'arrachant la brosse.

— Je suis désolée... marmonnai-je, avec la peur qui me tenaillait de l'intérieur.

— Qu'elle fille inutile ! dit-elle, puis elle frappa sur mes doigts avec la grosse brosse en métal. Tu n'apprends jamais rien.

Une douleur aiguë transperça ma main. Je pris une grande inspiration et me retins de gémir. Le moindre bruit de pleurs ou de plaintes n'aurait fait qu'empirer la situation, vraiment bien pire. Madame avait un tempérament explosif, et sa cruauté ne connaissait aucune limite.

— Vas-y, termine !

Elle jeta la brosse sur la commode, qui atterrit au milieu de ses photos encadrées, dans des robes de soie sophistiquées.

Retenant mon souffle au point de m'évanouir, je décorai sa tresse de quelques barrettes ornées de bijoux. Mes doigts tremblaient tellement que ce fut un miracle que je ne tire pas sur ses cheveux à nouveau.

— C'est fait, lâchai-je en expirant, sans rencontrer les yeux noirs comme du charbon de Madame.

Elle examina sa coiffure dans le miroir d'un œil critique, en tournant la tête dans tous les sens. Un froncement de sourcils de mécontentement s'installa résolument sur son beau visage, comme elle le faisait toujours en ma compagnie.

Mon cœur se mit à battre la chamade devant son silence, qui s'allongeait. Mes mains étaient moites de sueur alors que j'attendais son appréciation sur mon travail.

Madame continuait à étudier son reflet dans le miroir. C'était sans aucun doute la plus belle femme que je n'avais jamais vue. Grande et imposante, elle avait des yeux noir intense qui mettaient en valeur ses cheveux roux flamboyant d'une manière stupéfiante. Sa peau immaculée semblait rayonner, son corps nu était à peine couvert par un kimono de soie lâche ce matin-là.

« *Déesse* », comme l'avait appelée le prisonnier dans la caisse, en effet elle pouvait très bien l'être. Si les dieux existaient, il était facile d'imaginer Madame parmi eux. Et qui pouvait dire avec certitude que les dieux n'existaient pas ?

J'avais passé toute ma vie entourée de choses et de créatures qui ne faisaient pas partie de ce monde. Je savais que d'autres mondes existaient, tous reliés par la mystérieuse rivière que les *bracks* appelaient la Rivière des Brumes. Je n'avais pratiquement rien vu au-delà des parois de toile de la ménagerie, mais ces dernières renfermaient suffisamment de preuves pour que je croie en des choses que d'autres auraient jugées impossibles.

Mais savoir ce qu'était Madame exactement ne changeait pas grand-chose à mon quotidien. Mon rôle restait le même, je devais exécuter tous ses ordres et le faire parfaitement, pour éviter sa colère.

— Bien. (Elle pressa ses lèvres rouges et pulpeuses l'une contre l'autre et se détourna du miroir.) Maintenant, donne-moi mon thé et sors.

Une fois sortie de sa caravane, j'osais respirer profondément à nouveau. La poussière du sol et les gaz d'échappement du parking voisin étaient plus rafraîchissants que le parfum de Madame. L'air embaumé à l'intérieur était suffocant.

J'agrippai la balustrade pour descendre les quelques marches de la caravane, et grimaçai de douleur. Des rougeurs s'étendaient sur mes articulations là où la brosse de Madame avait frappé. Ma peau avait gonflé, et des bleus se formaient déjà en dessous.

C'était ma main droite, et j'avais encore une journée de corvées devant moi. En la serrant contre ma poitrine, je laissai échapper un gémissement. Tout serait encore bien plus long avec une seule main en état de marche, la *gauche*.

Peut-être que si je ne prenais aucune pause aujourd'hui, je pourrais quand même tout faire ? Mais je devais me dépêcher. Ma main commençait à me lancer, alors je la fourrai dans la poche de mon sweat à capuche en me dirigeant vers les tentes.

Au moment de nourrir les animaux, je dus faire preuve d'une extrême prudence pour ne pas les laisser s'échapper lorsque j'ouvris les portes de leurs enclos et distribuai leur nourriture avec ma seule main valide. Depuis que j'avais nettoyé la caravane de Madame, je parvenais mal à retenir mes larmes. C'était trop douloureux, même pour tenir le balai.

Une fois terminé le dépoussiérage de la zone d'exposition de la ménagerie, ma main droite avait doublé de volume et elle était brûlante.

Je glapis de douleur en essayant de soulever une boîte en métal, l'une des pièces inanimées du musée de Madame. Elle n'était pas très grande, de la taille d'une boîte à musique ordinaire, mais le métal vieilli d'une couleur verte dorée pesait lourd. Des engrenages complexes étaient visibles à travers les différentes découpes de la surface extérieure, une sorte de mécanisme, mais je ne savais pas comment il fonctionnait. Madame racontait aux visiteurs que c'était une boîte de communication ramenée des marais de Lorsan à Nérifir.

L'objet lourd me glissa des doigts et heurta l'étagère dans un bruit sourd. Les larmes me montèrent aux yeux. Je ne pouvais plus supporter cette douleur.

En me faufilant dans la caravane des *bracks* au moment où personne ne regardait, je pris de la glace dans le congélateur, la mis dans un sac en plastique, puis l'enroulai à l'extrémité de mon écharpe. La poche de glace atténua la douleur brûlante dès que je la posai sur ma main blessée.

Tout en serrant ma main avec cette poche froide contre ma poitrine, je retournai vers les tentes la tête baissée.

La fête foraine était sur le point d'ouvrir. Les premières visites de la ménagerie allaient commencer très bientôt. Je devais retourner à la billetterie rapidement. Je ne devais pas craquer, mais je ne pouvais pas empêcher les larmes de brouiller ma vue.

Je me ruai dans la pièce sombre la plus proche à l'intérieur de la première tente et je me blottis dans un coin à l'abri des regards pour laisser couler mes larmes. La douleur avait pris le dessus sur moi. Je sanglotai et soulevai la poche de glace pour inspecter ma main. Des protubérances épaisses se dressaient sur les os, juste en dessous de mes articulations. Des bleus sombres s'étaient formés. Et ça faisait mal. Bon sang, ça faisait tellement mal.

Je pleurai encore et mes larmes coulèrent dans mon écharpe.

— Mauvaise journée, ma petite ? dit une voix rauque, comme le murmure de la brise à travers un tas de feuilles sèches.

J'étouffai un sanglot sous le choc. Après avoir essuyé mes larmes avec ma manche, je réalisai que j'étais assise à côté de la caisse en bois de la gorgone.

— Dis-moi qui t'a fait du mal, souffla la voix depuis la caisse. Parfois, le fait de parler à quelqu'un fait du bien.

Cela semblait étrange, horrifiant, et... gentil.

Et ce fut cette gentillesse qui me déstabilisa. J'en avais tellement besoin que j'aurais donné tout ce qui restait de ma misérable vie pour un seul moment chaleureux.

Un gros sanglot s'échappa de ma gorge. Je me précipitai pour me lever et courus. Je fuis la pièce avec la caisse et la créature qu'elle contenait.

Quoi qu'il fût, il ne pouvait pas être pire que le monstre pour lequel j'avais travaillé presque toute ma vie.

Les séances du matin allaient commencer, je pris alors place au guichet. Radax s'occupait de l'entrée principale de la ménagerie, comme d'habitude. Je lui envoyai un sourire rapide et un signe de la main, ma main gauche. Il inclina la tête vers moi en guise de salutation.

À midi, je préparai le déjeuner pour Madame et un sandwich rapide d'œufs en salade pour moi. Alors que je marchais le long d'un des passages intérieurs des tentes, à la recherche d'une cachette pour manger mon sandwich, Nerkan, le *brack*, m'arrêta.

— Madame veut que tu ailles chercher ça pour elle, dit-il en me glissant un morceau de papier dans la main.

C'était une liste de courses avec différentes poudres et épices, que je pouvais sûrement trouver à l'épicerie du coin.

— Je dois bientôt retourner au guichet, lui rappelai-je doucement.

Il fronça le nez, visiblement agacé.

— Bon, je vendrai les billets jusqu'à ce que tu reviennes. Prends le van. Et fais vite. Le box est trop chaud. Je déteste cet endroit.

Je me blottis dans mon sweat à capuche en allant vers la camionnette sur le parking. Les températures élevées de midi avaient chassé la fraîcheur du petit matin, mais je ne retirai ni le sweat ni l'écharpe. Ils étaient plus que de simples vêtements, ils représentaient ma carapace de sécurité, mon seul refuge, même s'ils étaient loin d'être un véritable foyer.

Radax m'avait appris à conduire, aussi bien en mode automatique qu'en manuel. Madame l'avait autorisé, entrevoyant probablement les avantages qu'elle pouvait en tirer. Elle préférait souvent m'envoyer faire des courses à la place des *bracks*. J'attirais beaucoup moins l'attention qu'eux, avec leurs grands corps musclés, leurs crânes rasés, et leurs tatouages sur les bras et au cou.

Je me rangeai sur le parking du petit commerce local et garai la camionnette sans vitres de la ménagerie.

La liste de Madame n'était pas longue, mais elle était particulière. Je pris un bon moment pour trouver tous les produits. Une fois ceux-ci rassemblés, je fis la queue à la caisse et meublai mon temps à observer les gens.

Ils étaient ma seule véritable fenêtre sur le monde à l'extérieur de la ménagerie. J'avais rarement parlé à quiconque, mais j'observais toujours attentivement, essayant de deviner la vie que ces gens menaient, la vie que je n'aurais jamais le droit d'avoir.

Une jeune femme tenait la main d'un homme. Était-ce son amoureux ? Juste un ami ? Ou un parent ?

Un homme avait installé un bambin dans le siège de son chariot. Le petit garçon grignotait joyeusement un cookie dans une boîte ouverte. Était-ce un père célibataire ? Ou la mère était-elle restée à la maison ?

Une femme âgée se pencha pour nouer les lacets de chaussures d'une petite fille. Était-ce une grand-mère qui passait du temps avec sa petite-fille ?

Toutes ces choses banales, que les gens faisaient tous les jours en interagissant entre eux, étaient un mystère pour moi. Avoir une grand-mère, un enfant, une famille, qu'est-ce que cela faisait-il ?

Un adolescent dans la file d'attente devant moi ouvrit une bouteille d'eau et en but une gorgée. Son ami comprima la bouteille tandis qu'il se désaltérait, déversant ainsi son contenu sur le torse du garçon.

— Hé ! lança l'adolescent au t-shirt trempé en repoussant son ami et tous deux rirent bruyamment.

De l'eau...

Alors que je la regardais couler le long du t-shirt du garçon et s'égoutter sur le sol, mon esprit vogua vers la créature condamnée à mourir de soif dans la caisse d'une des tentes de Madame.

Il était dangereux, le souvenir du bout de pierre de la forme du pouce de Krin me revint en mémoire. Le prisonnier était sûrement un véritable monstre.

Mais il souffrait.

Mauvaise journée, ma petite ? Sa voix m'avait paru molle, mais un peu rauque parce que sa gorge était sèche.

Sa souffrance était due tout simplement au manque d'eau. Moi-même, ce « faible et pathétique humain », comme Madame me qualifiait souvent, avais le pouvoir de l'aider.

Mais si je lui donnais de l'eau, je transgresserais l'ordre strict donné par Madame, une infraction punissable de mort. Dans le monde sombre de la ménagerie, je n'étais qu'une ombre. En tant qu'ombre, je pouvais survivre, mais je devais rester invisible : ne rien faire, ne rien dire, ne rien voir...

Le caissier scanna mes achats.

— Ce sera tout ?

Dans ma main moite, je froissai le billet de vingt dollars que Nerkan m'avait donné.

Le caissier me regarda d'un air impatient.

— Ça fait dix-sept dollars et quinze cents.

Un autocollant sur l'étagère à l'intérieur de la porte vitrée du présentoir réfrigéré indiquait que le prix d'une bouteille d'eau était de quatre-vingt-dix-neuf cents. Juste de quoi empêcher quelqu'un de mourir de soif, quatre-vingt-dix-neuf centimes pour une bouteille d'eau et... peut-être même pour ma vie si Madame l'apprenait. Elle pourrait aussi punir Radax pour mon affront, comme elle le faisait si souvent.

«Je préfère mourir comme un animal plutôt que vivre comme un esclave», avait dit la gorgone à Madame. Sa voix calme avait dégagé tant de force lorsqu'il avait dit cela, une force que je ne possédais pas, mais que je ne pouvais m'empêcher d'admirer. Il avait osé défier la déesse, et choisi de payer de sa vie sa liberté.

Je m'éloignai de la caisse enregistreuse et attrapai deux longs concombres du rayon légumes voisin.

— Ça aussi, dis-je d'une voix rauque, en plaquant les deux légumes contre le tapis.

Un concombre est essentiellement composé d'eau. Pourtant, ce n'était *pas* de l'eau. Cela ferait-il une différence si Madame découvrait que j'en donnais à son prisonnier ? Probablement pas. Mais c'était plus facile pour moi d'enfreindre ainsi ses ordres, d'une façon indirecte.

Je n'étais pas assez forte pour défier une déesse. Mais peut-être étais-je assez intelligente pour trouver un moyen de *contourner* ses ordres ? Et peut-être que je pouvais être assez discrète pour ne pas me faire prendre ?

— Hé ! Tu es de la Ménagerie, n'est-ce pas ? lança une voix de fille qui me fit sursauter.

Je m'arrêtai sur mon chemin à travers le parking pour rejoindre la camionnette.

Une fille mince, vêtue d'un short en jean effiloché et d'une veste en cuir usée, était appuyée contre un pick-up garé.

— Je t'ai vue au guichet ce matin, ajouta-t-elle, et elle fit une bulle rose avec le chewing-gum qu'elle avait dans la bouche.

En gardant la tête baissée, je la contournai, en laissant beaucoup d'espace entre nous, puis je remis le cap sur mon véhicule.

Elle se décolla du pick-up et courut après moi.

— Hé, qu'est-ce qu'il y a ? Je ne veux pas te faire de mal. Je veux juste te demander quelque chose.

Quelle que fût la question, je savais déjà que je ne serais pas capable d'y répondre. Madame nous interdisait de parler de la ménagerie avec des inconnus. C'était toujours plus sage de rester silencieux.

La fille gonfla une autre bulle de chewing-gum, puis la fit éclater avec un bruit fort. Je rentrai ma tête plus profondément entre mes épaules jusqu'à ce que ma bouche et mon nez se retrouvent enfouis dans l'écharpe autour de mon cou.

— Alors, c'est quoi, le truc avec toutes ces choses que vous avez là-dedans ? demanda la fille en me bloquant le passage.

Je n'eus pas d'autre choix que de m'arrêter, et de la regarder finalement avec attention.

Ses cheveux roux étaient rasés d'un côté et descendaient jusqu'à son épaule de l'autre. Des piercings en métal brillant ornaient sa lèvre, une narine et un sourcil. Plusieurs anneaux et créoles scintillaient à chacune de ses oreilles.

C'était un personnage haut en couleur, presque autant que Madame. Mais contrairement à elle, elle n'avait pas l'air maléfique. Je me plus à la dévisager.

La fille sourit et poussa le chewing-gum derrière sa joue avec sa langue.

— Je m'appelle Amber, dit-elle en me tendant sa main fine et osseuse. Et toi, comment t'appelles-tu ?

Je serrai sous mon bras le sac en papier du magasin et gardai ma main blessée dans ma poche.

Elle haussa les épaules, glissa la sienne dans la poche de son short, mais ne s'écarta pas de mon chemin.

— Je dois y aller, marmonnai-je en évitant les yeux noisette de la fille.

— Mais toutes ces choses dans vos tentes sont-elles réelles ? (Son visage se fendit d'un large sourire.) Les animaux aussi ?

J'acquiesçai.

Les animaux de la ménagerie étaient bien réels pour moi. Yenric, le porcelet à deux têtes qui, selon Madame, aurait dû en avoir trois, mais qui était né avec une anomalie n'en avait que deux ; les oiseaux-serpents rouges qui ressemblaient à des boas en plumes avec des griffes et des ailes ; les tortues de marais phospho-rescentes qui brillaient de couleurs plus vives que tous les feux d'artifice que je n'avais jamais vus, tous ces animaux étaient plus vrais pour moi que les vaches ou les chevaux de ce monde, que je n'avais jamais approchés.

— Génial ! lança Amber, qui continuait à me regarder avec curiosité.

Le rugissement soudain d'un moteur me fit sursauter et reculer de quelques pas. Un homme à moto s'arrêta derrière Amber, le visage caché par un casque noir.

— Zut, je dois y aller. Eh bien, au revoir, la fille aux tickets.

Elle sauta à l'arrière de l'homme et me fit un signe de la main avant d'entourer sa taille de ses deux bras.

Le vent s'empara de ses cheveux brillants tandis que le véhicule accélérait sur le chemin de terre, en soulevant des nuages de pous-sière dans son sillage.

Je les suivis du regard, en regardant la poussière retomber. Je n'avais jamais conduit de moto. Maintenant, je me demandais quelle sensation on ressentait. Le vent qui souffle. La route devant soi, sans fin.

La liberté.

Amber emportée par cette moto représentait le summum de la liberté alors que, moi, j'étais attachée par des chaînes invisibles dans un endroit dont je ne pourrais jamais m'échapper.

Je serrai la clé du van dans ma main. J'avais un véhicule avec assez d'essence dans le réservoir pour me conduire à des centaines de kilomètres loin de Madame et de sa ménagerie.

Mais pour aller où ?

Madame disait souvent que l'argent était la chose la plus importante dans ce monde. Je n'en possédais pas, pas un centime. Je savais que les gens gagnaient de l'argent en travaillant, mais je n'avais aucune idée de la façon dont on pouvait trouver un emploi.

Tant de choses sur le monde en dehors de la ménagerie me troublaient et me terrifiaient. De temps en temps, j'entendais des fragments de conversations entre les gens dans la fête foraine. Impôts, cartes d'identité, comptes bancaires, sécurité sociale, université, loyer, prêts étaient les mots qui revenaient le plus souvent. Ils résonnaient comme une langue étrangère pour moi.

Radax était ma seule source d'information, mais il ne pouvait pas non plus m'aider. Il appartenait à la ménagerie, à Madame. Comme moi, il n'avait jamais vraiment *vécu* dans ce monde.

Monter dans la camionnette et conduire aussi loin que possible était tentant. Sauf que ce plan n'avait aucun but et n'aboutissait nulle part.

Après m'être installée sur le siège du conducteur, je démarrai le moteur. Puis je retournai vers la foire et les tentes de Madame, cet univers familier, le seul endroit au monde où au moins une personne se préoccupait de moi.

Quatre

KYLLEN

Sa gorge se contracta au moment de déglutir. Mais il n'y avait rien à avaler, presque plus aucun liquide dans son corps. Sa gorge était comme du sable sec dans un désert. Le moindre mouvement lui faisait mal.

«Tu périras ici. Anonyme», avait dit Ghata. Et il semblait qu'il était en bonne voie d'accomplir sa prophétie.

La sécheresse mortelle s'était installée, ratatinant ses entrailles et asséchant sa peau, qui ressemblait désormais à l'écorce d'un arbre. Bientôt, son cerveau s'éteindrait, et son corps se transformerait lentement en poussière.

Par le Grand Serpent, il ne pensait pas mourir ainsi. Enfant, comme toutes les gorgones, il avait souhaité couvrir son nom de gloire par une mort honorable sur un champ de bataille.

Bien sûr, ses parents avaient toujours espéré qu'il vivrait assez longtemps pour prendre un jour la place de son père et périr de vieillesse en tant que Haut Seigneur d'Ellohi du Royaume de Lorsan à Nérifir.

Et le voilà qui était en train de se dessécher à mort dans le monde lointain et inconnu des humains.

L'alternative était encore pire que la mort, des siècles de servitude envers la déesse déshonorée des loups-garous. Son propre peuple avait chassé Ghata de Nérifir. Elle n'avait aucune décence, et son manque d'honneur rendait impossible toute possibilité d'accord équitable. Elle était une déesse, pas une fae. Elle ne respectait pas ses engagements. Passer un accord avec Ghata équivaudrait à se passer les menottes à vie, sans aucune garantie qu'elle respecte ses engagements. Sa vie et son honneur seraient à jamais entre ses mains.

Il préférait la mort.

Il commença à avoir des crampes au dos à force de rester assis dans la même position aussi longtemps. Il s'allongea sur le plancher en bois avec précaution, en essayant d'éviter de craqueler sa peau sèche plus qu'elle ne l'était déjà. Ça lui faisait mal. Les fissures ne guérissaient plus.

Les chaînes de fer cliquetaient et s'entrechoquaient lorsqu'il déplaçait ses jambes. L'espace n'était pas assez grand pour les étendre complètement. La caisse n'était pas non plus assez haute pour qu'il puisse se mettre debout. Ces dimensions devaient faire partie du plan diabolique de torture, sans aucun doute.

Dans cette position, la petite ouverture située au sommet de la caisse était visible. Traversée par d'épais barreaux rouillés, c'était sa seule fenêtre sur le monde. Sauf que le monde avait été réduit au tissu sanglé au-dessus de lui et à un faisceau de lumières jaunes.

Pendant la journée, la lumière du soleil filtrait à travers le tissu comme maintenant. La nuit, il faisait sombre, à l'exception des lampes.

Il n'avait aucune idée du temps qui s'était écoulé depuis que les *bracks* l'avaient piégé comme un animal sauvage et l'avaient amené ici. La soif lui avait beaucoup brouillé l'esprit ces derniers temps. Il s'évanouissait souvent. Cela durait peut-être depuis des mois, des années, ou même des siècles.

Mais ça n'avait plus d'importance. À ce rythme, il ne tiendrait plus très longtemps.

Le bruit lui parvenait plus fréquemment que les images. Des

pieds qui traînaient. La voix de Ghata, parfois douce et sucrée, mais souvent brutale et dure. Celles de ses *bracks*, qui confirmaient ses ordres ou rendaient des comptes. Des bruits d'emballage. Puis des secousses lorsqu'ils le conduisaient quelque part. Puis les mêmes agitations, encore et encore, dans un cycle sans fin et exaspérant.

Des bruits de pas parvinrent à son oreille, puis quelque chose qu'on traînait frôla la paroi de la caisse. Quelqu'un se faufilait près de sa prison. Les pas étaient légers, si légers qu'il se demanda si ce n'était pas l'une des nombreuses hallucinations que la soif brutale lui avait imposées.

— Hum... toussota doucement quelqu'un.

Essayaient-ils d'attirer son attention ?

Il repoussa sa capuche pour dégager ses oreilles, et se mit à écouter attentivement.

— Je vous ai apporté quelque chose, dit la voix, hésitante.

L'interlocuteur était clairement une femme, à en juger par sa voix. Et jeune. Était-ce la même humaine qu'il avait entendue sangloter auparavant ? Était-elle également prisonnière ? Ou Ghata l'avait-elle envoyée ici, pour essayer de réussir là où la déesse avait échoué ?

C'était peut-être un piège.

— Hum... hésita la jeune femme. Vous m'entendez ?

Il lui avait parlé quand elle avait pleuré, n'est-ce pas ? Il ne se souvenait pas des mots exacts qu'il avait utilisés, mais il les avait voulus réconfortants.

Son cerveau déshydraté fonctionnait lentement, mais une idée prenait forme dans sa tête tandis que la fille attendait sa réponse. Elle avait pleuré. Quelque chose ou quelqu'un l'avait rendue malheureuse. Et si c'était le cas, peut-être pourrait-il exploiter sa souffrance à son avantage ? Les dieux savaient qu'il pouvait utiliser un allié, même involontaire.

Pourrait-elle peut-être devenir la clé de sa liberté ?

C'était sans doute la soif ou le désespoir, ou les deux à la fois, mais pour la première fois depuis une éternité, l'espoir flotta dans son cœur desséché.

Il était encore en train de réfléchir aux meilleurs mots à utiliser pour sa réponse quand quelque chose de long et de mince obstrua sa visibilité dans l'ouverture au-dessus. La femme fit glisser la chose entre les barreaux et... la lâcha.

Ses réflexes étant beaucoup plus lents que jadis, il ne put se retourner à temps. Cette longue chose le frappa alors en plein dans l'œil.

— Hé ! (Il se remit en position assise d'un coup sec. Son œil lui faisait mal, et il le frotta.) Par le Grand Serpent, c'était pour quoi, ça ?

La femme gémit.

— Je suis tellement... tellement désolée, murmura-t-elle à demi-mot.

Puis, le bruit de son départ en courant retentit.

— Attendez !

Mais elle était partie.

Par tous les dieux de Nérifir, que venait-il de se passer ?

Il s'attendait à de nouvelles tortures de Ghata et de ses hommes. Mais ça... C'était tout simplement ridicule.

Il se frotta un peu plus l'œil. La douleur se dissipa rapidement. Ce qu'elle lui avait jeté n'était pas assez dur ou lourd pour être mortel. Elle n'avait pas essayé de le tuer.

Pourquoi avait-elle fait ça ? Et quelle était cette chose qu'elle lui avait lancée ?

Il fouilla le sol du bout des doigts et ses mains se refermèrent sur quelque chose de lisse et long.

Un concombre ?

La femme venait de jeter un concombre dans sa caisse et le frapper à l'œil.

Il gloussa et regarda le légume avec incrédulité. Il ressemblait beaucoup à ceux de Nérifir, vert, long et probablement juteux.

Il le porta à son nez et en respira l'odeur fraîche et vivifiante.

Cela lui rappelait toujours l'eau fraîche qui coulait au pied du palais de son père.

De l'eau...

En fermant les yeux, il planta ses dents dans la peau vert foncé. Le jus clair et aqueux coula sous ses crocs, dégoulina sur sa lèvre inférieure et ruissela sur son menton.

Ça ressemblait tellement à de l'eau.

Il respira l'odeur fraîche encore une fois, en mordant un énorme morceau sur le côté. La chair tendre du légume glissa dans sa gorge desséchée, et l'apaisa de son humidité. Il prit une autre bouchée, et encore une autre.

Très vite, le concombre entier fut mangé. Et il en voulait encore.

Ses entrailles, qui n'avaient pratiquement pas reçu de nourriture ou d'eau depuis le jour de son enlèvement, semblèrent absorber instantanément toute trace d'humidité et de nutriments de ce légume. Son estomac était toujours vide. Sa peau restait sèche comme du papier, mais un peu de lucidité lui revint à l'esprit. Il se sentit mieux qu'il ne l'avait été depuis très longtemps.

En expirant lentement, il s'appuya contre un des côtés de la caisse.

Il aurait peut-être dû être plus prudent en ingérant quelque chose qui venait de Ghata et des siens. Il y avait des chances pour que la femme travaille pour elle. Cela pouvait être une ruse après tout, un piège.

Cependant, il n'arrivait pas à y prêter intérêt. Pour la première fois, depuis longtemps, il avait de la nourriture dans son ventre. La sécheresse torride s'était estompée.

Il ferma les yeux, non pas sur un brouillard délirant, pour une fois, mais pour un sommeil profond et réparateur.

Cinq

AMIRA

Je l'avais frappé avec un concombre.

J'avais voulu faire quelque chose de courageux pour une fois, aider un peu, et j'avais fini par le frapper avec le concombre...

J'étais morte de honte. Madame avait raison. Je ne savais rien faire correctement.

Le jour d'après, la foire était terminée. Les *bracks* démontèrent les tentes et remplirent les camions. La ménagerie déménageait plus au sud, en Géorgie. Après quoi, j'avais entendu dire que l'on quitterait les États-Unis pour l'Angleterre à la fin du mois de janvier.

Tous ces endroits ne représentaient quasiment rien pour moi. Lorsque je voyageais avec la ménagerie, les différences entre les lieux et les pays m'étaient imperceptibles. Au lieu d'une tente, il pouvait y avoir un hall d'exposition. Au lieu d'un camion, nous prenions l'avion. À part cela, ma vie ne changeait pas beaucoup, quel que fût l'endroit que Madame choisissait.

Au lieu d'être ballottée et secouée dans la cabine d'un camion, Madame prenait un avion vers l'aéroport le plus proche de la prochaine exposition. Elle restait à l'hôtel jusqu'à notre arrivée, quelques jours plus tard.

Avec son départ, respirer devenait beaucoup plus facile. Les *bracks* me donnaient toujours des ordres, et je finissais par travailler tout autant que si elle était là. Mais le fait de ne pas entendre sa voix, de ne pas craindre qu'elle ne s'élève à tout moment jusqu'à devenir un cri perçant de mécontentement me donnait l'impression qu'un poids avait été temporairement enlevé de mes épaules.

Je me déplaçais rapidement, pour aider à démonter la ménagerie et notre camp tout en essayant de rester le plus loin possible des *bracks*.

Ma main était en train de guérir. L'ecchymose avait pris toutes les nuances de bleu, de jaune et de rouge, mais le gonflement et la douleur avaient diminué. En gardant ma main à l'intérieur de ma manche, j'avais réussi à la cacher à Radax et à éviter ses questions.

Alors que nous avions presque terminé, je pris l'une des dernières choses à charger, un seau avec des tubes et autres accessoires de piscine, vestiges de l'époque où Madame possédait un énorme bassin d'eau. Elle y avait exposé un homme sirène, Zeph. Mais Zeph s'était échappé en novembre, et elle avait vendu le réservoir. Il ne restait plus que le seau avec les tubes et les câbles, car elle avait probablement oublié de donner l'ordre de s'en débarrasser, et les *bracks* ne faisaient rien sans son aval.

En longeant les semi-remorques ouvertes, je trouvai celui avec la caisse où Madame gardait son prisonnier, la gorgone. Je poussai le seau à l'intérieur, puis je flânai autour, faisant semblant d'être occupée à ranger les choses à l'intérieur de la remorque.

Depuis mon fiasco avec le concombre, je ne m'étais plus approchée de la caisse de la gorgone. Il devait être en colère contre moi pour l'avoir frappé, et je n'avais pas besoin d'une personne de plus pour me crier dessus.

Je me demandais, cependant, ce qui était arrivé au concombre. L'avait-il mangé ? Si oui, il n'avait pas dû faire long feu. Et il devait être à nouveau affamé et assoiffé.

Installée au fond de la remorque, la caisse avait dû être l'une des premières choses embarquées aujourd'hui. Elle était donc dans ce camion étouffant depuis un bon moment. Je ne pouvais pas m'empêcher de penser à la chaleur et à la lourdeur à l'intérieur de cette boîte en bois, et à la soif que devait ressentir son occupant.

Puis une autre pensée me traversa l'esprit. Et s'il n'avait *pas* mangé le concombre ? Je ne savais pas du tout à quoi ressemblait cette gorgone. Et si les concombres ne faisaient pas partie de leur régime alimentaire ?

Alors ce fichu légume resterait sur le sol de sa caisse, à pourrir. Non seulement cela rendrait l'intérieur de la caisse encore plus désagréable, mais, si jamais un *brack* ou Madame découvrait le légume pourri, ils exigeraient de savoir comment il était arrivé là.

S'il ne l'avait pas mangé, je devais absolument le récupérer.

Une fois tout terminé et emballé, j'allai voir Radax.

— Prête ? demanda-t-il, debout à côté d'un camion.

J'acquiesçais de la tête.

— Je serai à l'arrière, avec les animaux.

— Es-tu sûre de ne pas vouloir monter à l'avant avec moi ?

Dez grimpa sur le siège conducteur du camion que Radax désignait. Si je les accompagnais, j'allais devoir écouter Dez se vanter de son travail pour Madame, de ce qu'il lui avait rapporté de Nérifir la dernière fois qu'il y était allé, et combien elle l'avait félicité pour cela.

— Peut-être plus tard ? répondis-je timidement, réticente à l'idée de dire non à Radax.

Il n'avait pas l'air heureux de ma réponse, mais ne dit rien.

— Nous nous arrêterons pour dîner plus tard dans la soirée. Tu me feras savoir si tu as changé d'avis. As-tu quelque chose à manger d'ici là ?

— Oui, je sortis un sandwich emballé dans un film alimentaire et une bouteille d'eau en plastique des poches profondes de mon sweat à capuche.

— Eh bien, monte, alors.

Il me tint la porte arrière du camion grand ouvert.

— Hum... Je dois d'abord prendre quelque chose. Vas-y. Je vais demander à Vuk de fermer les portes dans une minute.

Dez passa sa tête chauve par la fenêtre du conducteur.

— Allez, Radax ! (Il tapa de la main sur l'extérieur de la porte pour attirer notre attention, comme si sa voix tonitruante n'était pas assez forte.) C'est l'heure de partir !

Radax me toucha le bras.

— Eh bien, à plus tard. Je viendrai te voir au prochain arrêt.

Ce n'était pas bon. Il allait me chercher dans son camion alors que je serais dans celui avec la caisse. Je devais trouver une excuse.

J'attendis que Radax saute dans la cabine de son véhicule. Puis je verrouillai ses portes arrière avant de monter dans le fourgon avec la caisse et de m'accroupir derrière une pile de boîtes empilées. Les portes du véhicule furent fermées et verrouillées peu après. Puis tout notre cortège se mit en mouvement. Je trouvai un endroit assez confortable entre les rouleaux de toile de tente. Puis je m'assis et fixai silencieusement la boîte des yeux.

Le camion tangua et bondit sur le chemin de terre avant d'arriver à un chemin pavé. Cela ne devait pas être confortable de voyager dans la caisse avec rien d'autre que des chaînes pour se tenir. Pourtant, aucun son ne provenait de l'intérieur.

Je n'avais jamais été du genre à entamer une conversation, mais je n'avais pas le choix cette fois-ci. Pour essayer de maîtriser mes nerfs, je toussotai.

Un bruit de frottement parvint enfin de la caisse, accompagné du cliquetis des chaînes.

— Je suis prêt, dit la gorgone.

— Prêt pour quoi ? demandai-je en clignant des yeux, confuse.

— Si tu as l'intention de me lancer un autre légume, fais-le maintenant, tant que ma tête n'est pas sur le passage.

Sa voix était plus douce et plus forte cette fois-ci, un peu grincheuse, mais avec une gentille note taquine aussi.

— Oh, non. Je t'ai touché à la tête ?

Un sentiment de gêne m'envahit à nouveau.

— À l'œil, pour être précis.

— Je suis vraiment désolée, murmurai-je à demi-mot en cachant ma bouche derrière ma main. Je t'ai fait mal ?

— Terriblement.

Quelle horreur !

Cependant, il n'avait pas l'air en colère. En fait, un sourire transparaissait dans sa voix lorsqu'il reprit la parole.

— Aucune excuse ne pourra réparer la souffrance que j'ai subie. La seule façon de remédier à la situation serait de me lancer un autre concombre.

Il rit, le doux et joyeux gloussement filtra à travers la cloison en bois qui nous séparait.

Je clignai à nouveau des yeux, ne sachant pas trop s'il se moquait de moi. C'était difficile à dire avec certitude sans l'avoir sous les yeux. Cependant, si nous avions parlé face à face, j'aurais probablement gardé le silence, comme je le faisais souvent. Ne pas voir la personne à qui je parlais rendait la conversation plus facile.

— Tu veux un autre concombre ?

— Oui, s'il te plaît, dit-il. Ce serait génial.

— Donc tu as mangé celui de la dernière fois ?

— Tout à fait. Et c'était délicieux.

Je poussai un soupir de soulagement, il avait mangé la preuve de ma désobéissance. Bien sûr, rien qu'en lui parlant, j'enfreignais déjà une autre injonction de Madame, elle ne supportait même pas que je parle aux *bracks*, ni à quiconque.

— Alors ? insista son prisonnier. S'il te plaît, dis-moi que tu as apporté encore un concombre ?

— Non... Je n'en ai pas d'autres.

Le deuxième concombre que j'avais acheté au magasin ce jour-là, je l'avais découpé en salade pour le dîner de Madame le soir même pour justifier mon achat. Elle examinait souvent mes tickets de caisse pour vérifier mes dépenses.

— Non ? répéta-t-il doucement, la déception avait fait diminuer sa voix d'intensité.

— Tu aimes les concombres ?

— Ma chère amie humaine, dit-il avec un léger soupir. Je n'ai rien bu ni mangé depuis très longtemps, avant que tu ne le laisses si généreusement me tomber dans l'œil. Je peux dire en toute honnêteté que c'est la meilleure chose que j'aie jamais mangée dans ce monde.

— Je... bredouillai-je en fouillant dans mes poches. J'ai un sandwich et une bouteille d'eau.

J'avais préparé le sandwich avec les restes du petit déjeuner de Madame après son départ pour l'aéroport ce matin-là. Elle n'avait jamais interdit de donner à manger à son prisonnier. Il n'y avait aucun mal à partager mon repas avec lui. Je le sortis et le montrai comme s'il pouvait le voir à travers le bois.

— C'est un sandwich aux œufs. On peut le partager. Ou alors tu peux tout prendre si tu veux.

Je pouvais manger dehors, à la pause, comme Radax l'avait proposé.

— Tu dis avoir de l'eau ? demanda-t-il précipitamment, avidement.

S'il avait été possible de ressentir la soif d'une autre personne à travers sa voix, et bien c'était exactement ce que je venais de vivre. Ma propre gorge s'assécha et je dus déglutir pour continuer à respirer.

Je serrai la bouteille en plastique entre mes doigts. Le liquide qu'elle contenait était frais. Rafraîchissant. Juste ce dont il avait besoin, je crois.

Lui donner de l'eau contrevenait aux ordres de Madame. J'avais déjà fait des choses qu'elle désapprouvait, ou contourné ses instructions et même parfois légèrement enfreint les règles. Mais je n'avais jamais désobéi directement à un ordre.

— Voudrais-tu partager ton eau avec moi ? demanda gentiment le prisonnier. S'il te plaît ? Juste une gorgée.

Il y avait tellement d'espoir dans sa voix. Je ne pouvais pas le briser. Madame n'était pas là, de toute façon. Personne ne le lui dirait. N'est-ce pas ? Personne ne le saurait si je donnais à son prisonnier un tout petit verre d'eau.

Je laissai s'échapper un souffle.

— OK. Je vais partager. Mais tu ne dois le dire à personne.

— D'accord, répondit-il rapidement. Tu peux me faire entièrement et complètement confiance.

Je ne le connaissais pas assez pour lui faire confiance, mais il n'avait rien à gagner à me dénoncer à Madame.

— Laisse-moi juste trouver comment te la faire parvenir. (Je me levai, en m'accrochant au bord de la caisse. Elle m'arrivait juste au-dessus de la poitrine. En me penchant, je pus atteindre la petite fenêtre à barreaux du toit.) La bouteille ne passe pas à travers. Est-ce que je dois l'ouvrir et la renverser pour que tu puisses boire ?

— Non, dit-il d'un air anxieux. Pas comme ça. Tu risques de la renverser et de tout gaspiller.

Pour lui, évidemment, chaque goutte d'eau était précieuse.

— OK. Donne-moi juste une minute.

Je cherchai autour de moi quelque chose qui pouvait faire office de paille ou d'entonnoir, puis je me souvins du seau que j'avais chargé plus tôt. Je le trouvai, en sortis un paquet de tubes en plastique et en dégageai un.

— Ça devrait marcher. (Le tube était presque aussi long que moi. Je passai une extrémité dans la fente entre les barreaux.) Penses-tu pouvoir l'utiliser comme une paille ? dis-je en plongeant l'autre extrémité du tube dans la bouteille d'eau ouverte dans mes mains.

Au lieu de me répondre, la gorgone aspira tout l'air du tube puis le remplit d'eau. En quelques secondes, ma bouteille fut vidée. Il avait pour ainsi dire « inhalé » tout le liquide en quelques longues et profondes gorgées.

— Ouah. C'était rapide. (Je fis tourner la bouteille vide dans mes mains, abasourdie. Comment pouvait-on boire aussi vite ?) Tu avais vraiment très soif...

— Tu ne peux pas imaginer à quel point, répondit-il d'une voix lente et satisfaite.

— Ça va mieux ?

Je m'assis sur la pile de rouleaux de toile.

Il fredonna joyeusement, puis demanda :

— Pourquoi fais-tu cela, petit humain ? Ne sais-tu pas que Ghata a interdit de me donner de l'eau ? Tu travailles pour elle, n'est-ce pas ? Tu fais partie des siens.

C'était trop de questions pour pouvoir y répondre en même temps. Surtout que je n'étais pas sûre des réponses moi-même.

Est-ce que je travaillais pour Madame ? Je n'étais pas vraiment employée, mais je lui rendais des services et je lui obéissais. Je n'avais pas d'autre compensation que le gîte et le couvert, c'est-à-dire un tas de chiffons pour dormir et les restes des repas en cuisine.

Faisais-je partie des siens ? Je ne lui appartenais pas comme les *bracks*. Mais je n'étais pas non plus libre.

La question la plus difficile était de savoir pourquoi j'étais allée à l'encontre des ordres de Madame. Je ne pouvais même pas utiliser comme prétexte que ce n'était qu'un concombre cette fois. Je lui avais donné une bouteille d'eau entière.

— Je... je t'ai entendu lui parler, commençai-je en cherchant mes mots. Je ne savais pas qu'elle emprisonnait les gens.

Non, c'était un mensonge. Je le savais. Ou j'aurais dû le savoir.

Madame avait déjà emprisonné et exposé Zeph, l'homme-sirène, pour de l'argent. J'avais choisi de croire ses mensonges, selon lesquels la sirène n'était pas un être sensible, juste un poisson magique ou un mammifère marin de Nérifir, qui ressemblait seulement de l'extérieur à un humain. Il était plus facile pour ma conscience d'accepter de le voir enfermé dans un bassin s'il n'avait aucune pensée, aucune conscience et aucune vie à laquelle renoncer une fois capturé.

Tout comme maintenant, il aurait été plus facile également de prétendre que la gorgone était une bête sauvage.

Sauf que les bêtes sauvages ne parlaient pas.

— Ce n'est pas bien d'enfermer quelqu'un dans une caisse, dis-je.

— Non, ce n'est pas bien, convint-il. Veux-tu m'aider à sortir, alors ?

Je m'étouffai en respirant à cette demande.

Le libérer serait un acte de défi bien plus grand que de lui donner de l'eau à boire. Même si j'avais la capacité de le libérer, ce qui était discutable, vu qu'il était enchaîné et que je n'avais pas de clé, cela aurait de graves conséquences. La mort, très probablement. Pour Radax comme pour moi.

— Qu'est-ce qui te fait peur ? demanda la gorgone en voyant que je ne répondais pas.

La peur faisait partie intégrante de moi. J'avais vécu avec ce sentiment glaçant et angoissant depuis si longtemps qu'il était devenu ma seconde nature. Je ne pouvais pas imaginer ma vie sans elle.

— As-tu peur de Ghata ? insista-t-il. Celle que les *bracks* appellent Madame ?

Madame était la cause de bien des horreurs. Je l'avais vue faire des choses qui hanteraient mes cauchemars à jamais. Je l'avais entendue se vanter de choses pires encore.

Elle levait la main sur moi souvent, presque quotidiennement. Une bousculade, un coup, une gifle sur mon visage étaient la norme. Les coups de fouet étaient fréquents aussi, avec tout ce qu'elle pouvait attraper quand elle était de mauvaise humeur et que j'étais assez proche pour qu'elle s'en prenne à moi.

Mais ce qui m'effrayait encore plus que ce qu'elle faisait était ce qu'elle *pouvait* faire. Madame avait le pouvoir de faire du mal aux gens bien au-delà des blessures physiques, et elle pouvait faire durer la douleur une éternité.

Je toussotai à nouveau pour trouver le mot juste pour la décrire.

— Elle est diabolique.

Un long soupir s'éleva de la caisse.

— Elle l'est, mon petit ami humain, elle l'est.

Il ne me força pas à le libérer. Et je lui étais reconnaissante pour cela.

Six

AMIRA

Le trajet était long. Le camion roulait sans faire de bruit sur l'autoroute. J'appréciais la chance d'avoir un compagnon pour une fois. Je ne me souvenais pas de la dernière fois où j'avais eu une véritable conversation.

Je m'assis, le dos contre la caisse. Je ne savais pas quelle était la position de la gorgone à l'intérieur, mais je l'imaginais assise, le dos appuyé au même endroit que moi. S'il n'y avait pas eu la caisse, nous aurions été dos à dos. Comme des amis.

Il m'avait appelé ainsi, n'est-ce pas ? Il m'avait appelé son ami.

Je n'en avais jamais eu, à part Radax. Mais s'occuper de moi ne lui apportait que des problèmes. Dans la ménagerie, mieux valait ne pas en avoir. Il était préférable de ne s'occuper de personne, non plus.

La gorgone interrompit mes pensées moroses.

— Parle-moi de toi.

Je poussai un petit rire nerveux.

— Il n'y a pas grand-chose à dire.

— Comment t'appelles-tu ?

Je ne m'étais pas présentée, en effet. Il me semblait plus sûr, en quelque sorte, d'être une personne sans nom, sans visage, qui pouvait se glisser dans l'ombre à tout moment et disparaître sans laisser de trace. Les noms laissaient des traces, des empreintes gravées dans la mémoire. Un nom rendait une personne réelle alors que je préférais rester une ombre.

J'hésitai, le silence entre nous se fit plus long. Une fois de plus, c'est la gorgone qui le rompit.

— Je m'appelle Kyllen, dit-il. Je suis le fils du Haut Seigneur de la Cour d'Ellohi, des Marais de Lorsan, du Royaume de Nérifir.

C'était le nom le plus long que j'avais jamais entendu. Le mien semblait pratiquement inexistant en comparaison.

— Je ne pourrai jamais le retenir entièrement, marmonnai-je tout bas.

Il éclata d'un rire authentique et chaleureux qui résonna agréablement dans ma poitrine.

— Je t'en prie, appelle-moi Kyllen. C'est ainsi que mes amis et ma famille m'appellent. Le reste, ce ne sont que des titres et des terres.

— Kyllen.

Je testai la sonorité de son nom. J'appréciai la douceur avec laquelle il glissait sur ma langue. Il semblait à la fois élégant et fort.

— Est-ce que tu vas me dire ton nom ? demanda-t-il gentiment en m'amadouant.

Je ne pouvais plus le lui refuser. Il m'avait donné le sien. Je devais lui donner le mien.

— Je m'appelle Amira.

— Amira, dit-il d'une voix traînante. C'est un beau prénom. Il me fait penser à une fleur.

Une fleur ?

Je souris.

Mon prénom voulait dire « princesse » en arabe ou « cime des arbres » en hébreu, comme je l'avais appris grâce à une petite plaque en bois vendue sur l'étal d'une foire plusieurs années auparavant. La femme qui les vendait m'avait également annoncé que sa traduction littérale était « celle qui parle », ce qui était ironique, car je parlais peu.

En y réfléchissant, j'avais probablement dit plus de mots à Kyllen aujourd'hui que je n'en aurais normalement dit à quelqu'un en un mois tout entier.

— D'où es-tu, Amira ?

Je me frottai le front. C'était une question à laquelle je n'avais pas vraiment de réponse.

Radax racontait qu'il m'avait trouvée dans une rue détruite par des bombardements lors d'un déplacement de la ménagerie au Moyen-Orient. J'avais déjà vu une carte de la région et appris que celle-ci comprenait de nombreux pays. Il ne se rappelait pas dans lequel il m'avait recueillie.

Les *bracks* vivaient des siècles. Leur mémoire retenait surtout les informations relatives à Madame et aux services qu'ils lui rendaient. Mon passé n'était pas assez important pour que Radax se souvienne des détails. Je ne lui en voulais pas. J'avais moi-même du mal à me rappeler tous les endroits où nous étions allés en Amérique du Nord.

Pendant des années, j'avais essayé de trouver mes origines. J'avais observé les gens à toutes les foires auxquelles nous avions participé. J'avais écouté leurs conversations pour découvrir de quel pays ils venaient, ou ceux qu'ils avaient visités. Je comparais la couleur de leurs yeux, de leurs cheveux et de leur peau à celle de la mienne, à la recherche de mes compatriotes, de ma tribu, de mon foyer.

Je me demandai si je pouvais être originaire de Syrie ou d'Israël. Pouvais-je être issue d'une famille juive venue d'Europe ou de Russie ? Étais-je seulement de passage dans le coin, étant donné ma couleur de peau si pâle, comme un « fantôme » ? Quoique mon prénom suggérait fortement que cette région était probablement mon foyer.

Au fond de moi, j'avais réalisé que je n'aurais peut-être jamais la réponse. Il n'y avait aucun moyen de confirmer quoi que ce soit. Je ne pourrais jamais savoir dans quelle rue Radax m'avait trouvée.

Je ne pourrais jamais connaître l'identité des personnes mortes autour de moi. Je ne saurais jamais où se trouvait ma maison.

— Je ne sais pas, soufflai-je doucement. Je ne sais pas d'où je viens.

— Tu ne sais pas ? (Il semblait confus.) Mais où est ta famille ? Tes parents ?

Mes parents appartenaient à un monde que je ne voyais plus que dans des cauchemars. Il était ténébreux, plein de bâtiments en ruine, d'explosions assourdissantes et de corps à moitié ensevelis sous les décombres. C'étaient les histoires que Radax m'avait racontées sur l'endroit où il m'avait trouvée. Je n'avais aucun souvenir précis de cette période de ma vie. Ce qui était probablement une bonne chose.

— Mes parents sont morts.

— Je suis désolé d'entendre ça, répondit-il d'un air sombre.

Je décidai d'anticiper toute autre question à ce sujet.

— Ils sont morts quand j'étais petite. Je ne me souviens ni d'eux ni de personne de ma famille.

Ma famille, mes voisins, la vie que j'étais censée avoir, tout avait disparu. Peut-être que j'aurais dû disparaître, moi aussi. Et souvent, j'avais l'impression que c'était le cas. Il n'y avait plus qu'une ombre de moi-même dans ce monde, toujours cachée et toujours silencieuse.

— Quel âge as-tu, Amira ? demanda encore Kyllen.

Je ne pouvais pas rester muette alors qu'il me posait des questions. Bien que ce fût encore une question à laquelle je ne pouvais pas vraiment répondre.

— Je n'en suis pas sûre.

— Comment ça ?

— Radax pense que je devais avoir entre trois et cinq ans quand il m'a trouvée. C'était il y a vingt ans.

Les *bracks* accordaient peu d'attention aux enfants humains, même durant la foire. Radax avait reconnu qu'il pouvait s'être trompé dans l'estimation de mon âge.

— Si jeune, souffla Kyllen.

— Quel âge as-tu ?

— Soixante-dix-huit. Enfin, *j'avais* soixante-dix-huit ans quand on m'a capturé. Je ne sais pas exactement depuis combien de temps je suis dans cette boîte maudite, grommela-t-il en se déplaçant à l'intérieur de la caisse.

Les chaînes cliquèrent alors qu'il changeait de position.

— Soixante-dix-huit ? (Je savais que les *bracks* étaient immortels. Beaucoup d'entre eux avaient vécu des siècles. Mais soixante-dix-huit ans, cela semblait si humain.) Les gorgones sont-elles immortelles ?

— Non. L'espérance de vie des fae est d'environ cinq cents ans.

— Donc, tu es un fae, alors ?

— Oui, comme tous les habitants de Nérifir.

— Je n'ai jamais rencontré quelqu'un de Nérifir, à part les *bracks*, bien sûr.

Mais *ils* ne se rappelaient normalement pas leur vie d'avant Madame. Radax m'avait parlé de la sœur qu'il avait perdue. Sa mort était la seule chose dont il se souvenait avant que Madame ne fasse de lui un *brack*. Il disait que je lui avais fait penser à sa petite sœur la première fois qu'il m'avait vue. Je pensais que c'était la raison pour laquelle il m'avait sauvé la vie et s'était occupé de moi depuis.

Tout ce que je savais sur Nérifir venait du discours que Madame faisait aux visiteurs de sa ménagerie. Elle décrivait chaque pièce exposée. Les objets curieux, disait-elle, provenaient des marais de Lorsan, des montagnes de Dakath ou des plaines de Sarnala. Elle avait dit que la sirène venait de l'océan Olathana. Selon elle, tous ces lieux se trouvaient sur Nérifir.

— Je sais que Nérifir abrite des sirènes, lançai-je timidement.

Il fredonna pour confirmer, et ajouta :

— Et des gargouilles qui vivent en haut des montagnes enneigées. Et des loups-garous qui prennent une apparence effroyable à chaque pleine lune. Des fae du ciel qui vivent au-dessus des nuages. Et beaucoup d'autres êtres magiques que le monde humain ne connaît pas. Nous sommes tous des fae, Amira.

Ce monde ressemblait à un conte de fées.

— Est-ce vrai que vous avez des pouvoirs magiques ?

— Oui, chaque race a sa propre magie, expliqua-t-il d'un air plutôt content de lui.

— Quel est *le tien* ?

Un silence succéda à ma question.

— Apporte-moi un truc mécanique, a-t-il finalement répondu. Une montre cassée, une boîte à musique, des vis, des engrenages, des ressorts, n'importe quoi. Et je te montrerai ma magie.

Je restai bouche bée devant cette étrange demande. Puis l'excitation et la curiosité m'envahirent. Est-ce que j'allais vraiment voir quelque chose de magique ?

— Oh je vais te trouver...

Un grand coup contre la porte de la remorque me fit sursauter.

— Amira ! rugit la voix de Radax depuis l'extérieur.

Je n'avais pas réalisé que le camion s'était arrêté.

— Je suis là ! criai-je en retour, puis j'ajoutai doucement à Kyllen : personne ne doit savoir que nous avons parlé.

— Pourquoi ?

— Chut ! Ne fais pas de bruit.

J'arrachai le tube de la caisse et le jetai dans le seau en me dirigeant vers la sortie.

J'avais été tellement absorbée par la conversation avec Kyllen que je n'avais pas réfléchi à une excuse pour expliquer à Radax mon changement de camion.

Radax ouvrit les portes arrière avec un bruit sourd.

— Qu'est-ce que tu fais ici ? demanda-t-il. Tu étais censée être dans mon camion.

Je me figeai sur place, face à sa colère. Radax ne m'avait jamais fait de mal, mais son froncement de sourcil profond ainsi que sa voix tonitruante étaient intimidants.

— Je suis désolée...

— Pourquoi es-tu dans ce camion ?

Il ne voulait pas lâcher.

Je détournai mon regard.

— Je... Celui-là semblait plus confortable, dis-je en désignant les rouleaux de toile de tente.

Cela me faisait de la peine de mentir à Radax, mais moins il en savait, moins il pouvait en dire à Madame, si elle l'y obligeait. Plus il serait en sécurité.

Il posa son regard pénétrant sur moi.

— Je vais bien. Tout va bien. Où sommes-nous ? Il y a des toilettes ici ? demandai-je, désireuse d'échapper à toute interrogation.

— Là-bas.

Il fit un geste en direction du bâtiment du relais routier, où était garée non loin notre caravane.

Le soleil se couchait déjà. Le parking était éclairé par quelques lampadaires à proximité.

— Merci. (Je sortis de la remorque.) Je reviens tout de suite.

À mon retour des toilettes, Dez passa devant nous avec deux sacs en papier dans les mains et une bouteille d'eau sous chaque bras.

Radax lui arracha un des sacs et me le fourra dans les mains.

— Tiens. Prends ça.

Dez me regarda comme s'il venait juste de me remarquer.

— Et ça aussi, dit Radax en prenant une bouteille sous le bras de Dez.

— Hé ! protesta Dez. C'est *mon* repas !

Radax inclina la tête vers le bâtiment du relais routier.

— Va encore en chercher.

Je glissai la bouteille sous mon coude, puis tendis la main vers l'autre que Dez tenait sous son deuxième bras.

— Je peux avoir celle-là aussi, s'il te plaît ?

— Quoi ? Non !

Dez me dévisagea avec stupeur. Je n'avais jamais rien demandé. Surtout aussi ouvertement.

Radax fronça les yeux et me lança un regard inquiet.

— Tu en veux deux ?

— Oui... (J'essayai de garder une voix normale. Ce n'était pas facile parce que généralement, je ne parlais pas du tout.) C'est juste que... il fait chaud dans le camion.

Radax prit nonchalamment la deuxième bouteille de Dez et lui fit signe en silence de se rendre au relais routier.

Dez ouvrit la bouche pour objecter, puis se contenta de secouer la tête. Il pressa le sac de nourriture dans les mains de Radax, puis retourna à contrecœur vers le bâtiment.

— Tu devrais vraiment voyager à l'avant, Amira.

— Je suis bien à l'arrière, protestai-je.

La conversation avec Kyllen s'avérait addictive. Je ne voulais pas y mettre fin. Surtout si cela revenait à écouter Dez déblatérer pendant des heures.

Radax jeta un coup d'œil à la caisse dissimulée dans l'ombre à l'intérieur du camion.

— Comment s'est passé ton trajet jusqu'ici ? demanda-t-il prudemment.

— Bien. Tranquille. (Je simulai un bâillement.) J'ai dormi presque tout le long. Je me recoucherai tout de suite après le dîner.

Radax contracta sa mâchoire et remua sa barbe.

— Ce serait plus confortable à l'avant.

Je bougeai d'un pied sur l'autre, en serrant le sac de nourriture dans mes mains et en pressant les deux bouteilles contre ma poitrine avec mes bras.

— Pas si Dez ne se tait pas, et tu sais qu'il ne le fera pas.

Argumenter ne me ressemblait pas du tout. Mon insistance aurait normalement éveillé les soupçons. Heureusement, Radax devait être tellement préoccupé par le déménagement qu'il laissa passer.

— Bien, concéda-t-il finalement. Si tu voyages dans celui-là, je le ferai aussi. Hé, Leslo ! cria-t-il au *brack* qui était sur le point de monter à la place du chauffeur de mon camion, un sac de repas à emporter à la main.

— Sors. C'est moi qui conduis.

— Pourquoi ? demanda Leslo avec une grimace.

Radax l'écarta et s'installa à la place du conducteur. Il braqua son regard sur les bouteilles dans mes bras.

— Fais du bruit si tu veux que je m'arrête pour une pause pipi en chemin.

Leslo me regarda avec un ressentiment évident sur le visage. Pour l'éviter, je remontai à l'arrière. Finalement, quelqu'un referma et verrouilla les portes, et je m'installai confortablement près de la caisse.

— Tu peux parler maintenant, dis-je à Kyllen alors que le camion repartait.

Pour la première fois de ma vie, j'étais vraiment excitée à l'idée de faire un long voyage poussiéreux dans un tas de vieilles toiles de tente.

— Où allons-nous ? demanda Kyllen.

— Vers un autre lieu pour le spectacle, plus au sud. Je n'ai pas demandé le nom de la ville.

Il ironisa doucement.

— Connaître le nom de la ville ne changera rien pour moi.

C'était aussi mon sentiment. Peut-être que Kyllen et moi n'étions pas si différents que ça. À bien des égards, j'étais aussi la prisonnière de Madame.

Sept

KYLLEN

Il prit une autre gorgée à travers le tube qu'Amira avait déniché pour lui servir de paille. L'eau fraîche et propre remplit sa bouche et glissa dans sa gorge. C'était sa troisième bouteille aujourd'hui, et il pouvait enfin boire lentement, savourer chaque goutte.

Sa peau demeurait désagréablement sèche et tiraillait lorsqu'il bougeait. Mais à l'intérieur, il se sentait presque normal à nouveau. Ses poumons aspiraient l'air plus facilement. Son cœur pompait une quantité de sang qui augmentait progressivement. Son cerveau fonctionnait bien. Et ses mots quittaient sa gorge, bien mieux hydratée, avec beaucoup plus de douceur.

Les menottes de fer autour de ses poignets l'irritaient et lui brûlaient la peau, mais il ne pouvait rien y faire. Elles avaient été forgées dans du fer nérifirien, un métal dangereux pour tous les fae. Pour les enlever, il avait besoin d'outils. Pour se procurer des objets qu'il pourrait convertir en outils, il avait besoin d'Amira.

La jeune fille humaine avait été timide, mais elle était revenue vers sa caisse après l'arrêt, ce qui lui laissait plus de temps pour gagner sa confiance. Il s'installa aussi confortablement que possible dans cette odieuse boîte. Son dos contre la paroi de la caisse, il étira ses jambes devant lui.

— Parle-moi un peu plus de toi, demanda-t-il à Amira en sirotant tranquillement l'eau salvatrice.

Il ne croyait plus qu'elle agissait sur ordre de Ghata pour le détruire. Cette fille ne pouvait même pas mentir pour sauver sa vie. Sans voir son visage, il pouvait l'entendre dans sa voix quand elle n'était pas sûre de quelque chose, et elle semblait l'être souvent.

— Il n'y a vraiment pas grand-chose à ajouter, répondit-elle doucement.

Elle parlait et bougeait toujours *doucement*, comme si elle avait peur de perturber l'équilibre de son monde en faisant du bruit.

Il l'entendit remuer contre le bois de la caisse. Elle devait être assise dans une position identique à la sienne, appuyée contre la même paroi de la caisse, juste derrière lui.

— Il doit y avoir plus que ça dans ton histoire, insista-t-il, pour plusieurs raisons.

Premièrement, il s'ennuyait, il était assis dans cette caisse depuis Dieu sait combien de temps. La conversation le divertissait.

Deuxièmement, il devait apprendre à la connaître afin de trouver la meilleure façon de l'utiliser à son avantage. Peut-être pourrait-il même la manipuler pour qu'elle le libère ?

Et troisièmement, il était curieux de connaître cette femme humaine, qui avait passé sa vie auprès d'une déesse loup-garou déchue et de sa meute de moines.

— Et ne me dis pas que les humains sont ennuyeux, l'avertit-il.

— Mais nous le sommes, affirma-t-elle. Nous n'avons pas de pouvoirs magiques.

Il se moqua légèrement :

— La magie peut rendre une personne plus puissante, mais pas nécessairement plus intéressante.

Elle marqua une pause, peut-être pour réfléchir à ses paroles.

— Écoute, dit-elle. Comment as-tu deviné que j'étais un humain ? Je ne te l'ai jamais dit. Tu n'as jamais demandé.

— Oh, c'était facile, gloussa-t-il. Seul un humain ignorant s'approcherait d'une gorgone. Tous les autres sauraient qu'il faut rester à l'écart.

Malgré ses intentions de l'attirer vers lui, ses propos risquaient fort de l'effrayer. Mais il ressentait le besoin de l'avertir. Elle devait savoir qu'il était dangereux, de peur qu'elle n'entreprenne quelque chose de stupide et se fasse tuer sans le vouloir.

Le silence s'installa entre eux, suffisamment longtemps pour qu'il craigne d'avoir gâché sa seule chance de retrouver la liberté, aussi mince qu'elle ait été.

— Qu'as-tu fait à Krin ? demanda-t-elle enfin, d'une voix à peine audible.

— Qui est Krin ?

Le nom ne lui disait rien.

— Le *brack* qui était dans la pièce quand Madame t'a parlé la dernière fois.

Cela lui rafraîchit la mémoire.

— C'est vrai. Tu étais là aussi, n'est-ce pas ? Petite chose furtive que tu es.

Elle haleta.

— Comment as-tu...

— J'ai une bonne ouïe. (Il sourit.) Et tu as une façon bien à toi de te déplacer. Personne ne se faufile sans bruit ici, à part toi.

— S'il te plaît, ne le dis pas à Madame, supplia-t-elle. Je n'étais pas censée être là. C'était un accident.

Il classa cette information, ajoutant ainsi une arme à son arsenal contre elle. Cependant, l'idée de faire chanter Amira ne lui plaisait pas du tout. Cette femme faible et effrayée ne représentait pas un adversaire redoutable. Lui causer du tort serait comme donner un coup de pied à un chaton, imaginait-il — pas de quoi être fier.

— Ne t'inquiète pas, lui assura-t-il. Je ne suis pas exactement en bons termes avec Ghata. Il n'y a aucun risque que je lui révèle tes secrets au cours d'une conversation amicale autour d'un thé l'après-midi.

— Madame ne prend pas le thé l'après-midi.

La voix d'Amira s'était détendue. L'idée de l'imaginer en train de discuter amicalement autour d'une tasse de thé avec sa « Madame » avait dû l'amuser.

Il sourit, heureux d'avoir réussi à égayer l'humeur de cette fille sombre et silencieuse.

Pas pour longtemps, cependant. Sa voix redevint grave.

— J'ai trouvé le pouce de Krin. Il s'est coupé ce jour-là. La blessure y était encore, une égratignure sur la peau. Il était devenu dur comme de la pierre.

Il lâcha le tuyau chargé d'eau, obstrua son orifice avec son pouce, et poussa une longue expiration.

La vérité la terrifierait-elle ? S'enfuirait-elle au loin en emportant avec elle son seul espoir ?

— Qu'est-ce que tu es, Kyllen ? Qu'est-ce que ça veut dire, *gorgone* ? insista-t-elle d'une voix prudente.

Il se demanda s'il n'avait pas tiré des conclusions trop hâtives à son sujet. Elle était peut-être inexpérimentée et avide de compagnies, n'importe quelle compagnie comme la sienne, mais elle n'était pas stupide. Son instinct de survie devait être élevé pour avoir résisté aussi longtemps auprès de Ghata.

Elle avait aussi survécu à l'interrogatoire que Ghata lui avait fait subir lorsque la déesse avait bêtement ordonné d'ouvrir sa caisse. Amira y avait échappé alors que ce Krin non.

— Les gorgones sont juste une autre race de fae, Amira.

Il prit une voix douce et agréable pour ne pas l'effrayer plus qu'elle ne l'était déjà.

Sa peur ne l'empêcha pas de poser d'autres questions.

— Comment as-tu transformé un homme en pierre ? C'est ce qui est arrivé à Krin, n'est-ce pas ?

Il devait la mettre à l'aise et faire en sorte qu'elle lui fasse entièrement confiance, même si cela signifiait lui mentir. Mais il ne pouvait pas mentir. Si elle sentait le manque de sincérité, l'entente qui s'était formée entre eux jusqu'à présent serait irrévocablement brisée.

— Oui. C'est moi qui ai transformé Krin en pierre, répondit-il honnêtement, espérant qu'elle soit assez forte pour supporter la vérité.

Elle inspira de l'air brusquement.

— Comment as-tu fait ça ?

— Par le contact visuel, Amira. Si tu veux vivre, ne regarde jamais droit dans mes yeux ni vers mes *senties*.

— *Senties* ? répéta-t-elle. Qu'est-ce que c'est ?

— Les antennes que j'ai sur la tête à la place des cheveux. Vingt-quatre. Et chacune a des yeux. Vingt-quatre paires d'yeux supplémentaires que j'utilise pour surveiller le danger autour de moi. Et vingt-quatre paires d'yeux supplémentaires que tu dois éviter de croiser.

— Comment peut-on éviter cela ?

— Exactement. C'est impossible. C'est pourquoi tu ne dois jamais regarder directement vers moi si tu ne veux pas finir comme ce pauvre Krin.

Krin était un *brack*. C'était peut-être l'un de ceux qui l'avaient traqué et capturé dans la forêt d'Ellohi. Kyllen ne ressentait aucune sympathie pour Krin dans son cœur. Il ne pensait pas non plus qu'Amira puisse être peinée par sa mort. Elle semblait plus bouleversée qu'attristée.

— Est-ce que tu l'as tué exprès ?

Il se racla la gorge pour gagner du temps avant de répondre :

— Krin a eu le malheur de se placer dans mon champ de vision.

Elle n'avait pas besoin de savoir qu'il avait réussi à attirer l'attention de Krin juste avant que le *brack* ne soit sur le point de fermer la caisse. Krin lui avait fait face lorsque Kyllen avait rabattu sa capuche en arrière et s'était déplacé en faisant cliqueter ses chaînes. Parfois, un coup d'œil était inévitable, même si l'on savait qu'il était mortel. Au bruit des chaînes, ce dernier n'avait pas pu s'empêcher de lever les yeux. Maintenant, il y avait un *brack* de moins dans le monde, ce qui n'était pas une grande perte.

Malheureusement, seul Krin l'avait regardé. Ghata avait observé la scène à travers un grand miroir, évitant habilement de poser ses yeux sur lui directement.

— Tu peux l'arrêter ? Ton pouvoir ? demanda Amira.

— Peux-tu t'empêcher de regarder quelqu'un ? rétorqua-t-il.

— Facilement. Il me suffit de fermer les yeux.

— Combien de temps peux-tu rester ainsi ? Une minute ? Une heure ? Un jour ? Peux-tu vivre toute ta vie comme ça ?

Il l'entendit souffler.

— Ce ne serait pas facile, n'est-ce pas ? dit-il. Les gens pensent souvent que c'est simple. Fermer les yeux. Se détourner. Ne pas regarder. Pourrais-tu avoir une conversation avec quelqu'un sans jamais le regarder dans les yeux, pas même une seule fois ? C'est difficile, même si on n'en a que deux. Et j'en ai cinquante.

— Mais est-ce que tu peux... genre, le désactiver ?

— Désactiver la magie ? gloussa-t-il.

Mon Dieu, elle *était* naïve. Ou peut-être juste ignorante. Les humains ne disposaient d'aucune magie. Comment aurait-elle pu savoir quoi que ce soit à ce sujet ? De toute évidence, personne ici dans la maison de Madame ne lui avait appris ces choses non plus. Personne n'avait pensé qu'elle aurait un jour besoin de ces connaissances.

— Non, Amira. La magie ne peut être *désactivée*. Un fae naît avec. On peut la renforcer. Parfois, on peut la perdre. Mais personne ne la contrôle suffisamment pour l'activer et la désactiver à volonté.

— Donc la seule manière pour toi de ne pas tuer les gens serait...

Elle fit une pause, pour réfléchir probablement à son petit discours sur la nécessité d'éviter le contact visuel.

Il ne lui avait pas menti. Il était souvent impossible de ne pas regarder. Un regard, aussi bref soit-il, suffisait à une gorgone pour transformer en pierre toute créature vivante à l'extérieur des marais de Lorsan.

— En cas de besoin, nous portons des capuches qui dissimulent les *senties* et couvrent nos yeux, expliqua-t-il. Une gorgone ne peut pas en transformer une autre en pierre. Notre pouvoir ne peut pas non plus nuire aux animaux qui vivent sur les terres de Lorsan. Nous ne voyageons pas souvent en dehors de notre royaume. Notre métier est apprécié partout dans Nérifir. Cependant, nous ne sommes pas les bienvenus hors de Lorsan. Pour des raisons évidentes, dit-il et il lâcha un rire dénué d'humour.

— Les autres ont peur de vous, n'est-ce pas ? Je suis désolé, Kyllen, mais je ne peux pas leur en vouloir. Votre... hum, don est terrifiant.

Elle avait raison. Ce *don* était souvent perçu comme une malédiction en dehors des frontières de Lorsan.

— C'est une bonne chose que vous ne puissiez pas vous faire du mal entre vous, dit-elle d'une voix plus forte.

— C'est une bonne chose. (Il sourit à sa tentative de trouver quelque chose de positif.) La procréation serait très difficile autrement. Personne n'aime le sexe froid comme la pierre.

Elle marqua une autre pause, puis dit avec une certaine incertitude :

— Tu me taquines.

Il fit un grand sourire.

— Juste un peu.

C'était bon de sourire à nouveau. De plaisanter, de flirter. Toutes ces choses, qu'il avait appréciées auparavant, et dont il était privé depuis si longtemps.

— As-tu une grande famille ? demanda-t-elle.

Amira changeait de sujet. Ou peut-être que son allusion au sexe l'avait amenée à changer de sujet ? Il était encore en train de chercher à comprendre comment son esprit fonctionnait.

— Pas très grande. Juste mes parents, mon frère et moi.

— Parle-moi d'eux.

Un bruissement contre le bois de l'autre côté lui indiqua

qu'elle avait dû bouger un peu, et pendant un instant, il souhaita pouvoir la voir assise là.

Il se mit aussi un peu plus à l'aise en réarrangeant ses chaînes. Le camion avait roulé sur une route relativement plate, avec un minimum de secousses.

— Ma famille ? Eh bien, mon père est le Haut Seigneur de la Cour d'Ellohi. Il est respectable, courageux et aimé de ses sujets, bien sûr. Ma mère est une vraie dame, juste, gentille et élégante. Une famille noble. Ennuyeuse dans sa perfection.

C'était vrai. Ses parents étaient parfaits. La partie la plus difficile de sa vie jusqu'à présent avait été de s'intégrer et de se montrer digne de leur héritage sans failles.

— Et ton frère ?

— Udren ? Il a plus de soixante ans de moins que moi. Il avait 16 ans quand j'ai été enlevé.

— Comment as-tu été capturé ?

Il grimaça au souvenir honteux de sa défaite.

— Ils m'ont piégé.

— Comment ? Tu as dit que tu avais cinquante yeux pour repérer le danger.

Elle était vive, et lui renvoyait ses propres mots.

— Dans ce cas précis, les yeux n'aident pas, répondit-il. Les *bracks* ont installé leur piège sous l'eau. Mon frère et moi étions au bord du ruisseau Teal, loin du palais. Je l'aidais à choisir un serpent d'eau à monter. Il avait décidé d'en essayer un.

— Un serpent ? Comment montez-vous un serpent ? l'interrompit-elle.

— Ils sont beaucoup plus gros que les serpents ordinaires. Ils vivent dans les rivières larges et peu profondes des Wetlands.

— Quelle taille font-ils ?

Elle semblait être entraînée par son récit, avec de la passion dans la voix et la soif d'en savoir plus.

— Plus larges que toi et moi réunis et aussi grands que les arbres. Nous les chevauchons en glissant un harnais sur leur tête et en nous tenant à leur cou, là où leur tête se confond avec leur corps. Si tu tires le harnais vers le haut, le serpent tiendra sa tête hors de l'eau. Mais si tu lui fais mal, il fera tout ce qu'il peut pour que tu tombes.

Elle émit un cri de stupéfaction.

— Pourquoi diable quelqu'un voudrait-il monter un tel monstre ?

Il sourit, en repensant à son entraînement.

— Pour le plaisir. Pour le sport. Mon père organise chaque année un tournoi où les meilleurs guerriers de ses terres viennent s'affronter. J'ai remporté tous les tournois de ces dix dernières années, ajouta-t-il avec suffisance.

— Mais ton frère n'a que seize ans. N'y a-t-il pas une limite d'âge pour commencer à apprivoiser les serpents géants ?

— Mon frère avait commencé son entraînement depuis long-temps. (Kyllen lui-même avait essayé de monter sur un serpent pour la première fois quand il avait huit ans. Bien sûr, ça ne s'était pas très bien passé.) Je n'étais pas en colère contre Udren d'avoir essayé d'en chevaucher un. Mais j'étais inquiet quand il est tombé. Je l'ai vu sauter dans l'eau. Quand je suis arrivé à sa hauteur, il était piégé dans un filet. J'avais plongé pour le libérer, mais mon couteau ne parvenait pas à couper le filet. Je réussis à le démêler autour de lui. Au moment où il fut libéré, le filet s'enroula autour de moi. Puis un épais tissu noir m'enveloppa. Les *bracks* me couvrirent la tête, m'attachèrent avec des chaînes en fer et m'enfer-mèrent dans cette caisse. (Il ne put s'empêcher de pousser un profond soupir.) Tu connais la suite.

— C'est horrible. Tu t'es sacrifié pour ton frère.

— En quoi est-ce horrible ? ironisa-t-il. (L'humain ne compre-nait visiblement pas.) Ma famille et le peuple d'Ellohi verront cela comme un acte honorable de ma part.

C'était en tout cas l'espoir qu'il nourrissait face à une mort certaine par soif et déshydratation, à savoir qu'au moins chez lui, son peuple le considérerait comme un héros.

— C'est pour ça que tu t'es sacrifié pour lui ? demanda-t-elle. Pour que tes parents soient fiers ?

Elle avait compris, après tout. Elle était bien trop vive pour son propre bien, pensa-t-il avec une certaine irritation. Il s'en voulait d'avoir laissé ses instincts protecteurs et son amour pour son frère prendre le dessus et le faire atterrir dans cette caisse. Mais si la même situation se reproduisait, il referait pareil.

— Qu'aurais-tu fait, Amira, si tu avais été à ma place ? Aurais-tu laissé les *bracks* enlever ton petit frère ? Ou aurais-tu essayé de le sauver, même si cela t'avait coûté ta liberté ?

Le silence se prolongea un peu plus longtemps cette fois-ci. Il se demanda si elle essayait d'imaginer ce que c'était d'avoir un frère.

— Non, dit-elle finalement. Tu as fait la bonne chose, la seule chose à faire dans cette situation. C'est juste que... tu es piégé ici, maintenant.

— Et tu n'aimes pas ça ? demanda-t-il rapidement, trop rapidement, il le craignait.

— Non, admit-elle.

Alors, trouve un moyen de me ramener à la maison. Les mots étaient sur le bout de sa langue, suppliant d'être dits. Mais c'était trop tôt. Elle était comme un poisson au bout de son hameçon. S'il tirait trop fort, trop tôt, trop négligemment, elle s'enfuirait, le laissant pourrir à jamais dans cette caisse répugnante.

Amira était son seul espoir de liberté, et il devait faire attention. Il se mordit la langue et garda le silence.

— Parle-moi de chez toi, demanda-t-elle.

Amira semblait insatiable dans son désir de savoir.

Ça ne le dérangeait pas de le nourrir.

— Le palais de mon père est le plus grand d'Ellohi. C'est le plus magnifique de tous les palais des Hauts Seigneurs de Lorsan, digne d'un roi.

Ce n'était pas de la vantardise. La cour d'Ellohi était l'une des plus anciennes et des plus riches du royaume.

— À quoi ressemble-t-il ?

— Trois grands arbres du marais royal forment son cœur, les eaux de la baie de Layahi coulent entre leurs racines.

— Tu habites dans un arbre ?

Il pouffa de rire. Pensait-elle que les gorgones vivaient comme des singes ? Qu'ils construisaient des abris dans les branches ?

— J'ai dit que je vivais dans un *palais*, répondit-il, indigné. Il est érigé à l'intérieur et autour des arbres.

— Font-ils partie du palais ?

Elle avait l'air étonnée et fascinée.

— Oui. Une centaine de pièces sont nichées entre leurs branches. Des escaliers et des ponts les relient. La grande salle se trouve au niveau inférieur, les troncs en constituent les murs.

— Y'a-t-il des feuilles ?

— Des millions. Vertes et douces d'un côté, dorées et brillantes de l'autre. Quand la brise souffle, ce qui arrive souvent, les feuilles se retournent. On dirait que le château tout entier est couvert de pièces d'or.

— Waouh... Ça a l'air... magnifique.

— C'est spectaculaire, convint-il. Ma chambre est l'une des plus hautes du château. Quand j'étais enfant, j'avais une habitude... (Ses lèvres se contractèrent en un sourire aux souvenirs de son enfance.) J'avais tendance à sortir en douce avec mes amis pour faire du surf ou pour observer les serpents bleus dans la baie en aval du ruisseau. Un matin, ma mère a failli mourir d'inquiétude après avoir trouvé ma chambre vide. Alors mon père a ordonné que je sois déplacé le plus haut possible.

— Est-ce que ça t'a empêché de t'échapper à nouveau ?

Il n'y avait pas de grande conviction dans le ton de sa voix.

— Non ! (Il rit.) Mais j'ai appris à rentrer plus tôt, avant que les domestiques ne viennent dans ma chambre pour me réveiller le matin.

Elle resta silencieuse pendant une minute, passant peut-être en revue les images qu'il avait créées dans son esprit. Il était heureux d'être replongé dans son passé, la vie qu'il aspirait à retrouver un jour.

— As-tu beaucoup d'amis ? demanda-t-elle.

— Oui. Tellement, que j'ai perdu le décompte.

— Ça doit être bien, dit-elle avec mélancolie.

Il ressentit la solitude en elle. Une solitude si ancienne et durable qu'elle lui donnait l'impression d'être beaucoup plus âgée que ses vingt et quelques années. Le poids de cette solitude semblait se répandre, s'infiltrer à travers le bois de la caisse et se presser sur son cœur.

Il se frotta le torse à travers sa tunique.

— Quand on est l'héritier du trône d'un Haut Seigneur, se faire des amis est facile. Le défi est de trouver ceux qui sont authentiques. Tous les amis ne sont pas sincères.

— J'imagine... dit-elle en hésitant, puis elle ajouta : soixante-dix-huit ans, ce n'est pas vieux pour un fae, n'est-ce pas ?

— Non, ça ne l'est pas. (Il s'étira les épaules. Avec l'eau qui revigorait son corps, il se sentait plus jeune que jamais. Ses muscles s'emplirent de force, le pressant de bouger.) J'ai entendu dire que les fae et les humains vieillissaient de la même façon au début. Les deux grandissent et se développent physiquement jusqu'à la vingtaine ou la trentaine. Après cela, notre vieillissement ralentit pendant des siècles. Nous ne commençons à vieillir qu'à la fin de notre vie.

— Donc, en années fae... tu aurais à peu près mon âge, alors ? Non ?

C'était une idée ridicule. Il avait vécu trois fois plus longtemps qu'elle. Il devait donc être beaucoup plus sage et mature, également.

Pourtant, il y avait quelque chose dans sa voix, qui l'empêchait de rejeter sa question d'emblée, de l'espoir, de la vulnérabilité, de l'envie. C'était comme si elle cherchait une connexion entre eux. Comme si elle avait vraiment besoin d'un ami.

Il ne pouvait pas être son ami, bien sûr, mais peut-être pouvait-il faire semblant pendant un moment ?

— C'est vrai, concéda-t-il. En années fae, j'ai à peu près ton âge.

— As-tu... une petite amie ?

Il manqua de s'étouffer avec la gorgée d'eau suivante, répandant ainsi de précieuses gouttes sur son menton et sa poitrine. La question était inattendue.

Elle semblait innocente, curieuse, rien de plus. Sa vie ne lui avait probablement pas laissé beaucoup de place pour une relation amoureuse, bien qu'elle fût en âge de le faire. Sa curiosité ne devrait pas le surprendre. C'était sa faute s'il l'avait considérée plus comme une enfant que comme une femme.

Il évita de répondre directement à sa question.

— À Lorsan, on ne se préoccupe pas de trouver un partenaire avant d'avoir une centaine d'années ou plus. Et si on est l'héritier de quelque chose d'important, le mariage est une question d'importance nationale, à moins qu'un lien d'accouplement ne se produise, bien sûr.

— Un lien d'accouplement ? Qu'est-ce que c'est ?

— C'est quand on trouve sa moitié. La légende dit que les dieux déchirent une âme en deux avant de donner à chaque partie un corps et une vie. Si les deux parties parviennent à se retrouver, leur union est la plus forte et la plus puissante de toutes.

— Et se retrouvent-ils toujours ? demanda-t-elle captivée.

— Cela n'arrive pas souvent aux gorgones. Mais si ça arrive, c'est vraiment extraordinaire. Mes parents forment un couple uni. Leurs forces et leurs faiblesses se complètent, ce qui les rend plus puissants. Leur amour est inconditionnel, et leur loyauté est inébranlable. Leur règne sur notre terre est absolu. Rien ni personne ne peut se mettre en travers de leur chemin.

— Ouah. C'est... c'est bon de savoir qu'il y a quelqu'un pour vous quelque part. Quelqu'un qui te complète, pour que tu ne sois jamais seul.

Pour lui, un lien d'accouplement signifiait un renforcement du pouvoir, chose utile pour un souverain, mais pas nécessaire pour monter sur le trône. Il ne l'avait jamais envisagé autrement auparavant. Entouré de courtisans et de serviteurs désireux de répondre à ses moindres désirs et se disputant son attention, il n'avait jamais vraiment été seul jusqu'à ce que Ghata l'enferme dans cette caisse.

Pour Amira, le lien signifiait quelque chose de beaucoup plus personnel, semblait-il.

— C'est pour ça que tu n'as pas de petite amie ? demanda-t-elle. Tu attends ta moitié ?

Il était sorti avec des femmes dans sa vie. Il en avait connu beaucoup. Flirter était amusant. Et il y avait de nombreuses femmes à la cour de son père qui appréciaient ses attentions et lui permettaient volontiers d'aller bien au-delà du flirt également.

Mais il réalisa qu'Amira parlait de quelqu'un de plus sérieux que les conquêtes amusantes qu'il avait eues.

— Je n'ai pas ce que vous appelleriez une « petite amie », répondit-il. Mais mes parents ont quelqu'un en tête pour mon mariage. Lady Eiphed, la fille d'un autre Haut seigneur de Lorsan.

— Est-ce que tu l'aimes ?

Aimer ? Avait-elle la moindre idée sur ce qu'elle disait ?

— Je l'ai rencontrée une fois, il y a environ six ans. (Depuis, il s'efforçait de repousser le plus longtemps possible le mariage avec lady Eiphed.) Elle est gentille. Je n'ai rien contre elle.

— Mais quelque chose ne colle pas, n'est-ce pas ? Tu n'as pas l'air heureux. Tu n'es pas amoureux.

Apparemment, il n'était pas le seul à pouvoir lire les émotions dans une voix.

— Non. Je ne suis pas opposé à cette idée... (Il n'attendait pas la venue de sa véritable compagne, il n'était pas contre l'idée d'en trouver une, mais il voulait qu'il se passe *quelque chose*. Quelque chose de grand, d'excitant, de différent, qui devait se produire dans sa vie avant qu'il ne s'installe sur le trône de son père avec une femme, une famille à lui, et toutes les responsabilités ennuyeuses d'un Haut Seigneur.) C'est trop tôt pour moi.

Bien sûr, la seule chose « spéciale » qui s'était produite jusqu'à présent était son enlèvement et son emprisonnement par Ghata. Il soupira. Même le mariage ne semblait pas aussi contraignant en comparaison.

Un bruit soudain le sortit de ses idées noires. Il venait de l'extérieur. Une série de petits bruits sourds martelèrent le toit du véhicule dans lequel ils étaient.

L'air étouffant à l'intérieur de la caisse se satura rapidement d'humidité. Il le sentit d'abord avec ses *senties,* puis avec toute la surface de sa peau.

— Qu'est-ce que c'est ? demanda-t-il. On dirait la pluie.

— C'est ça, confirma Amira. Ça commence brusquement comme ça, parfois. Heureusement que le camion est entièrement recouvert.

Il aurait préféré que ce ne soit pas le cas. Il aurait pu recueillir quelques gouttes par l'ouverture grillagée du haut de la caisse.

— Dis-moi, Amira, à quoi ressemble la pluie dans ce monde ?

— La pluie ? Comme partout, je crois. Une masse d'eau qui tombe du ciel.

De l'eau.

Il repoussa sa capuche en arrière, et déploya ses *senties* autour de sa tête. Il leva son visage vers l'ouverture de la caisse, et ferma les yeux. Il écouta.

Il ressentit la vibration de chaque gouttelette avec acuité, en imaginant qu'elle frappait sa peau. Il fit comme s'il était là, dehors, sous la pluie. L'eau coulait sur son visage et le long de ses *senties.* Elle trempait ses vêtements, s'accumulait dans ses bottes, rendait sa peau souple et douce à nouveau, et lui permettait de respirer.

Jamais auparavant il n'avait autant souhaité être libéré de cette caisse.

— À quoi ressemble la pluie à Ellohi ?

La voix douce d'Amira rompit le bruit des gouttes.

Chez lui, ce moment était une véritable bénédiction.

— À Ellohi, un jour de pluie est une occasion de faire la fête. (Il garda les yeux fermés, laissant son esprit le transporter dans les marécages de Lorsan.) Les ruisseaux et les rivières se gonflent. De nouveaux se forment. Les fontaines du palais coulent plus abondamment. Les nombreuses chutes d'eau qui traversent les pièces et descendent le long des branches des arbres géants s'élargissent. L'air s'imprègne d'humidité, et nourrit chaque cellule de notre corps. La joie règne sur le royaume, plus puissante que le roi lui-même.

— Dis-m'en plus, supplia-t-elle. S'il te plaît, parle-moi des fontaines et des chutes d'eau.

L'émerveillement flottait dans sa voix. Amira avait visiblement envie de quelque chose de différent de ce que la vie lui avait réservé jusqu'à présent. Elle s'imprégnait de chacun de ses mots.

En voulait-elle plus ?

Il allait lui en donner. Il lui parlerait de Lorsan jusqu'à ce que sa bouche s'assèche à nouveau, si seulement cela pouvait la faire revenir vers sa caisse encore et encore. Il avait besoin de temps pour gagner sa confiance et l'attirer de son côté.

Et peut-être qu'un jour, les histoires de son monde natal et l'appétit vorace d'Amira le mèneraient vers la liberté.

Huit

AMIRA

Après des années de déplacements, de démontages et de remontages de tentes, les *bracks* avaient développé une routine parfaite. Une seule journée leur suffit pour tout installer, et la ménagerie était fin prête pour ses premiers clients dès le lendemain matin.

Sur ce site, comme sur tous les autres auparavant, il n'y avait aucune différence dans le programme pour moi, sauf que maintenant j'avais Kyllen.

J'avais fait mon « lit » avec des sacs de sable et des rouleaux de tissu supplémentaires dans la pièce de stockage derrière sa caisse. Après la ménagerie installée pour la nuit, les *bracks* repartaient chacun dans leur coin, et Madame s'occupait de l'un d'entre eux dans sa roulotte. Je me blottissais dans mon sweat à capuche derrière la caisse, et Kyllen me parlait de Nérifir et de son enfance dans le Royaume de Lorsan.

C'était un excellent conteur. Grâce à ses descriptions vivantes, je pouvais presque voir le vaste palais du Haut Seigneur d'Ellohi, les courtisans richement vêtus et les bals somptueux qu'ils organisaient. Je sentais les odeurs de la maison de son enfance, remplie de plantes et de pièces d'eau. Je visualisais les tournois que Kyllen aimait tant et les leçons scolaires qu'il détestait quand il était petit.

En quelques jours, j'avais rassemblé toute une collection d'objets pour lui. Je n'avais jamais réussi à trouver la montre ou la boîte à musique qu'il avait demandée. Mais avec mes yeux toujours tournés vers le sol, je ramassais tout ce qui n'avait pas sa place dans la poussière.

Je lui avais apporté toutes les vis et tous les ressorts que j'avais pu trouver, des morceaux de fil électrique, des élastiques pour cheveux, un collier cassé avec des perles bleues et vertes, une boucle d'oreille et plein d'autres choses perdues ou jetées. Je ne savais pas si tous ces objets étaient utiles, mais il les avait tous acceptés avec gratitude, et cela me rendait heureuse.

— Sais-tu ce que sont toutes ces choses ? lui demandai-je un jour, en faisant glisser mon dernier butin, une fourchette métallique tordue et un stylo mécanique sans encre, à travers les barreaux de sa caisse.

— Ce n'est pas difficile à deviner, répondit-il en restant hors de vue alors que j'étais près de la caisse. Plus j'en apprends sur ton monde, mon amie, plus je remarque à quel point il ressemble au mien.

— Il lui ressemble ? D'après tes histoires, je ne vois que des différences.

— Il y a un peu des deux, convint-il. Mais les choses de base, fondamentales, sont très semblables. Les anciennes légendes disent que tous les mondes de la Rivière des Brumes ne faisaient qu'un, il y a longtemps. Nous partageons plus qu'il n'y paraît à première vue.

Plus que pour les objets, Kyllen était surtout reconnaissant pour l'eau que je lui apportais dès que j'en avais l'occasion. Il en buvait tellement que cela finit par m'inquiéter. Ce qui entrait devait sortir, n'est-ce pas ? Il était enfermé dans la cage vingt-quatre heures sur vingt-quatre, sans accès à des toilettes.

Après quelques jours, je trouvai suffisamment de courage pour aborder cette question avec lui. Il éclata de rire quand je parvins enfin à poser ma question après avoir bégayé et buté sur les mots.

— Ma chère Amira, dit-il. On m'a privé d'eau pendant si longtemps que chaque goutte est entièrement absorbée par mon corps puis utilisée en tant qu'énergie. Ce monde est trop sec. J'ai besoin de beaucoup d'eau pour fonctionner. Crois-moi, il ne restera rien en moi pour aller aux toilettes avant un bon moment.

Quelle quantité lui fallait-il vraiment pour ne plus avoir soif du tout ? Comme ses besoins physiques étaient si distincts des miens, je me demandais aussi à quel point il était différent. J'étais curieuse, mais je ne cherchai pas à jeter un coup d'œil sur lui, sachant que le voir pourrait me tuer.

Quelques jours après le déménagement, j'effectuai mes corvées aussi vite que possible, impatiente d'entendre une autre de ses histoires. Avant que les premiers spectacles ne commencent, j'apportai à Kyllen une bouteille d'eau que j'avais sortie clandestinement de la cuisine.

— Alors, qu'est-ce que ça va être aujourd'hui ? demandai-je avec impatience. De quoi vas-tu me parler ?

J'enfilai soigneusement le tube à travers les barreaux pour lui, et insérai l'autre extrémité dans la bouteille que j'avais apportée.

Kyllen but une longue gorgée d'eau avant de s'exprimer.

— Est-ce que je t'ai parlé de ma première pêche à l'anguille ?

— Non. Que s'est-il passé ? Tu es tombé dans la rivière ?

Il gloussa de rire.

— Rien d'aussi trivial.

— Dis-le-moi, s'il te plaît.

Je m'installai confortablement derrière la caisse et sortis le sandwich œuf-salade de ma poche, mon petit déjeuner tardif.

Les bruits des *bracks* qui se préparaient pour les premières représentations filtraient à travers la toile. Mais ils étaient suffisamment éloignés pour que nous puissions poursuivre notre conversation tranquillement.

— D'un autre côté, dit Kyllen. Cette histoire est trop longue pour la pause rapide que tu prends le matin. Je vais la garder pour ce soir, quand nous aurons, je l'espère, plus de temps.

Avant Kyllen, si je disposais d'un moment pour mon petit déjeuner, je le prenais près des enclos avec les animaux. Avec les oiseaux qui gazouillaient et les autres animaux qui circulaient, je ne me sentais pas seule.

Maintenant, je passais chaque seconde libre ici, avec lui. Ses histoires étaient addictives. Quand je l'écoutais, un tout nouveau monde apparaissait à mon esprit et se déployait tout autour de moi. La réalité disparaissait, et elle ne me manquait pas.

— Y a-t-il un roi de tout Nérifir ?

Je déballai mon sandwich. La salade d'œufs était rapide à faire, et nous avions toujours des œufs à la ménagerie, car Madame aimait en avoir au petit déjeuner.

Kyllen prit un autre verre, le niveau d'eau dans la bouteille tomba presque de moitié, d'un seul coup.

— Non. Il y a de nombreux royaumes en Nérifir, et chacun a son propre roi. Lorsan en a un aussi.

— As-tu rencontré le roi de Lorsan ?

— Quelques fois. J'ai même joué avec l'un des princes du palais du roi, le prince Zeldren, une ou deux fois. Il a quelques années de plus que moi. Il aimait les combats à l'épée, et c'est probablement encore le cas.

Il gloussa doucement à ces souvenirs.

— Y a-t-il des passe-temps moins dangereux à Nérifir ? Ou est-ce qu'ils ne font que chevaucher des serpents géants et essayer de s'entretuer avec des épées ?

— Moins dangereux ? demanda-t-il, perplexe.

— Oui. Tu sais, comme la peinture, la lecture, la broderie ? Tout ce qui présente un risque de blessure ou de mort plus faible que ce que tu apprécies ?

Il rit, d'un timbre riche et profond qui ne manquait jamais de me faire sourire en retour. Sourire n'était plus étranger à mes lèvres. Kyllen me l'avait enseigné quotidiennement, sans même le savoir ou le vouloir.

— Bien sûr, nous avons aussi toutes ces choses, dit-il. Mais pour peindre ou lire, il faut rester longtemps sur place, ce que je ne pouvais jamais faire enfant. Chaque jour, je supportais à peine d'assister jusqu'à la fin de mes cours afin de pouvoir sortir pour jouer.

Je secouai la tête, même s'il ne pouvait pas le voir, et murmurai :

— C'est un miracle que tu sois arrivé à l'âge de soixante-dix-huit ans avec ce comportement.

— La vie est trop ennuyeuse si on ne prend pas de risques, Amira. Il faut juste être assez intelligent pour savoir quels risques en valent la peine. Préférerais-tu vraiment avoir une sécurité absolue, mais ne jamais t'amuser en contrepartie ?

Le ferais-je ? Toute ma vie, je n'avais eu ni l'un ni l'autre. Je ne m'étais jamais sentie en sécurité. À chaque instant, chaque jour, je vivais dans la crainte d'être punie. Et tôt ou tard, cela arrivait toujours, même si j'essayai de tout faire correctement.

Mon sommeil était souvent peuplé de cauchemars. Le passé dont je ne me souvenais pas me hantait dans mes rêves. Des ombres dangereuses et des échos assourdissants d'explosions me tenaient éveillée. Je dormais dans mes vêtements, prête à fuir pour sauver ma vie à tout moment, même s'il n'y avait nulle part où aller.

— Je... je ne sais pas, Kyllen. Je ne sais pas ce que signifie exactement « s'amuser », dis-je, puis j'ajoutai : ou « sécurité absolue ».

Il ne répondit rien, et je terminai mon sandwich en silence.

— Amira, dit-il lentement. (Sa voix sombre capta mon attention. Je fixai la caisse, en essayant de l'imaginer derrière la paroi.) Pourquoi supportes-tu cette vie ?

Je froissai en boule l'emballage plastique du sandwich dans mes mains.

Pourquoi ?

Parce que je n'avais nulle part où aller. Parce que si je protestais, je serais tuée, et Radax torturé. Parce que c'était la seule vie que je connaissais, et je n'avais aucune idée de comment y échapper.

— C'est tout ce que j'ai, soufflai-je.

— Mais si je te proposais quelque chose de mieux ? De vraiment mieux.

Sa voix douce filtrait à travers les cloisons de bois comme une brise chaude venue d'un autre monde, enjôleuse et tentatrice.

Il y avait du danger dans sa séduction.

Je ne devais pas écouter.

Je ne devais pas non plus répondre.

Je devais faire demi-tour et m'enfuir, mais je demandai :

— Comment ?

— Je peux t'emmener au palais de mon père. À mes côtés, tu trouveras toujours la paix et le respect. Personne ne te fera plus jamais de mal. Je prendrai soin de toi jusqu'à la fin de tes jours. Tu ne manqueras de rien. À Ellohi, tu pourras à la fois t'amuser et te sentir en sécurité. Je peux t'offrir une nouvelle vie, Amira.

J'écoutai sa voix, attirante et envoûtante. Mais ses promesses ne ressemblaient guère plus qu'au bruissement des feuilles dans le vent, apaisantes, mais éphémères. Pour que Kyllen puisse m'emmener à Lorsan, il devait lui-même être libre.

— Tout cela est impossible, Kyllen.

Il changea de position à l'intérieur de la caisse, et je me rendis compte qu'un bruit avait fait défaut tout au long de cette conversation : celui du cliquetis des chaînes.

Kyllen s'était-il libéré de ses liens ? Mais comment ?

— Oh, c'est très possible, Amira, ma chère amie humaine. (La voix continuait à la séduire, douce et tendre comme celle d'un amant.) Il te faut un peu de courage pour changer ta vie, mais tu es forte et brave.

Forte et brave ? Moi ? C'était un mensonge.

— Je... essayai-je de protester.

Mais il ne me laissa pas placer un seul mot.

— Regarde tout le chemin que tu as déjà parcouru, le courage que tu as eu en prenant soin de moi.

J'avais défié les ordres de Madame, n'est-ce pas ? J'avais enfreint les règles et j'avais continué à le faire chaque jour. Je voulais être forte...

Les bruits de pas d'un *brack* qui passait par là me firent taire et me poussèrent à me réfugier encore plus dans l'ombre derrière la caisse.

Tant pis pour le courage. Le moindre bruit m'effrayait. Je voulais être forte, mais mes actes avaient des conséquences. Si j'étais démasquée...

Des frissons me parcoururent le dos. Il suffisait d'un *brack* ou que Madame me surprenne en train de parler à Kyllen. Je n'osais pas imaginer ce qu'elle me ferait alors, ce qu'elle ferait à Radax...

— Je dois y aller, dis-je en me levant d'un bond.

Il était temps pour moi de partir, de toute façon. Madame avait programmé plusieurs spectacles pour ses clients VIP chaque jour. Elle leur servait un repas et une boisson spéciale que je devais préparer avec les ingrédients qu'elle me donnait.

C'était ma réalité.

Le magnifique palais forestier de Kyllen était littéralement dans un autre monde. Et pour moi, il ne serait jamais rien de plus qu'un rêve.

— Attends, m'arrêta Kyllen. J'ai un cadeau pour toi.

— Pour moi ?

Je marquai une pause dans un élan de surprise. À part un petit gâteau de Radax pour mon anniversaire chaque année, je n'avais jamais eu de cadeaux.

— Éloigne-toi de la caisse, m'avertit Kyllen. Assure-toi de ne pas regarder à l'intérieur.

Je reculai d'un pas, comme demandé, mais je gardai les yeux rivés sur l'ouverture sur le toit de la caisse.

Une main glissa à travers les barreaux, elle tenait quelque chose. La main avait quatre doigts et un pouce, tout comme la mienne. Sa peau était plus claire sur la paume, d'un bronzage profond avec une légère teinte de vert. La couleur devenait plus foncée sur ses articulations et sur le dessus de ses doigts, avec un motif en maille de minuscules diamants allongés, semblable aux motifs d'une peau de serpent. Elle avait l'air presque noire dans la lumière tamisée de la tente.

Sa main passa facilement à travers les barreaux, sans qu'aucune menotte métallique autour de son poignet ne l'arrête. Il relâcha ses doigts, qui semblaient à la fois forts et élégants, pour déposer un petit objet sur le dessus de la caisse.

— J'ai fabriqué ça pour toi.

La main disparut dans la caisse.

L'objet scintillait. Il semblait bouger, illuminé par les guirlandes lumineuses au-dessus.

Je n'étais pas censée recevoir de cadeaux. Si quelqu'un me voyait avec, il y aurait des questions. Je ne devais pas le toucher. Je devais juste partir.

Mais la curiosité prit le dessus sur moi. Je m'approchai et saisis rapidement le présent de Kyllen, comme s'il risquait de disparaître si je m'attardais trop.

C'était une libellule. Belle et fantastique, elle semblait réelle également. Ses ailes bleues et vertes irisées bougeaient, tremblaient délicatement, comme si la créature magique était sur le point de décoller et de s'envoler. Sa lumière chatoyante se diffusait sur la paume de ma main où je la tenais.

— C'est pour tes cheveux, expliqua Kyllen. Est-ce que ça te plaît ?

Je réalisai que c'était une barrette, avec son fermoir en bas. C'était la plus belle chose que je n'avais jamais vue. Même les accessoires de coiffure les plus raffinés de la collection de Madame n'avaient pas la tendresse réaliste de celui-ci.

Je la fixai du regard, sans voix.

— Tu as des cheveux ? demanda Kyllen, avec de l'inquiétude dans la voix. La plupart des humains en ont, je crois. Mais j'aurais peut-être dû te demander d'abord.

Je souris.

— Oui. J'ai des cheveux, Kyllen. (Je touchai ma longue tresse foncée, dont la plus grande partie était enfouie dans mon écharpe et mon sweat à capuche.) Beaucoup en fait.

— Bien, soupira-t-il, soulagé.

— Tu as fabriqué ça. C'est incroyable.

La libellule était plus belle que toutes celles que j'avais vues dans la nature, et pourtant elle semblait vivante.

— J'ai promis de te montrer ce que je pouvais faire avec ma magie. Voilà, c'est fait.

Il avait l'air ravi de mon plaisir.

La barrette était un vrai miracle, et Kyllen l'avait fabriquée à partir de tous les boulons, perles et fils métalliques que les gens avaient jetés et que j'avais récupérés pour lui. Je reconnaissais vaguement les couleurs des perles du collier cassé, le cuivre des fils, peut-être le ressort du stylo, mais le reste était méconnaissable, nouveau et... indéniablement magique.

Un sentiment éclatant d'émerveillement m'enveloppait quand je contemplais le cadeau de Kyllen. La magie semblait tour-billonner tout autour de moi, presque palpable et bien réelle.

— Amira !

La voix de Madame transperça ma bulle d'émerveillement comme une balle, et la fit voler en éclats.

Je me figeai d'horreur.

— Oh, non... Je dois vraiment y aller.

Je fourrai la libellule dans ma poche et quittai précipitamment la pièce.

Je trouvai Madame dans la salle VIP à côté de la grande cage ronde qui était vide. Radax était là aussi. Elle lui tenait le bras, et plantait ses ongles longs et pointus dans son biceps.

— Je suis là ! hurlai-je presque, mes yeux attirés par le mince filet de sang qui coulait le long de sa peau tatouée, sous ses ongles.

— Les boissons *Camyte* ne sont pas prêtes, dit-elle sèchement.

Il était encore tôt. Les clients VIP n'étaient pas arrivés. Il me restait du temps. Mais bien sûr, j'étais fautive. Je l'étais toujours.

— Je suis désolée, répondis-je en baissant les yeux.

— Dépêche-toi, espèce d'humain inutile, dit-elle d'un ton sec.

Et toi... (Elle poussa Radax vers moi, et relâcha finalement son bras.) Assure-toi qu'elle ne s'oublie pas cette fois.

Elle quitta la pièce comme une furie.

— Est-ce que ça va ? demanda Radax, qui se dirigea vers le bar en acajou foncé devant la cage et commença à sortir les grands verres que nous utilisions pour servir la boisson *camyte* aux VIP.

Le sang coulait le long de son bras en un mince filet. Il ne prit pas la peine de l'essuyer.

— Est-ce que, *toi*, tu vas bien ? demandai-je à mon tour, en croisant son regard.

— Moi ? Bien sûr.

Il me fit un sourire, qui faillit me briser le cœur. Une fois de plus, il avait été maltraité parce que je n'avais pas été là où je devais être. J'avais cédé à la tentation de trouver un ami en Kyllen alors que j'aurais dû mieux le connaître avant.

Passer du temps avec la gorgone m'avait apporté un réconfort que j'avais rarement ressenti. Cela me rappelait les moments où Radax m'avait appris à lire quand j'étais enfant. Il me plaçait sur ses genoux, son bras tatoué enroulé autour de mes épaules, tandis qu'il me montrait les lettres d'un livre pour enfants qu'il avait déniché dans les objets trouvés de la foire où la ménagerie s'était arrêtée.

À l'époque, je croyais que rien de mal ne pourrait jamais m'arriver tant que Radax était avec moi. Il avait été mon protecteur depuis aussi longtemps que je m'en souvenais.

Avec l'âge, j'avais réalisé que Radax lui aussi avait besoin de protection. En tant que *brack*, il appartenait à Madame, corps et âme. Sa vie et sa mort étaient sous son contrôle absolu.

Elle possédait des dizaines de *bracks* dans ce monde, mais elle avait désigné Radax pour recevoir les châtiments. Personne n'avait été maltraité autant que lui, et tout cela avait un rapport avec moi. Je cachai mon visage dans mon écharpe et commençai à l'aider avec les verres.

Je devais être plus performante. Je pouvais faire mieux. Au lieu de traîner autour de la caisse de Kyllen, je devais rester plus près de Madame, invisible, mais disponible en cas de caprice. Je devais anticiper ses besoins pour l'empêcher de reporter sa frustration sur Radax.

En passant devant la poubelle derrière le bar, je tirai la barrette de libellules de ma poche et la jetai.

Plus de pauses petit déjeuner avec Kyllen. Plus de rêveries.

Je devais protéger l'homme qui avait été ce qui ressemblait le plus à une famille pour moi. Je devais protéger Radax.

Neuf

AMIRA

Vivre sans rêves était difficile. Renoncer à la seule chose magique, belle et merveilleuse de ma vie se révélait atrocement douloureux. Mais restant fidèle à ma résolution d'obéissance parfaite, je me tenais à l'écart de Kyllen et me concentrais sur mon travail.

Malheureusement, mes corvées demandaient peu de réflexion. Même la douleur persistante de ma main blessée ne me distrayait pas assez. Pendant que je travaillais, mon esprit vagabondait, et il se retrouvait inévitablement dans la pièce avec la caisse et le prisonnier de Madame à l'intérieur. Je l'imaginais assis là, seul et assoiffé, et mon cœur se tordait d'une compassion si forte qu'elle me faisait mal.

Kyllen n'avait personne pour lui apporter de l'eau, personne d'autre que moi. Chaque minute que je passais loin de lui le faisait souffrir.

Sans lui, je souffrais également. En peu de temps, il était devenu une partie importante de ma vie, la plus excitante aussi. Sans lui et ses histoires, le monde était terne, froid, monotone et... insupportable.

Quand les spectacles prirent fin pour la journée, je vis Vuk sortir les poubelles de la salle VIP.

— Attends ! criai-je, en me précipitant derrière lui. J'ai laissé quelque chose là-dedans. J'ai besoin de le récupérer.

Il me regarda comme si j'avais perdu la tête pendant que j'ouvrais le sac et que je fouillais dans la poussière et les détritus à l'intérieur.

— Hé ! hurla-t-il de dégoût. Je ne vais pas nettoyer cette merde maintenant. Nettoie toi-même, espèce de tarée.

Je fouillai dans tout le sac pour retrouver la barrette que j'avais jetée. La serrant à deux mains, je m'assis sur mes talons et fermai les yeux. Ce n'était pas un cupcake d'anniversaire qui allait être mangé. C'était le seul cadeau que j'avais jamais reçu et que je pouvais garder. Et je l'avais jeté. Parce que j'avais eu peur. La peur m'avait déjà tellement coûté. Je ne pouvais pas lui sacrifier le cadeau de Kyllen également.

En glissant la barrette dans ma poche, je sentis la bouteille d'eau que j'avais sur moi depuis le déjeuner et l'orange que j'avais prise en cuisine, mais que je n'avais pas mangée. J'étais déterminée à être sage, à éviter de contrarier Madame et à mettre Radax à l'abri. Pourtant, je continuais à cacher des choses pour Kyllen, même si je savais que je ne pouvais pas le voir.

Je serrai la mâchoire avec détermination et me précipitai hors des tentes. Je trouvai une petite caravane dans notre camp, alors je montai à l'intérieur, et passai la nuit là, loin des tentes et de lui.

Je réussis à rester à l'écart, la majeure partie du jour suivant.

Une fois la journée terminée, cependant, j'avais fini de nettoyer pour la nuit, mais je restais à l'intérieur des tentes.

Cette heure tardive était devenue ma préférée. Je l'attendais avec impatience toute la journée, impatiente que Madame et les *bracks* partent enfin, pour pouvoir passer la nuit à côté de Kyllen. J'aimais entendre sa voix, profonde et douce, légèrement rauque. Ses histoires me transportaient loin de la ménagerie, dans ce lieu magique, d'où il venait.

Kyllen était un conteur doué. Ses récits étaient pleins d'esprit et captivants, avec des descriptions vivantes et des personnages amusants. C'était comme regarder un film, et j'avais hâte d'en voir « plus ».

Je rangeai les produits de nettoyage et me tins dans le couloir près de la sortie de la tente, partagée entre le besoin de partir et l'envie de rester. Si je partais, Kyllen souffrirait de la soif. Si j'allais vers lui, je mettais en danger le peu que j'avais dans ce monde, y compris Radax.

— Je vais devoir laisser le *voukalak*, alors ? tonna la voix puissante de Dez à travers la cloison de toile fragile.

À en croire le bruit qu'il faisait, le *brack* se dirigeait vers moi depuis le centre de la tente.

— Oui, répondit la voix mélodieuse de Madame qui eut sur moi l'effet d'une explosion de tonnerre.

La panique me submergea. Ma poitrine se serra douloureusement et la respiration devint difficile. Je me retournai, cherchant frénétiquement un endroit où me cacher avant qu'ils ne me repèrent. À cette heure-ci, Madame n'avait pas besoin de moi, ce qui ne présageait rien de bon.

— Tous les spécimens vivants devront voyager avec moi, y compris ton *voukalak*, poursuivit-elle de sa voix enchanteresse. C'est trop risqué de les expédier en avance. Je dois m'occuper personnellement des douanes et des inspections pour éviter les complications.

Je me laissai tomber à quatre pattes et je rampai sous la cloison de toile. Puis je fis profil bas, en ayant peur même de respirer alors que leurs voix se rapprochaient.

— Bien. Et la gorgone ? demanda Dez.

— Est-il encore en vie ? s'enquit Madame avec désinvolture.

— Pas sûr. Je vérifierai demain. Mais est-ce que ça a un sens de l'emmener, même s'il est encore en vie ? Il vous a rejetée depuis le début.

Elle serra sa mâchoire si fort que j'entendis ses dents grincer.

Madame n'avait pas l'habitude d'être rejetée. La résistance de Kyllen devait la rendre furieuse.

— Ce serait plus facile de se débarrasser de lui ici, suggéra Dez.

— Non, dit-elle d'un ton sec. Je veux le voir se briser ou mourir. (Elle soupira profondément, puis reprit la parole plus calmement.) S'il est vivant, j'espère qu'il reprendra ses esprits. J'ai un très bon numéro pour lui. Il consiste à transformer des animaux rares en pierre pour que les clients VIP puissent les admirer. Je leur vendrais ensuite les figurines moyennant un supplément. Il pourrait encore me faire gagner de l'argent.

— Assez pour justifier de l'emmener de l'autre côté de l'océan ? dit Dez d'un air sceptique.

— Je l'emmènerai en Europe, mais pas plus loin. De toute façon, il ne lui reste plus beaucoup de temps.

— Comme vous voulez, concéda Dez. (Sa voix baissa d'un cran et une note sulfureuse s'y glissa.) Comme je pars pour l'Angleterre avant vous, je disposerai de moins de temps ici que les autres. Est-ce que je pourrai venir dans votre caravane ce soir ?

Madame poussa un petit rire mélodieux.

— Ce n'est pas ton tour, mon petit animal. Je crois que Leslo a le plus envie de moi ce soir. Va le trouver.

À en croire les pas traînants de Dez, il n'était pas pressé de la quitter. Il paraissait juste s'être rapproché d'elle.

— C'est moi qui ai toujours le plus envie de vous...

Ses mots, remplis de désespoir, furent interrompus par le bruit d'une gifle, sa main contre sa peau.

— Ce dont tu as besoin, c'est de patience et de retenue, dit la voix de Madame qui devint tranchante comme un couteau, et non plus musicale et enchanteresse. Va chercher Leslo, esclave.

Elle s'en alla brusquement. Dez marcha d'un pas lourd pour exécuter ses ordres. Et je pris une grande inspiration.

Dez avait dit qu'il irait voir Kyllen demain. Évidemment, il ne le ferait pas en ouvrant la caisse. Il essaierait peut-être de lui parler ou de déplacer la caisse pour voir si Kyllen faisait du bruit.

Personne ne savait que je donnais de l'eau à Kyllen. Dez s'attendrait à le trouver à l'article de la mort. Il devait confirmer que Kyllen était toujours en vie, pour que Madame l'emmène avec nous en Angleterre. Si elle le laissait ici, il mourrait sûrement.

Je ne pouvais pas laisser faire ça.

Dix

KYLLEN

Amira ne s'était pas montrée de la journée. Elle n'avait pas non plus dormi à côté de sa cage cette nuit-là. Il était resté éveillé pendant des heures, l'oreille tendue pour capter le bruit de ses pas légers, mais il n'avait rien entendu.

Il serra les poings, comme pour s'accrocher à cette seule chance de rentrer chez lui, qui lui glissait entre les doigts.

Il avait bousculé Amira. Il lui avait dit ce qu'il attendait d'elle, et l'avait effrayée. L'impatience l'avait poussé à agir, mais maintenant il craignait d'avoir été trop entreprenant. La patience n'avait jamais été une de ses grandes qualités.

Alors que les heures du jour défilaient sans aucun signe d'Amira, il commença à s'inquiéter pour d'autres raisons.

Amira était au service d'une déesse déchue qui n'avait ni honneur ni morale. Et si la pauvre fille avait été découverte en train de l'aider et avait payé pour sa gentillesse ? Et si elle avait été blessée ? Ou... tuée ?

Il n'aurait pas dû lui donner cette barrette. Il l'avait fabriquée pour elle, désireux de lui redonner le sourire, même s'il ne pouvait pas le voir. Mais il l'avait peut-être mise en danger en faisant ça.

Quiconque de Nérifir, qui verrait la barrette en forme de libellule, devinerait qu'elle avait été confectionnée par une gorgone. Ils sauraient qu'Amira l'aurait obtenue auprès de lui. Ils sauraient qu'elle aurait enfreint leurs stupides règles.

Que lui feraient-ils alors ?

Sa rage contre Ghata augmenta, et sa soif de vengeance lui brûla les entrailles. La culpabilité l'anéantit. Il devait sortir de cette boîte maudite et raser les lieux, les transformer tous en pierre. Tous ces êtres pourris jusqu'à l'os, les *bracks*, Ghata...

Mais si Amira était toujours en vie ? Il risquerait de lui faire accidentellement du mal, à elle aussi. L'idée de la blesser d'une quelconque manière lui retourna l'estomac.

Alors que la nuit approchait, la lumière au-dessus de l'ouverture dans le haut de la caisse diminua. Perdu dans la tempête de ses inquiétudes et de sa rage, il n'entendit personne approcher jusqu'au moment où le toussotement familier lui parvint à travers la paroi de la caisse.

Amira !

Le soulagement déferla sur lui comme un déluge bienheureux de pluie dans la forêt.

— Tu m'as manqué, lâcha-t-il en disant la première chose qui lui vint à l'esprit.

C'était enfantin, spontané, et... absolument vrai. Elle lui avait manqué, le son de sa voix, le léger bruissement de ses pas. Ce bruit doux et hésitant, qu'elle faisait avant de parler, comme elle le faisait maintenant en toussotant.

— Tu... quoi ? demanda-t-elle, l'air complètement confus.

Son sentiment était manifestement aussi inattendu pour elle que pour lui.

Ce fut à son tour de s'éclaircir la gorge alors qu'il s'efforçait de trouver une réponse.

— Je... hum, j'étais inquiet. Est-ce que tout va bien ? Tu n'es pas venue.

Et maintenant, il avait l'air désespéré. C'était tout simplement pathétique de voir à quel point son absence l'avait anéanti.

— Je suis venue t'avertir, dit-elle d'un ton grave. Après la foire, dans un peu plus d'une semaine, Madame nous emmène en Angleterre...

— Où ?

— Sur un autre continent, expliqua-t-elle. Dez, l'un de ses *bracks*, passera demain pour vérifier si tu es toujours en vie.

Il sourit en coin.

— C'est très attentionné de sa part.

Elle ne sourit pas à son sarcasme, sa voix demeura sérieuse.

— Tu ne dois pas lui parler. Si tu le fais, il saura que tu as eu de l'eau pendant tout ce temps.

— Très bien.

Si Amira n'avait pas été là, il serait allongé ici, incapable de bouger, sans même pouvoir parler de manière cohérente.

— Mais tu devras faire des bruits pour confirmer que tu es en vie, poursuivit-elle. Sinon, ils risquent de t'abandonner derrière eux.

Il ne fallait pas que cela arrive. Il devait rester aux côtés d'Amira jusqu'au moment où ils seraient prêts à quitter ce monde maudit pour de bon.

— Je m'assurerai de grogner ou de gémir, concéda-t-il à contrecœur, ne se réjouissant pas d'une interaction avec l'un des moines de Ghata, aussi courte soit-elle. Ne t'inquiète pas, je suis doué pour jouer la comédie. Le *brack* sera satisfait.

— Bien, répondit-elle.

Il l'entendit traîner les pieds, mais elle ne voulait pas s'approcher.

— Amira...

— Tu dois avoir soif, lâcha-t-elle rapidement, comme si elle avait peur de ce qu'il pourrait dire. J'ai apporté de l'eau. Donne-moi juste une minute.

Le bruit de ses mouvements autour de la caisse retentit, puis un tube transparent descendit entre les barreaux.

Il *avait* soif, il avait toujours soif dans ce monde misérable.

Étonnamment, ça n'avait pas été sa principale préoccupation durant son absence.

— Que s'est-il passé, Amira ? Pourquoi n'es-tu pas venue hier soir ?

Une longue pause suivit sa question. Son silence était éprouvant pour ses nerfs.

— Quelqu'un t'a fait du mal ? grogna-t-il, véritablement *grogné*, de la manière la plus barbare qui soit.

La simple idée qu'Amira puisse être malmenée lui faisait voir rouge.

— Non, dit-elle, puis elle s'empressa de changer de sujet. Je... je t'ai apporté une orange.

— Une orange ? répéta-t-il, abasourdi, son changement de sujet fut aussi rapide qu'un coup de fouet.

— Oui. Je sais que tu ne manges pas beaucoup, mais tu as apprécié le concombre. Alors j'ai pensé que tu aimerais aussi ça.

Était-ce une offrande de réconciliation ? Pour l'avoir laissé seul durant une nuit et un jour ? Il n'était peut-être pas le seul à s'être senti coupable durant leur séparation.

Quand l'eau était rare, il préférait boire plutôt que manger. Même les fruits et légumes les plus juteux contenaient des fibres dont la digestion nécessitait de l'eau. Mais il prenait tout ce qu'elle lui donnait si cela lui permettait de la garder près de sa prison un peu plus longtemps.

— Est-ce que vous avez des oranges à Lorsan ? demanda-t-elle. (Son cœur battit la chamade en entendant la pointe de curiosité habituelle dans sa voix.) Vous avez des concombres, n'est-ce pas ?

— Oui, nous en avons. Des Blue-Bell. Mais elles sont bien trop grosses pour pouvoir passer entre ces barreaux.

— Blue-Bell ? fredonna-t-elle, d'un air émerveillé. Eh bien, la mienne, c'est plutôt une mandarine. Ça fera l'affaire. Je vais d'abord la peler.

Une forte odeur d'agrumes flotta à travers les barreaux tandis qu'elle épluchait le fruit. Il sentait très fort comme les oranges Blue-Bell de Lorsan. Elles poussaient à l'intérieur de fleurs géantes si grandes qu'elles auraient pu être utilisées comme des parapluies si leurs pétales n'avaient pas été si délicats et fragiles.

— De quelle couleur est ton orange ? demanda-t-il.

— La couleur ? Eh bien... (Y avait-il un sourire dans sa voix ? Que ne donnerait-il pas pour voir ce sourire ? Il espérait tellement l'entendre rire un jour, aussi.) C'est... orange.

Il gloussa de rire. Quel manque d'imagination ! Dans cette langue, le mot pour le fruit et la couleur était le même.

Amira devait penser à la langue, elle aussi.

— Kyllen, est-ce que tout le monde parle anglais à Nérifir ?

Anglais.

Était-ce le nom de la langue qu'ils utilisaient ?

— Si ce n'est pas le cas, alors où l'as-tu appris ? demanda-t-elle.

— Je n'ai pas eu à l'apprendre. C'était celle des *bracks* quand ils m'ont capturé. (Il fouilla dans ses souvenirs de leçons quasi oubliées.) J'ai entendu dire que, lors d'un voyage entre deux mondes, la première langue que vous entendez devient la vôtre.

Elle changea de position, pour se rapprocher, à en croire le bruit qu'elle faisait. L'inquiétude monta en flèche dans sa poitrine.

— Attention, avertit-il. (Il avait pris trop d'aisance avec Amira, au risque d'oublier qu'elle n'était pas de son espèce et qu'il pouvait facilement la tuer.) Pose l'orange sur les barreaux, puis recule, d'accord ? S'il te plaît.

— OK, dit-elle en s'appuyant contre la caisse, pour tendre son bras jusqu'à l'ouverture du dessus.

Il se cacha dans l'ombre à l'intérieur de la caisse. Il abaissa sa capuche sur ses yeux et tordit ses *senties* en un nœud serré pour ne pas les laisser s'échapper.

En regardant attentivement sous le bord de sa capuche, il vit sa main tenir un petit fruit rond. Les doigts minces et pâles, aux ongles taillés de la même couleur, semblaient presque translucides à la lumière du jour. Dans un élan, il les attrapa, désireux de sentir sa peau.

Elle sursauta et lâcha l'orange lorsqu'il la saisit.

— Kyllen... souffla-t-elle en frémissant, mais elle ne retira pas ses doigts.

Il ferma les yeux en tenant sa main. Elle était fraîche et fragile, comme la patte délicate d'un gecko d'étang, et presque aussi petite. Sa peau était douce et lisse, contrairement à la sienne, rugueuse et sèche. Il passa ses doigts sur les callosités de sa paume, elle n'était manifestement pas étrangère au travail physique.

— Dis-moi, Amira, s'il te plaît, dit-il doucement, en utilisant la voix la plus tendre qu'il pouvait. Dis-moi, mon amie, pourquoi es-tu restée à l'écart ? As-tu peur de moi ?

— Quoi ? Non. Bien sûr que non.

Ses doigts se resserrèrent sur les siens, retenant sa main.

Il ne pensait pas qu'elle le craignait. Elle s'était peut-être méfiée de lui au début, mais sa curiosité naturelle l'avait aidée à sortir de sa coquille. Jusqu'à la veille, elle semblait rechercher sa compagnie dès que possible.

— As-tu peur de te faire prendre ici avec moi ? As-tu peur de Ghata ? De Madame ?

Elle inspira profondément.

— Tout le temps.

Il avait toujours pensé qu'il devait gagner sa confiance, mais cela s'était avéré assez facile à faire. Amira était une personne confiante. La vie ne l'avait pas traitée équitablement, mais cela n'avait pas tué sa foi dans les gens. Elle avait soif de contact, attirée par lui et ses histoires idiotes. Il savait qu'elle appréciait le temps qu'ils passaient ensemble. Sans même remarquer quand ni comment, il avait commencé à apprécier cela, lui aussi.

Il n'avait pas besoin de chercher à gagner sa confiance, mais à vaincre sa peur.

— Laisse-moi t'emmener loin d'ici, dans un endroit où Ghata ne te trouvera jamais.

— À Nérifir ?

— Oui. Ghata ne retournera plus à Nérifir. Elle a fui, pour échapper à un procès, et elle risque d'être capturée, jugée, et très probablement exécutée si jamais elle remet les pieds dans ce monde.

— Est-ce vraiment une déesse ?

— Tombée en disgrâce, railla-t-il.

Les dieux déchus étaient pathétiques, mais ils restaient dangereux.

Contrairement aux loups-garous, les gorgones avaient cessé depuis longtemps de créer des incarnations physiques ou des effigies vivantes de leurs dieux. Les esprits éthérés du Grand Serpent et sa cour de divinités désincarnées restaient dans leur royaume divin, là où ils devaient être, communiquant uniquement par l'intermédiaire de leurs prêtres et prêtresses si nécessaire.

— Ghata a commis trop de crimes à Sarnala, le pays des loups-garous, poursuivit-il. Les gens ont cessé de croire en elle, ce qui lui a fait perdre la plupart de ses pouvoirs. Les loups-garous souhaitent mettre la main sur elle et lui demander des comptes. Elle ne reviendra jamais en arrière. Tu seras en sécurité avec moi. Aide-moi, Amira, et je t'aiderai. Ou... tu peux partir et oublier que j'existe.

Il relâcha sa main. C'était un pari, mais il était bon dans ce domaine, le bon timing était la clé du succès.

Elle ne partit pas. Au contraire, elle s'accrocha à ses doigts comme si sa vie en dépendait.

— Comment veux-tu que je t'aide, Kyllen ? chuchota-t-elle.

Oh, c'était un grand progrès. Ils étaient passés d'un « non » ferme à un « comment faire ».

— Quitter la ménagerie ne sera pas difficile, lui assura-t-il. Je me suis débarrassé de mes entraves avec l'outil que j'ai fabriqué avec les objets que tu as dénichés pour moi. Je ne suis plus enchaîné. Bientôt, je serai assez fort pour ouvrir cette caisse. Mais je dois savoir comment quitter ce monde pour retourner dans le mien.

— Je ne sais rien sur les voyages entre les dimensions, Kyllen.

Malheureusement, lui non plus. Maintenant, il regrettait de

ne pas avoir prêté plus d'attention à ses tuteurs quand il était enfant. Il avait cru avoir le temps de rattraper les leçons quand il serait plus grand. Or, ce temps n'était jamais venu, et maintenant il avait besoin des connaissances qu'il avait ratées.

Il essaya de se souvenir du peu qu'il avait appris.

— Il doit y avoir un moyen d'ouvrir le portail entre les mondes. Les *bracks* le font tout le temps. J'ai besoin que tu découvres comment. Tu peux faire ça pour moi, mon amie ?

— Je vais essayer, dit-elle.

Il n'en croyait pas ses oreilles. Avait-elle finalement cédé ? L'avait-il convaincue, après tout ? Un frisson le parcourut sous forme de picotements pétillants. L'espoir grandissait.

C'était bien. Mais pas assez.

Il procéda avec précaution.

— Je ne connais pas ce monde. Je ne veux pas le parcourir en transformant ses habitants en pierre partout où j'irai.

Oh, il le ferait, s'il le devait.

Maintenant que ses mains et ses pieds étaient libérés du fer et que sa force revenait lentement, il allait réussir à sortir de cette caisse.

Mais, et après ?

Transformer en pierre les *bracks*, les Ghata, et tous les humains sans défense sur son chemin ne lui permettrait pas de rejoindre Nérifir. Les rochers ne parlaient pas. Il avait besoin de quelqu'un pour lui dire comment ouvrir le portail qui le ramènerait chez lui.

— J'ai besoin d'un guide, dit-il. Quelqu'un qui m'aiderait à retrouver le chemin de la maison. Tu dois venir avec moi. Et en échange, je ferai tout ce que tu demanderas une fois à Nérifir.

Elle poussa un long soupir.

— Je ne peux pas venir avec toi, Kyllen. Je ne peux pas quitter Radax.

— Le *brack* ?

— Tu le dis comme une insulte, blâma-t-elle.

Il secoua la tête, même si elle ne pouvait pas le voir.

— Ce n'est pas une insulte, juste une constatation, Amira. Radax est un *brack*, le moine de Ghata. Il lui a donné sa vie, son esprit et sa conscience en échange de l'immortalité. Un *brack* n'est qu'un esclave sans cervelle, dans une enveloppe d'homme. Il n'y a vraiment plus rien à sauver là-dedans.

Ses doigts se resserrèrent sur les siens.

— Ne dis pas ça sur lui. Radax... Il n'est pas comme les autres. Il m'a élevée. Il m'a appris tout ce que je sais. C'est ma famille, la seule que j'ai. Il ne peut plus traverser les dimensions. Madame a cessé de l'envoyer à Nérifir il y a longtemps. Je ne peux pas l'emmener avec moi. Et je ne peux pas... Je ne peux pas l'abandonner.

C'était un sérieux obstacle. Aussi faible et fragile que cette femme parût, elle possédait des qualités fortes et durables. La loyauté, visiblement, était l'une d'entre elles.

— Tu mérites tellement mieux que cette vie, Amira. (C'était une phrase destinée à la flatter et à la séduire, mais il croyait sincèrement ce qu'il disait. Contrairement aux *bracks*, elle n'était pas une esclave. Elle méritait mieux que de sacrifier sa courte vie humaine pour une créature ingrate comme Ghata.) Radax ne peut pas partir. Il est lié à Ghata pour l'éternité. Mais cela ne signifie pas que tu doives rester et souffrir ici avec lui. Il ne peut pas partir, mais toi, si.

— Non.

Elle tira sur sa main pour essayer de la libérer, mais il la retint fermement. Il n'était plus disposé à la lâcher. Et si elle s'enfuyait, et qu'il ne la revoyait plus jamais ? Il ne pouvait pas le permettre.

— Je m'inquiète pour toi, mon amie. (Il employa à nouveau une voix douce et apaisante.) Je veux que tu sois libre, que tu voies le monde, peu importe lequel, et que tu profites de la courte vie qui t'a été donnée.

— Je ne peux vraiment pas, Kyllen. Si je pars, Madame va le tuer.

Il ne s'était pas trompé sur le challenge que représentait la lutte contre sa peur. Mais ce n'était pas la peur pour elle-même qui était le problème. C'était sa peur pour quelqu'un d'autre, un *brack* des plus indignes.

— Si je pars, Madame va penser que Radax m'a aidée, expliqua-t-elle.

— Alors, fais en sorte qu'elle croie qu'il n'a rien à voir avec ton évasion.

— Je...

Il ne pouvait laisser aucun argument ou aucun doute se dresser sur son chemin.

— Pense à ça, ma chère amie. Si Ghata le punit pour les choses que *tu* fais, ne serait-il pas mieux pour vous deux que tu ne sois plus là ?

Elle ne bougea pas. Il avait apparemment trouvé la bonne chose à dire.

Il devait continuer à faire pression.

— Elle n'aurait plus de raisons de le punir, n'est-ce pas ? Et si elle le torture pour te donner une leçon à toi, alors il n'y aura plus de public pour lequel elle pourra le torturer.

Elle resta silencieuse, avec une respiration rapide et superficielle. Ses doigts dans sa main devinrent plus froids.

— Je vais voir ce que je peux trouver sur le portail, dit-elle enfin. Mais je ne viendrai pas avec toi, Kyllen.

Peu lui importait qu'elle vienne ou non avec lui à Nérifir, du moment qu'elle l'aidait à rentrer chez lui. Pourtant, l'idée de laisser Amira derrière lui entachait son enthousiasme d'un soupçon amer de déception. Il souhaitait l'emmener avec lui.

Peut-être pouvait-il encore le faire ? Il devait juste faire plus d'efforts pour la convaincre de le suivre. Il n'était pas du genre à attendre, mais il devait faire preuve de patience.

Ses doigts glissèrent de sa main. Elle s'éloigna de la caisse.

— Ne pars pas, implora-t-il. Il n'y a personne dans le coin. Reste avec moi ce soir. Je ne t'ai toujours pas raconté l'histoire de ma malheureuse pêche aux anguilles, tu te souviens ?

Il ne chercha même pas à cacher le désespoir dans sa voix. Maintenant qu'il avait goûté au plaisir de sa compagnie une fois de plus, retourner à la soif et à la solitude lui semblait insupportable.

— Est-ce que c'est l'histoire où tu *n'es pas* tombé dans l'eau ? le taquina-t-elle.

Il aimait entendre à nouveau l'humour et la curiosité dans sa voix. Les taquineries étaient une nouveauté pour elle, et cela le ravissait.

— Oh, je suis tombé. Plus tard. (Il gloussa.) Mais ce n'était qu'une partie de mes mésaventures de la journée. Les anguilles se sont glissées dans mon pantalon...

Elle haleta.

— Oh non ! Que s'est-il passé alors ? Les anguilles mordent-elles ?

— Assieds-toi, Amira, mets-toi à l'aise. Je ferais mieux de commencer par le début.

Elle obéit, et il poussa un soupir de soulagement. Il l'entendit se blottir à sa place habituelle contre la caisse. Il appuya son épaule du même côté, de l'intérieur. Si la caisse n'avait pas été là, ils seraient en train de se câliner, réalisa-t-il. Cette pensée le fit grogner. Normalement, il avait tellement de meilleures choses à faire avec une femme que des câlins. Mais le manque d'eau avait rendu l'excitation difficile pour lui. Il ne ressentait aucun désir et, pour l'instant, il ne le regrettait même pas.

Son plaisir actuel ne venait pas du désir sexuel. Avoir Amira près de lui apaisait la tension qui régnait dans sa poitrine. Le monde redevenait presque normal, même s'il était toujours dans cette odieuse caisse.

Il tira d'un coup sec sur sa capuche, déployant ainsi ses *senties* sur ses épaules, et prit une inspiration purifiante. Le tube transparent pendait du toit. Il l'attrapa et prit une longue gorgée d'eau, pour apaiser sa gorge. Il devait trouver l'orange qu'elle avait apportée. Elle était sans doute quelque part sur le sol de la caisse.

Mais d'abord, il lui devait une histoire.

— Je n'étais pas censé aller pêcher l'anguille tout seul, commença-t-il. Mais comme tu le sais, j'étais un enfant plutôt indiscipliné.

— J'ai compris *ça* rapidement, répliqua-t-elle avec légèreté.

Cela promettait d'être une belle nuit. L'une des meilleures dans ce monde.

Onze

AMIRA

Je restai avec lui, et Kyllen me raconta une autre de ses histoires. Il en avait choisi des drôles ces derniers temps. Peut-être essayait-il de m'amuser ? Je ne riais jamais ouvertement. J'avais l'impression de faire trop de bruit. Mais il réussit à me faire sourire lorsqu'il me conta sa pêche à l'anguille.

— Les vilaines créatures ont envahi mon pantalon ! (Son indignation était authentique, ce qui rendait l'histoire encore plus comique.) L'une d'elles m'a mordu en plein dans les couilles !

— Où ça ?

— Mes boules, expliqua-t-il d'un air entendu. Allez, Amira, je sais que nous ne sommes pas de la même espèce, mais l'équipement des gorgones mâles, là en dessous, ne doit pas être si différent de celui des humains. La légende dit que nous pouvons nous accoupler et même nous reproduire.

— Oh.

Une chaleur rougeoyante s'étendit sur mon visage lorsque je réalisai enfin à quelle zone du corps il faisait référence. Je n'avais qu'une vague idée de l'apparence de «l'équipement» masculin humain, n'en ayant jamais vu moi-même.

— Il paraît que la cicatrice est toujours là si on regarde bien, révéla Kyllen. Je ne suis pas assez souple pour la retrouver moi-même. Mais si tu es curieuse...

— Euh, non merci, lâchai-je. Ça ira. Je vais te croire sur parole.

— Fais comme tu veux. (Sa voix changea, le ton rauque devint plus prononcé.) Mais je t'assure que tu rates quelque chose de grandiose. Et je ne parle pas seulement de la cicatrice.

Est-ce qu'il flirtait avec moi ? Était-ce pour cela que la chaleur de mes joues était encore plus vive et qu'elle s'étendait de haut en bas ? La sensation était si soudaine et plus j'en prenais conscience, plus elle s'intensifiait.

— Tu es bien silencieuse, Amira, déclara-t-il avec sa voix changée. À quoi penses-tu ?

Penser ?

Je ne pouvais penser à rien d'autre qu'à lui en ce moment. Mon esprit délirant s'efforçait de construire l'image d'un homme nu, que je n'avais jamais vu ni vêtu ni déshabillé. La chaleur me picotait la poitrine, se concentrait sur les pointes de mes seins, et me faisait désirer quelque chose que je n'arrivais pas à nommer.

— Laisse-moi deviner...

— Non ! le coupai-je, de peur qu'il ne découvre ce qui se passait en moi. Ne... je... je pensais juste que je ne pourrais jamais apprécier le... hum, la *chose grandiose* dont tu parles parce que te regarder me tuerait, tu te souviens ?

— Oui. (Il prit une longue inspiration.) Comment est-ce que je pourrais oublier ça ? Mais curieusement, avec toi, je ne me sens pas comme avec les « autres », tu comprends ?

Je crois que je le savais. Je ne voyais plus Kyllen comme un étranger, non plus. Il était devenu plus proche de moi que quiconque au monde.

Plus que Radax, réalisai-je.

Cette pensée était troublante, mais pas si surprenante. Ces derniers jours, j'avais passé plus de temps avec Kyllen que je n'en avais passé avec Radax depuis des années. Il avait été beaucoup plus ouvert avec moi que Radax ne l'avait jamais été. Jamais de toute ma vie la voix de Radax n'avait provoqué en moi la même émotion que celle de Kyllen à l'instant.

Radax était ma famille. Kyllen représentait... quelque chose de totalement différent.

Je reposai mon menton dans ma main, renonçant pour l'instant à faire le point sur mes sentiments.

— Qu'est-il arrivé aux anguilles ? demandai-je, en revenant vers un sujet qui me semblait beaucoup plus tranquille à aborder.

— Les anguilles ? Elles ont fini dans une soupe, bien sûr. Une des meilleures que je n'ai jamais mangées parce qu'elle était assaisonnée de vengeance, ajouta-t-il avec un air dramatique qui me fit sourire à nouveau.

— C'est *toi* qui l'as préparée ?

— Bien sûr que non. C'est le chef cuisinier de mon père qui l'a préparée. C'est l'un des meilleurs de Lorsan.

Cela me donna à penser.

— Que mangent-ils d'autre à Lorsan ?

Il fit claquer sa langue.

— Oh non, attardons-nous un peu plus sur la soupe, d'accord ? Le chef de mon père peut en concocter des centaines de sortes différentes.

— Des centaines de sortes ? Vraiment ?

C'était pourtant logique, car les corps des gorgones avaient besoin de beaucoup de liquides.

— Oui. Il y a au moins une douzaine de façons de préparer la soupe de racines de quenouille.

— On dirait que les gorgones prennent leur soupe très au sérieux, le taquinai-je.

— C'est le cas, répondit-il en reprenant le ton léger de ma voix.

— Mais est-ce que vous avez des œufs ?

C'était mon aliment préféré, peut-être parce que j'en mangeais très souvent.

— De toutes sortes, assura-t-il. De cane, d'oie, de poisson, de grenouille...

— De grenouille ? m'exclamai-je, stupéfaite, il devait sûrement plaisanter. Vous les mangez vraiment ?

— Mmm, dit-il en faisant durer son expression de plaisir. S'ils sont marinés juste comme il faut, ils sont délicieux.

— Donc pas d'œufs de poule alors ?

— Eh bien, nous pouvons certainement en trouver. Je suis l'héritier d'un Haut Seigneur, après tout. Mais crois-moi, les œufs de cane ne sont pas si différents. Tu ne le remarquerais même pas.

Je savais ce qu'il faisait. Il parlait comme si j'avais déjà accepté de venir avec lui, en implantant dans mon cerveau des éléments qui me permettraient de m'imaginer plus facilement dans son monde. Et je buvais chacune de ses paroles comme un doux poison.

Au fond de moi, j'espérais aller dans ce pays magique. Je me surprenais à fantasmer sur la possibilité de trouver un foyer dans cet endroit lointain appelé Lorsan et je devais me répéter que ce n'étaient que des chimères, des choses que je ne pouvais pas avoir et que je ne devais pas souhaiter.

Je passai cette nuit-là près de la caisse de Kyllen, et y retournai encore la suivante.

Puis, deux jours plus tard, après avoir nettoyé la caravane de Madame, je me faufilai dans l'entrepôt pour dire un petit bonjour à Kyllen entre mes corvées, et je découvris que sa caisse avait disparu.

À la vue du sol nu où il se trouvait, cela me fit l'effet d'un coup de poing dans l'estomac. Je restais bouche bée, refusant d'en croire mes yeux.

Il était parti...

Mais où ?

Et comment ? Comment avais-je pu rater ça ? J'avais dormi juste là, près de ce mur caché derrière sa caisse. Je m'étais levée tôt, comme d'habitude, pour préparer le petit déjeuner de Madame. Puis j'avais nourri les animaux et nettoyé sa caravane. Durant ce laps de temps, la caisse s'était volatilisée.

Est-ce que Madame avait finalement décidé de se débarrasser de lui ?

Cette pensée me rendit malade. Un malaise creusa mon estomac.

— Où est-il ?

Je ne réalisais même pas que je venais de le demander à haute voix jusqu'à ce que la réponse arrive.

— Quoi ?

Leslo s'arrêta derrière moi, un sourcil relevé. Il portait une boîte à outils et semblait se diriger vers la sortie.

— La caisse qui était juste là ce matin.

Je fis un geste frénétique vers le mur qui avait fait partie de mon coin sommeil.

Il me lança un regard curieux. Je devais sans doute être en train de dévoiler ma relation avec Kyllen. Mais l'angoisse montait en moi, et je ne pouvais pas la cacher.

— Sais-tu où elle est passée ? ajoutai-je.

Il pencha la tête sur le côté :

— À quel moment de la matinée l'as-tu vu ?

Je ne pouvais pas lui dire que j'avais dormi ici la veille. Ravalant la boule de panique qui m'étouffait, je rassemblai mes esprits du mieux que je pus, et choisis mes mots avec soin.

— Avant le petit déjeuner. J'ai balayé le sol là. Maintenant, je dois le faire à nouveau. (Je montrai du doigt la forme poussiéreuse laissée par la caisse, en faisant semblant que c'était ce travail supplémentaire qui m'irritait.) Tu vois ?

Leslo haussa les épaules.

— Alors, nettoie-le encore. Comme si tu avais mieux à faire.

Il se retourna pour continuer son chemin, mais je me précipitai après lui.

— Où se trouve cette caisse maintenant ?

— En route pour l'aéroport, je suppose.

— L'aéroport ?

— Ouais, on va en Angleterre ensuite. Tu ne le savais pas ?

Bien sûr, j'étais au courant du déménagement et du fait

qu'une partie de la cargaison de la ménagerie avait déjà été expédiée. Dez et quelques *bracks* étaient partis pour préparer le nouvel emplacement à Londres. Dez m'en avait parlé plus tôt, avec des instructions pour nourrir la bête *voukalak* en son absence.

— Oui, mais pas avant la semaine prochaine, n'est-ce pas ? précisai-je. Toutes les expositions vivantes ne sont-elles pas censées rester ici jusqu'à cette date ?

C'était ce que Madame avait dit. Mais peut-être qu'elle ne considérait pas Kyllen comme tout à fait « vivant » ? Si je ne lui avais pas donné d'eau, il aurait été dans un état proche de la mort, après tout.

— Oui. Mais nous avons envoyé quelques affaires en avance. Des équipements encombrants et des éléments d'exposition inutilisés, comme la statue du dragon et la gorgone, dit Leslo, en tournant la tête vers la salle de stockage où Kyllen avait été enfermé.

Nous sortîmes de la tente, et Leslo se dirigea vers la caravane des *bracks*.

Il fallut que je trottine à ses côtés pour suivre ses longues enjambées.

— Qu'est-ce que tous ces *trucs* vont faire en Angleterre ?

C'était plus que ce que je n'avais jamais dit à Leslo. Heureusement, il semblait plus ennuyé que méfiant.

— La même chose que ce qu'ils faisaient ici, absolument rien, se moqua-t-il. Ils vont rester dans un entrepôt quelque part jusqu'à ce qu'on vienne les chercher la semaine d'après. Putain de parasites, cracha-t-il entre ses dents.

Je pressai ma main contre ma poitrine, en attendant que mon rythme cardiaque revienne à la normale alors que ma panique s'apaisait. Ils ne s'étaient pas débarrassés de Kyllen. Il avait seulement été déplacé. Je ne l'avais pas perdu pour de bon, juste pour quelques jours.

Leslo s'arrêta dans son élan pour me fixer. Est-ce que je lui avais inspiré des soupçons finalement ?

— Eh bien... (J'enfonçai mon menton dans mon écharpe, en

reculant vers les tentes.) Merci. Je vais encore balayer cette pièce, alors.

Il secoua la tête, en me considérant probablement comme une personne bizarre ou une pique-assiette paresseuse, puis il continua son chemin.

Je traînai les pieds en retournant vers les tentes. Kyllen n'était plus là et, sans lui, l'endroit avait perdu son âme. Tout ce qui avait été magique, beau et amusant avec lui avait disparu.

Je m'arrêtai devant les tentes et les regardai attentivement.

Sombre et effrayante, la ménagerie avait été la seule maison que je n'avais jamais connue. J'avais pris l'habitude de la voir comme un lieu plein de mystère, une porte d'entrée vers un autre monde. Mais pour la première fois de ma vie, je la voyais pour ce qu'elle était vraiment, un tas de tentes poussiéreuses et de remorques déglinguées, dirigées par une déesse égoïste et sans cœur. Un endroit où la peur régnait tout le temps et avec très peu de confort.

Ce ne pourrait jamais être un vrai foyer, pour personne.

Douze

AMIRA

— Amira ! tonna la voix grave de Vuk à l'intérieur des tentes après le dîner. Où est-elle, putain ?

On attendait toujours de moi que je sois là à l'instant où on avait besoin de moi.

Je refermai la porte de l'enclos des tortues de brume et secouai les restes sales de leur nourriture sur mes doigts. Les bêtes ne supportaient pas les bruits trop forts, surtout lorsqu'elles prenaient leur repas. Je me précipitai donc hors de la pièce avant d'élever la voix.

— Je suis là !

Vuk débeula d'un des couloirs à proximité, une arme à la main.

— Est-ce que tu as donné à manger à ce putain de *voukalak* ? On doit l'emballer dans la caisse d'expédition.

La panique me saisit. J'avais complètement oublié la bête.

— Oh non, haletai-je, je... j'étais sur le point de le nourrir.

Contrairement aux autres animaux de la ménagerie, la créature que les *bracks* appelaient *voukalak* ne relevait pas de ma responsabilité habituelle. Dez s'en était occupé. Mais il était parti en Angleterre, et m'avait ordonné de le remplacer durant les prochains jours.

Il m'avait choisie, moi, plutôt qu'un *brack*, parce qu'il pensait que si je faisais une erreur, Madame me tuerait. Selon lui, c'était une motivation assez forte pour que je suive ses instructions à la lettre.

Il n'avait pas tort. Mais avec la disparition soudaine de la cage de Kyllen ce matin-là, j'avais oublié toutes mes tâches supplémentaires.

La pauvre bête n'avait pas eu son petit déjeuner. La nuit approchait. Elle devait être affamée. Cela me contrariait encore plus que n'importe quelle punition.

Vuk roula des yeux, comme s'il ne s'attendait pas à mieux, venant de moi.

— Génial, dit-il en glissant son arme dans sa ceinture. Maintenant on ne pourra pas le charger avant que les tentes ne soient démontées.

Dez avait précisé qu'il serait plus facile de tirer sur la bête à la tête avant de la placer dans la caisse. Apparemment, tout comme les *bracks*, les armes humaines ne pouvaient pas tuer la créature, mais cela la neutralisait un moment et la rendait plus aisée à manipuler.

Vuk me dévisagea.

— Pourquoi restes-tu là ? Va le nourrir, idiote !

Je me précipitai en cuisine pour récupérer la viande que Dez avait préparée, saupoudrée d'une substance jaune de Nérifir. En plus d'alimenter la bête, je devais également étaler sur son cou une crème odorante contenue dans un bocal.

Aussi simples que ces tâches puissent paraître, elles me semblaient presque impossibles face à la créature.

L'animal était énorme, enchaîné à un gros cadre métallique placé en position verticale. Couvert d'une épaisse fourrure noire à certains endroits, il avait des plaques de peau visibles à d'autres. Ses pattes avant ressemblaient presque à des mains, ses doigts étant munis de longues griffes noires.

Madame l'avait exposé dans une cage ronde en métal à ses clients VIP. Mais elle n'était plus là. Rien ne pouvait me protéger si la bête attaquait, mis à part ses liens fixés au cadre. Même enchaîné, il restait dangereux. Si une seule goutte du poison de ses dents touchait ma peau, je mourrais.

Une autre raison pour laquelle Dez m'avait confié la garde du *voukalak* devait être qu'il ne voulait pas risquer la vie d'un *brack*. S'il mordait et tuait quelqu'un, Dez préférait évidemment que ce soit moi.

Dans une main, je serrais la clé du collier de la bête que Dez m'avait donnée. Dans l'autre, je tenais un nœud coulant en cuir que je devais mettre sur la gueule de l'animal pour l'empêcher de me mordre.

La créature semblait assez docile à cet instant. La tête penchée sur son épaule, elle paraissait endormie.

Je fis soigneusement glisser la lanière de cuir sur son museau et sa mandibule allongés, puis j'enlevai son collier. Cette bande métallique que Dez avait placée autour du cou de la bête avait de longues pointes, orientées vers l'intérieur. Elles avaient blessé l'animal, et des filets de sang coulèrent lorsque je la retirai.

Ce collier ne pouvait servir qu'à une seule chose : torturer cet animal. Sauf que je ne comprenais pas pourquoi. Certes, les *bracks* étaient dépravés, mais ils ne torturaient pas sans raison.

La bête ouvrit ses yeux rouge-cramoisi et m'observa pendant que je nettoyais doucement les plaies de son cou. Il n'était pas indifférent à mes mouvements. Il les suivait avec quelque chose d'humain dans son regard, malgré la couleur sauvage de ses iris.

Et ce n'était pas seulement dans ses yeux.

Je reculai pour l'examiner. Il restait une bête, mais son côté humain semblait plus important ce soir que la dernière fois. Ses pattes avant ressemblaient encore plus à des mains. Même son museau ne paraissait pas aussi long qu'il l'avait été, comme si les os de son nez et de sa mâchoire avaient rétréci.

Tenant son collier d'une main, je sortis la viande emballée dans du plastique de ma poche.

La bête rugit à travers le nœud coulant de son museau, et s'élança vers la nourriture. Ses entraves le projetèrent en arrière. Je bondis sous le choc et laissai tomber la viande dans le seau d'eau que j'avais utilisé pour nettoyer son cou.

— Amira ! lança la voix tranchante de Madame qui me terrifia encore plus que le monstre.

Prise de peur, je lâchai son collier dans le seau.

— Où est cette fille quand j'ai besoin d'elle ? cria-t-elle en faisant irruption dans la pièce. Oh, tu es là.

Je sortis le collier du seau, et elle me mit Yenric, son cochon à deux têtes, dans les mains.

— Attrape-le, ordonna-t-elle. Il lui faut un bain.

Les mains déjà prises, je ne pus saisir le porcelet assez vite. Le petit garnement se tortilla hors de ses bras et elle le lâcha.

Yenric tomba au sol en plein sur le flanc en poussant un cri perçant. Puis il se rua sur ses sabots et se précipita vers moi pour se cacher derrière mes jambes.

— Attrape-le, espèce d'humain inutile ! hurla Madame.

Elle arracha la ceinture de cuir richement ornée de perles de sa taille, puis me frappa avec.

Le coup atterrit sur mon épaule alors que je me penchais pour ramasser le porcelet. Le suivant arriva. C'était douloureux, mais ma capuche amortit en partie le choc. Après avoir caché le petit animal dans mes bras, elle me cogna encore.

Je serrai les dents, prête à en recevoir d'autres. Le caractère de Madame s'apaisait souvent aussi vite qu'il s'enflammait. Je devais juste attendre que ça passe.

Le coup suivant toucha mon coude. Et l'extrémité de la ceinture m'entailla le menton dans une douleur aiguë.

Je me mordis la lèvre. Je pouvais le supporter. Tôt ou tard, elle se calmerait, et ce serait fini.

Le rabat de tissu au-dessus de l'entrée s'ouvrit, et Radax arriva en trombe.

— Qu'est-ce qui se passe ici ? s'exclama-t-il, ses sourcils épais froncés, les dents visibles dans une grimace, l'air furieux.

Oh, non. Rien de bon ne résulterait de la colère de Radax contre Madame.

Je gémis intérieurement quand elle se retourna pour lui faire face. Elle leva sa main libre et le gifla.

— Cet avorton errant, que tu as ramassé, ne vivra pas assez longtemps pour mourir de vieillesse ! s'emporta-t-elle.

Elle me jeta sa ceinture à la figure, tourna sur ses talons et sortit brusquement de la pièce.

Je m'accroupis au sol, les bras autour de Yenric, le menton enfoui dans mon cache-nez. Je tremblais de la tête aux pieds. Je détestais cela, cette façon dont la rage de Madame me laissait toujours à moitié paralysée d'horreur.

— Amira. (Radax se mit à genoux à mes côtés.) Fais-moi voir, dit-il, et il souleva doucement mon visage hors de l'écharpe.

L'égratignure sur mon menton me brûlait, mais la douleur dans ma poitrine était bien plus lancinante. Il n'y avait aucune raison pour qu'elle s'en prenne à moi ce soir. Aucune du tout.

Incapable de retenir un sanglot, je fermai les yeux.

— Ça va aller, dit-il d'un ton réconfortant.

Et normalement, la voix de Radax m'apaisait. Mais pas cette fois. Parce que ce n'était pas seulement la souffrance qui me faisait mal au cœur. C'était la colère dévorante de l'injustice.

— Non. (Je secouai la tête.) Ça ne va pas aller, Radax. Pas si je reste ici.

La vérité était devenue on ne peut plus claire.

J'avais essayé si fort d'être parfaite, mais Madame ne voulait pas ça. Elle aurait pu me *faire* obéir. Elle avait les moyens de soumettre les humains. Les fonctionnaires du gouvernement, les autorités douanières, les inspecteurs de la protection animale, ses clients VIP, tous finissaient par se plier à sa volonté après avoir pris une boisson ou une collation agrémentée de la magie de Nérifir.

Non, elle avait d'autres projets pour moi. Radax n'était pas comme les autres *bracks*. Son contrôle sur lui avait diminué. Je le sentais. Sûrement elle aussi. Elle m'utilisait pour le manipuler.

Kyllen avait raison. Sans moi, Madame perdait un pion dans son jeu, et la vie de Radax pouvait s'améliorer.

— Je dois m'en aller d'ici, murmurai-je, abasourdie par l'audace de mes propres paroles.

Radax m'attrapa par les épaules pour me tourner face à lui.

— Qu'est-ce que tu racontes, Amira ?

Ses yeux marron foncé avaient de fines stries rouges qui irradiaient depuis le centre autour des pupilles, comme les rayons d'un vélo. D'habitude, les gens trouvaient ça déstabilisant quand un *brack* les regardait directement. Mais pas moi. Dans les yeux bizarres de Radax, j'avais vu de l'affection, une chose que je n'avais jamais rencontrée ailleurs.

Je pris son visage dans le creux de ma main et mes doigts disparurent presque dans sa barbe épaisse. Une rougeur se formait sur sa peau, à l'endroit où Madame l'avait frappé, juste sous l'œil.

— Dis-moi comment aller à Nérifir.

Il recula comme si je l'avais giflé.

— Quoi ?

— Comment ouvrir le portail ?

Yenric couina dans mes bras, et je l'installai plus confortablement sur mes genoux.

Radax avait l'air bouleversé et inquiet.

— Pourquoi ?

— Tu as été une véritable famille pour moi, essayais-je d'expliquer. Je t'aime comme mon frère. Madame le sait, et elle ne le supporte pas. Elle te fait du mal... (Ma voix se brisa, tout comme mon cœur.) Je dois m'éloigner.

Il déplaça lentement sa tête d'un côté à l'autre.

— Je ne peux pas aller à Nérifir, Amira. Même si je le pouvais, elle me ramènerait à elle. Je suis un *brack*. Je suis lié à elle pour l'éternité.

— Je sais. (L'idée de le laisser derrière moi me démolissait, mais si je restais, il souffrirait davantage. Je le confirmai maintenant.) Tu ne peux pas la quitter, mais moi, si. (Je baissai la voix.) Sans moi, tu seras plus en sécurité aussi. Tu pourras enfin arrêter de risquer ta vie pour protéger la mienne. Tu ne comprends pas ? Elle nous utilise l'un contre et l'autre. Elle te punit à cause de moi. Aucun de nous ne sera jamais en sûreté si je ne m'en vais pas.

Les épaules de Radax s'affaissèrent.

— Je ne peux pas veiller sur toi à Nérifir. Si tu pars, je ne te reverrai plus jamais. (Il me regarda intensément.) Je t'aime, Amira, comme la fille que je n'ai jamais eue ou la sœur que j'ai perdue. S'il te plaît, laisse-moi m'occuper de ça. Je trouverai un endroit plus sûr pour toi ici, dans ce monde.

Après avoir déplacé Yenric sous mon bras, je pris la main de Radax.

— Je ne peux pas rester dans le même monde qu'elle. Tu sais qu'elle me cherchera, ne serait-ce que par pure méchanceté. Et tôt ou tard, elle me retrouvera.

Radax serra ma main plus fort, comme pour me river à lui.

— Tu ne connais pas la vie en dehors de ces tentes, jeune fille, ni dans ce monde ni dans aucun autre. Nérifir peut être très dangereuse. Tu ne seras pas en sécurité là-bas toute seule.

Je ne pus soutenir son regard et baissai les yeux sur Yenric, qui se blottissait paisiblement sur mes genoux.

— Je ne serai pas seule, avouai-je.

— Qu'est-ce que tu veux dire ? (Radax fronça les sourcils.) Qui sera avec toi ?

— La gorgone. Il s'appelle Kyllen. Il a promis de venir avec moi.

— La gorgone ? Amira ! (Il haussa le ton, et je lui fis baisser la voix d'un geste des deux mains.) Est-ce que tu lui as parlé ? Mais c'est strictement interdit.

Je le savais, et pourtant j'avais enfreint cette règle. J'en avais outrepassé bien trop pour croire que je pourrais rester en sécurité ici.

— Il va mourir, Radax. Madame le tuera tôt ou tard.

Radax souffla d'impatience.

— La gorgone est un fae. Il est beaucoup plus résistant que tu ne le penses. Mais le plus important, Amira, c'est que ce sont des êtres extrêmement dangereux. Tu ne peux pas partir avec lui.

Un bruit de cliquetis de chaînes provint du cadre où se trouvait la bête.

Radax tourna son menton vers la créature.

— Tu en as fini avec lui pour ce soir ?

Je jetai un coup d'œil au seau dont la viande était cachée au fond par l'eau trouble. Elle était fichue maintenant, avec sa poudre jaune dont je ne savais rien. Je n'avais aucune information non plus sur ce gel, que j'étais censé badigeonner sur les blessures au cou de la bête.

Madame disposait de plusieurs substances magiques. Personne ne m'avait expliqué leurs effets. Mais j'avais remarqué que la boisson *camyte* que nous offrions à nos clients VIP les rendait heureux et distraits. Elle modifiait leur perception de la réalité et leur permettait d'apprécier les spectacles de Ghata sans trop se poser de questions sur ce qui se cachait derrière.

Je lançai à nouveau un regard sur la bête. Rien de ce qui venait de Madame ne pouvait être inoffensif. Et si la poudre jaune ou le gel servaient à des fins sordides ? Je décidai de n'en utiliser aucun. Du moins, pas avant d'en savoir plus.

— Oui. J'ai fini ici. (En déposant Yenric sur le sol, j'attrapai le collier métallique à pointes puis je m'approchai de l'animal.) Est-ce que tu vas me mordre ? demandai-je à la bête.

Il ferma les yeux. Un grondement menaçant vibra dans sa cage thoracique, mais il resta immobile.

Je remontai le collier jusqu'à son cou, puis le verrouillai aussi doucement que possible.

— Viens, lança Radax, qui me tira par le bras après avoir repris Yenric. J'ai pensé à quelque chose, mais nous ne devrions pas en discuter ici, devant lui.

La façon dont il me le dit me fit examiner de plus près les yeux du *voukalak*. Il nous regardait attentivement, avec une conscience clairement supérieure à celle d'une bête.

— C'est juste un animal, n'est-ce pas ? demandai-je, en plissant les yeux sur la créature.

— Amira. (Radax secoua la tête.) Toi, plus que quiconque, tu devrais savoir que, dans l'établissement de Madame, rien n'est vraiment ce qu'il semble être.

Treize

AMIRA

Radax scruta mon visage tandis que nous sortions de la pièce, laissant la bête seule.

— Est-ce que Madame te fait plus de mal que je ne le pense ? demanda-t-il d'un air sombre. C'est pour cela que tu veux partir ?

J'enfouis mon menton dans les plis de mon écharpe, pour dissimuler la blessure infligée par la ceinture de Ghata. Il n'avait pas besoin d'un rappel visuel. J'ajustai le cache-nez, en utilisant ma main droite alors que Yenric s'était glissé sous mon bras gauche.

— Qu'est-ce que c'est ? (Le froncement de sourcils de Radax s'accentua. Il avait repéré le bleu qui s'était étendu sur mes phalanges et il saisit mon poignet.) C'est elle qui t'a fait ça, également ?

Madame m'avait frappée avec la brosse depuis plus d'une semaine. Ma main ne me faisait plus aussi mal, mais l'ecchymose était plus colorée que jamais, avec des nuances de jaune venues se superposer au bleu.

— Je vais bien, répondis-je, et j'essayai d'éloigner ma main de lui.

En arrivant dans la pièce où se trouvaient les enclos des

animaux, Radax me lâcha suffisamment longtemps pour que je puisse replacer Yenric dans son petit coin, avec un confortable tas de feutrine dans lequel il pouvait se blottir.

Radax avait gardé sa mine menaçante en sortant.

Je lui touchai le bras.

— Ça va aller. Je te jure...

— Radax, lança Ghata, qui déambulait dans le couloir entre les murs de toile. Tu viens avec moi ce soir.

Pour les *bracks*, une nuit avec Madame était la plus belle récompense possible. Tous auraient sauté de joie à son invitation. Mais le froncement de sourcils de Radax ne s'atténua pas. Au contraire, il s'accentuait à mesure qu'elle approchait.

Je rentrai la tête dans les épaules et cherchai la meilleure façon de disparaître, mais Radax m'attrapa de nouveau le poignet.

Il lui fit face :

— Vous l'avez blessée.

L'effroi m'envahit et me fit tourner le visage. Un *brack* ne pouvait jamais contredire Madame. Pourtant, c'était exactement ce qu'il faisait. Le ressentiment dans sa voix était évident.

Elle inclina la tête, et posa ses mains sur ses hanches voluptueuses.

— Qu'est-ce qu'il y a, mon petit animal ?

Il soutint son regard.

— Vous pouvez faire ce que vous voulez de moi. Mais cessez de faire du mal à Amira.

— Radax... murmurai-je, en espérant le voir reprendre ses esprits avant qu'elle ne nous anéantisse tous les deux.

— Huh ! (Elle le fixa d'un air véritablement incrédule.) Tu oses me dire ce que je dois faire, esclave ?

Ses yeux se plissèrent en deux fentes étroites. Des étincelles glaciales et cruelles en jaillirent, ce qui me donna froid dans le dos.

— Je l'ai accueillie par *charité*. (Elle pinça les lèvres, comme si ce mot la dégoûtait.) Et je peux faire d'elle ce que bon me semble. Sa vie m'appartient, tout comme la tienne.

Elle m'attrapa par la nuque et ses longs ongles s'enfoncèrent dans ma peau à travers le tissu de mon écharpe.

Je gémis d'horreur.

— Non ! s'écria Radax en avançant vers elle, avec des yeux assassins.

Elle leva la main, et le tatouage autour de son cou et de son bras droit s'anima. Des étincelles rouges coururent le long des lignes noires. Elle avait déjà fait ça auparavant. Le tatouage brûla sa peau et serra son cou sous ses ordres.

— S'il vous plaît... Ne lui faites pas de mal, sanglotai-je, mais elle ne me prêta aucune attention.

Madame lança un regard furieux à Radax.

— Tu es mon esclave, s'emporta-t-elle en prononçant chaque mot lentement, comme si elle lui jetait un sort.

Il releva le menton.

— Je le suis, mais pas Amira, répondit Radax.

Ses propos semblèrent s'étrangler en sortant de sa gorge, comprimés par le tatouage magique qui se resserrait comme un nœud coulant autour de son cou.

Plusieurs *bracks* commencèrent à se rassembler autour de nous, ils ne rataient jamais l'occasion d'un divertissement gratuit. Ils n'avaient aucune compassion, pas même pour l'un des leurs. Personne ne se souciait vraiment des autres dans cet endroit maudit.

— Tous les deux ! beugla Madame, en augmentant la pression autour de mon cou. Vous m'appartenez tous les deux ! (Elle fit un geste du poignet, et Radax approcha, entraîné par son tatouage comme une marionnette au bout d'une ficelle.) Un jour, le monde entier sera à moi aussi, lui siffla-t-elle au visage. Tous les humains seront mes serviteurs, Radax. Et personne ne pourra m'arrêter.

Il ne pouvait plus répondre. Le tatouage autour de son cou l'étouffait. Les veines se gonflaient sur son front alors qu'il haletait pour respirer. Mon cœur se brisa en morceaux en le voyant, mais je ne pouvais pas détourner le regard.

— Je vais devoir vous donner une leçon. Vous en avez tous les deux besoin. (Madame me poussa vers les *bracks*.) Je veux qu'ils soient tous les deux fouettés, ordonna-t-elle.

Ils m'empoignèrent. Je ne fis rien pour les chasser. Je le savais. Un seul d'entre eux pouvait me briser le cou entre ses doigts. Je ne pouvais pas les affronter.

Je ne pouvais que les supplier.

— S'il vous plaît... implorai-je. Laissez Radax tranquille. Il n'a rien fait. C'est moi qui...

Madame se moqua :

— Il t'a trouvée et amenée ici, n'est-ce pas ? C'était une grosse erreur de sa part.

— Je vais partir ! criai-je alors que des larmes coulaient sur mon visage. Je vais m'en aller. Vous ne me reverrez plus jamais. Mais s'il vous plaît, ne le punissez pas.

— Oh non, tu n'iras nulle part, petit avorton. Ta vie m'appartient. Attachez-les tous les deux, somma-t-elle en montrant le poteau le plus proche à l'intérieur de la tente.

En s'aidant de sa main, elle força Radax à s'avancer vers le pilier. Les *bracks* me traînèrent de l'autre côté.

— Enlevez-lui ces épouvantables vêtements, dit Madame en souriant. Je veux qu'elle sente chaque coup.

Ils me déshabillèrent. Ils arrachèrent mon écharpe, mon sweat à capuche et le long t-shirt ample que je portais en dessous. Couche après couche, ils m'ôtèrent le peu de dignité qu'il me restait, et me dénudèrent pour le fouet.

Je criai. Je pleurai. Et puis je me mis à me battre contre eux, même si je savais que cela ne servirait à rien. Je leur griffai les mains alors qu'ils déchiraient mon soutien-gorge et ma culotte. L'un d'entre eux saigna, ce qui me valut un coup de poing au visage.

Ils tirèrent mes mains d'un coup sec vers le dessus de ma tête et les attachèrent au poteau, en me plaçant face à Radax avec le pilier entre nous. Je sentis la chaleur de son corps. Il était si grand que le haut de mon crâne lui arrivait à peine au niveau du torse.

Le fouet siffla dans l'air. Radax tressaillit en prenant le premier coup. La colonne trembla. Je me mis à sangloter.

— Je suis tellement désolée. (Mes larmes m'empêchaient de le voir en face de moi.) Je suis tellement désolée...

J'aurais voulu ne jamais exister. J'aurais aimé m'évanouir dans l'ombre, me dissoudre dans la nuit... Disparaître. Alors rien de tout cela ne serait arrivé. Et Radax n'aurait pas souffert à cause de moi.

Avec un autre sifflement, le fouet atterrit sur mon dos nu. La douleur fulgurante me fit hurler.

Radax cria aussi :

— Arrêtez ! Laissez-la partir !

Un autre coup me brûla le dos comme une langue de feu.

— Assurez-vous de ne pas abîmer sa peau, murmura Madame. (Le fait de nous voir souffrir l'avait calmée. Elle avait l'air joyeuse maintenant. Ravie.) Les humains sont si faibles. J'ai besoin d'elle demain matin. Mais faites le maximum avec lui. Je le laisserai guérir bien assez tôt.

Radax serra les dents lorsque le fouet s'abattit sur son dos, mais il ne broncha pas.

Je priai les Dieux des deux mondes pour que cela se termine. Mais il frappa encore et encore. Le poteau tremblait sous les convulsions de nos corps. La douleur embrasait ma peau comme du feu. Mais une souffrance plus grande torturait mon âme. Le chagrin me brûlait le cœur comme de l'acide.

Radax s'effondra dans ses liens. J'espérais pour lui qu'il s'était évanoui et qu'il ne ressentait plus rien.

— Détachez-le, ordonna Madame. Emmenez-le à la caravane. Laissez-le guérir. Et toi, retourne à ton travail. Nous partons demain.

Ils coupèrent les cordes. Mes jambes se dérobèrent, et je tombai à terre.

Les *bracks* emportèrent Radax et le sang de ses blessures dégoulina sur la terre battue.

Je me blottis contre mes genoux et me repliai sur moi-même, couchée sur le côté.

— Toi, lança Madame qui n'en avait pas encore fini avec moi.

Elle se rapprocha de moi jusqu'à ce que ses chaussures fleuries arrivent dans mon champ de vision.

Je ne bougeai pas. Je ne me souciai plus de ce qu'elle pouvait me faire.

— Je vais effacer ça de sa mémoire, dit-elle sèchement. Ne crois pas que tu pourras utiliser sa rage contre moi. Il est à moi.

Elle recula d'un pas et disparut, en me laissant sur le sol terreux de la tente.

J'avais envie de ramper jusqu'à la remorque où était Radax. Je me serais glissée en dessous et y aurais passé la nuit, prêtant l'oreille à chaque bruit à l'intérieur, pour tenter de deviner son état et voir s'il se remettait.

Mais plus je restais allongée, nue, sur la terre, plus le chagrin s'éloignait. La colère prenait le dessus.

« *Ne crois pas que tu pourras utiliser sa rage contre moi.* » m'avait dit Madame. Elle avait peut-être raison. La rage de Radax lui appartenait à elle et à elle seule, comme tout ce qu'il possédait d'ailleurs.

Mais la fureur qui bouillonnait et brûlait en moi à ce moment précis était mienne. Elle n'appartenait à personne d'autre qu'à moi.

Pendant des années, j'avais combattu ma colère. Quand j'étais blessée, je culpabilisais.

« *Pourquoi supportes-tu ça ?* » m'avait demandé Kyllen un jour. Et soudain, je n'arrivais plus à me souvenir pourquoi.

Je n'avais pas à continuer à subir ça. Kyllen m'avait donné une porte de sortie, et j'allais la saisir. Mais je devais le faire seule, sans Radax. Il ne devait rien savoir de mon évasion. Madame ne pourrait jamais lui reprocher ce que je m'apprêtais à faire.

Après avoir essuyé les larmes et la poussière sur mon visage, je cherchai mes vêtements et m'habillai. Je m'aidais du poteau pour me relever. Mes jambes tremblaient, et mon dos semblait avoir été arrosé d'essence brûlante. Mais la peau n'était pas abîmée. Je n'avais pas de plaies ouvertes, pas de sang. Les *bracks* n'étaient pas allés à l'encontre des ordres de Madame.

Au lieu de me rendre à la caravane, je partis dans la salle où étaient exposés les objets de Ghata. Je pris la clé que j'utilisais pour dépoussiérer l'intérieur des vitrines et déverrouillai une armoire en verre abritant la collection de bijoux. Chaque pièce était d'une terrible beauté, avec ses pointes noires et blanches serties dans le métal. Madame prétendait que c'étaient des dents et des griffes de loups-garous.

Je sortis un grand diadème et le fis tourner dans mes mains. Les pointes noires ressemblaient nettement aux griffes de la bête que Madame gardait enchaînée. Et les blanches avaient le même aspect que ses dents.

«Rien ici n'est vraiment ce qu'il semble être.» avait dit Radax. Il avait également ajouté que j'étais la mieux placée pour le savoir.

J'aurais pu le conclure, si j'avais observé un peu plus attentivement autour de moi. Mais j'avais choisi de ne pas voir, de ne pas écouter et de ne rien analyser. Parce que cela m'avait semblé plus sûr.

J'avais décidé de traverser la vie comme une ombre, invisible et indifférente. Parce que se préoccuper de tout cela aurait été douloureux. Il y avait tellement de souffrance dans le monde dans lequel j'avais grandi, que cela m'aurait anéantie si j'avais tout absorbé. Alors j'avais tout refoulé.

Maintenant, je devais être assez forte pour y faire face. Il était temps de voir les choses comme elles étaient vraiment.

Quatorze

AMIRA

La créature était suspendue à ses chaînes. Je savais qu'il ne fallait pas croire qu'elle était simplement endormie. Je doutais maintenant que c'était juste une bête.

En promenant mon regard sur son corps, je relevai les signes apparents de la présence d'un homme derrière l'animal. Et plus je l'observais, plus j'en trouvais. Les traits humains se fondaient doucement avec ceux de la créature. Cela paraissait naturel, comme si les deux faisaient partie de la même personne, un loup-garou.

Tout en restant à bonne distance, je lui tapais sur le bras avec le diadème.

— Les pointes noires de cette couronne sont des griffes de loup-garou, lançai-je. Les blanches sont leurs dents. Elles ressemblent aux tiennes. (Je marquai une pause, pour essayer de voir s'il m'avait compris ou même entendu.) Ses yeux étaient toujours fermés. Tu es un loup-garou, n'est-ce pas ? De Nérifir ?

Dans un battement de paupières, garni d'épais cils noirs, il ouvrit les yeux. Une lueur rouge brilla à l'intérieur. Sa lèvre supérieure se recourba, et laissa apparaître de longues dents acérées. Un grognement retentit dans sa cage thoracique.

Je reculai et fis tomber la couronne. Il était terrifiant, à en avoir froid dans le dos. Tout en moi me pressait de fuir. Mais il était ma seule et unique chance. Je forçai mes jambes à rester sur place. J'appuyai mes paumes sur ma poitrine pour essayer de calmer mon cœur qui s'emballait.

— Est-ce que tu peux parler ? me risquai-je à demander.

Son torse se souleva et s'abaissa avec une respiration forte. Il n'émit aucun son en retour.

J'observai les plaques de fourrure inégales, les membres avant qui ressemblaient tellement à des mains, ses pieds qui évoquaient plutôt des pattes de loup griffues, son visage aux caractéristiques à la fois humaines et animales. Ce qui lui était arrivé n'était pas normal, même pour une créature magique. Il semblait coincé entre deux formes.

Dez lui administrait deux substances : la poudre jaune qu'il avait répandue sur sa nourriture et le gel qu'il avait appliqué sur ses blessures. Il devait avoir une raison de le faire. Je devais découvrir ce que chacune avait exactement comme effet sur cette créature.

Il souffrait peut-être plus que je ne le pensais.

Mon cœur se serra comme dans un anneau d'acier. Ma compassion me permit de vaincre la peur. Je sortis de mes poches une autre portion de viande avariée que j'avais récupérée en cuisine et le pot de gel odorant.

— Dez m'a dit de t'en apporter tous les jours. Je ne t'ai donné aucun des deux parce que je ne sais pas ce qu'ils te font comme effet. Lequel t'aiderait à parler ?

Il se lécha les lèvres avec sa longue langue sombre, et la salive mortelle s'écoula de ses crocs tandis qu'il fixait la nourriture des yeux.

— Ça ? dis-je en toisant la viande avec méfiance. (Peut-être avait-il trop faim pour pouvoir raisonner ?) Dez l'a mélangée avec quelque chose, une poudre jaune. Tu es sûr que c'est ce que tu veux ?

Il sembla lutter contre quelque chose, hésiter, puis il braqua son regard cramoisi sur le pot.

— Ça ? Est-ce que ça t'aidera à parler ?

Il poussa un faible rugissement. Il était doux, sans aucune agressivité. Il essayait de communiquer avec moi, pas de m'effrayer.

J'enfonçai le tas de viande dans ma poche, puis je me rapprochai en lui tendant le gel.

Il inspira un peu d'air, me renifla, puis tira sur les chaînes en claquant des dents. De la salive dégoulina sur le sol et le fit roussir.

Je sursautai de peur et bondis en arrière pour éviter ses crocs. Conscient ou pas, il pouvait quand même me faire mal.

Il pouvait me tuer.

Je gardai mes distances, en réfléchissant à ce que je devais faire. Dez m'avait ordonné d'étaler le gel sur les pointes du collier. Celui-ci entrerait alors dans le système sanguin de la bête. Les poignets écorchés sous les menottes du loup-garou attirèrent mon attention, ils n'étaient plus que des plaies ouvertes.

— Ça devrait marcher, murmurai-je.

Tout en prenant soin de rester loin de ses incisives, j'ouvris le pot pour mettre la crème sur ses blessures sous le métal, aussi bien sur les poignets que sur les chevilles.

Il gémit et grinça des dents au contact du produit avec sa chair à vif.

— Désolée, ça fait mal, dis-je en essayant de le faire le plus doucement possible.

Il appuya sa tête contre le cadre et geignit à nouveau. Cette fois, le son exprimait plus la satisfaction que la douleur.

— Ça va mieux ? demandai-je plein d'espoir.

Il inspira profondément, et je le vis... se métamorphoser.

Sa gueule rétrécit, les crocs se rétractèrent pour se cacher derrière ses lèvres. Sa peau passa du gris au pâle. Elle brilla tandis que la fourrure noire glissait en dessous et disparaissait entièrement de son corps.

Elle se mua en une tignasse ébouriffée de poils foncés sur sa tête, une généreuse couche sur son torse, et un nid de boucles plus sombres au niveau de son aine. Il n'en restait pas assez entre ses cuisses pour dissimuler complètement son... euh, son « équipement masculin » de bonne taille.

Je détournai les yeux.

— Tu t'es transformé.

Il se tourna vers moi. Le rouge avait quitté ses iris, pour être remplacé par un gris serein.

— Merci, Amira.

Il prononça ces mots d'une voix rauque.

Il parlait !

Bien sûr qu'il parlait. Il ressemblait à un être humain maintenant. Il n'y avait plus rien d'animal en lui. Seule la couleur de ses cheveux était la même que celle de sa fourrure.

Et il connaissait mon nom. Ce qui voulait dire qu'il avait écouté les conversations autour de lui depuis le début.

— La poudre jaune fait apparaître la bête qui est en moi, expliqua-t-il. Le gel *womora* l'en empêche. Dez avait recours aux deux, pour me maintenir entre les deux formes.

Ce devait être une torture.

Quelque chose cliqueta quelque part dans la tente, et je me figeai. Les *bracks* étaient en train de démonter les installations sur ordre de Madame.

— Ils préparent les paquetages pour le déménagement, dis-je en chuchotant. Ils seront bientôt là. Nous devons nous dépêcher. Vite, dis-moi comment ouvrir un portail vers Nérifir.

Il me dévisagea, le regard encore un peu vague.

— On n'ouvre pas de portail, répondit-il d'une voix rauque, avec un doux accent français. Tu en trouves un.

Il savait ! Je poussai un soupir de satisfaction. J'avais deviné juste. Il venait de Nérifir, et il connaissait le moyen de s'y rendre.

— Tu n'as pas été kidnappé directement de Nérifir, n'est-ce pas ?

Il secoua la tête.

— Non. Je suis arrivé sur Terre par mes propres moyens, il y a longtemps. Le portail que j'ai utilisé est près de Paris, en France.

Cela expliquait son accent. Comme me l'avait indiqué Kyllen, la première langue que les fae entendaient en débarquant dans ce monde devenait la leur. Le loup-garou parlait alors le français.

Oh, tout ceci était donc bien réel. Je pouvais ramener Kyllen chez lui. Des frissons impatients parcoururent mes bras.

— Écoute, dit-il en remuant fiévreusement dans ses liens. Je t'apprendrai tout ce que je sais, mais tu dois aussi répondre à certaines de mes questions. Marché conclu ?

Passer un accord avec un fae pouvait être très dangereux. Mais j'étais prête à le faire avec Kyllen. Et pour cela, j'avais besoin que le loup-garou me dise tout sur le portail. Il fallait seulement que je sache bien négocier et poser clairement mes conditions.

— Si tu m'y conduis, je te libérerai.

Une poussée d'adrénaline parcourut mes veines. Je pouvais le faire. Je le délivrerais. Dez m'avait donné la clé de son collier et de ses chaînes. C'était comme si je volais le prisonnier sous le nez de Madame.

Un frisson me secoua à cette idée. Mais la peur ne m'arrêterait plus.

— Comment vas-tu me libérer ? demanda le loup-garou avec méfiance.

— La clé de ton collier est la même que celle qui ouvre les verrous de tes liens. Mais je ne l'aurai que lorsque nous partirons.

Il grimaça, soit parce qu'il était mal à l'aise, soit parce qu'il était concentré.

— Partir où ?

— En Europe. En Angleterre d'abord, puis en France.

Il me vint à l'esprit que puisque le portail était près de Paris, il serait plus commode de rester avec la ménagerie jusqu'à notre arrivée en France. Je ne savais pas trop comment voyager toute seule.

Cependant, si le loup-garou acceptait mon offre et que je le libérais, je devais aussi partir d'ici le plus vite possible. Je ne me faisais pas d'illusions. Madame ne me laisserait pas en vie si je délivrais son numéro VIP. Radax ne serait pas non plus à l'abri de sa colère.

Le prisonnier tira sur les chaînes, l'air soucieux.

— Je ne peux pas aller en Europe. J'ai... quelqu'un que je dois protéger dans ce pays. Libère-moi, et je te dirai exactement comment trouver le portail. Je te donnerai aussi les règles pour le franchir.

— Il y a des règles ? demandai-je et une vague d'inquiétude m'envahit.

Il hocha la tête.

— Règle numéro un. Une fois que tu auras traversé la Rivière des Brumes qui relie les mondes, tu ne pourras plus jamais revenir à la même époque ou au même endroit. Si tu franchis la rivière pour revenir sur Terre, tu peux te retrouver un mois dans le passé ou mille ans dans le futur. Il n'y a aucun moyen de le prévoir avec certitude.

Je pris une inspiration tremblante. Je me rappelais vaguement avoir entendu les *bracks* parler de quelque chose comme ça une fois. À l'époque, je n'avais pas compris ce que cela signifiait. Maintenant, la crainte m'envahit à nouveau. Kyllen voulait retourner dans son monde, auprès de sa famille et sur le trône qui l'attendait. Que penserait-il du risque de se retrouver trop loin dans le passé ou dans le futur ?

— Qui va y aller avec toi ? demanda le loup-garou.

Je lui lançai un regard prudent, ne sachant pas si je devais lui parler de Kyllen. Si j'échouais, il ne fallait pas que Radax ou Kyllen en subissent les conséquences.

— Est-ce que c'est important ?

— Ça l'est. Le compagnon de voyage est concerné par la règle numéro deux que je n'ai pas encore mentionnée.

— Quelle est la règle numéro deux ? dis-je en fronçant les sourcils.

— J'ai besoin que tu répondes d'abord.

De faibles bruits de frottement et de paquetage résonnèrent à nouveau à travers les murs de toile. Les *bracks* étaient tout près. Nous devions nous dépêcher, mais un marché était un marché.

— Bien, que veux-tu savoir ?

Il s'avéra qu'il avait beaucoup de questions.

Tout d'abord, il se renseigna sur l'homme sirène Zeph, que Ghata détenait depuis l'année précédente. Zeph devait être son ami, et le loup-garou semblait vraiment s'inquiéter pour lui. Mais Zeph s'était échappé environ deux mois plus tôt. Je répondis sincèrement à tout ce qu'il me demanda à son sujet.

— Que sais-tu du commerce de Madame pour fournir sa ménagerie ?

Je n'avais pas grand-chose à lui dire à ce sujet. Ghata se faisait apporter beaucoup de choses de Nérifir par ses *bracks*. Mais j'ignorais comment elle les payait. Elle ne m'avait pas mise au courant de cette facette de ses activités.

Il m'interrogea sur la statue de l'homme-dragon que Madame possédait. C'était une représentation grandeur nature d'un homme ailé assis sur un morceau de roche taillé dans de la pierre obsidienne. Je l'époussetais à chaque fois que je faisais le ménage. Une lueur de lucidité me refroidit soudain.

— Ce n'est pas une simple statue, n'est-ce pas ?

— Rien ici n'est ce qu'il semble être, répondit-il en choisissant exactement les mêmes mots que Radax.

Le monde de la ménagerie n'était pas seulement plein d'ombres. Il était truffé de mensonges.

Le loup-garou s'impatientait visiblement de plus en plus à mesure que le bruit des *bracks* démontant les tentes se rapprochait.

— Est-ce que tu peux m'enlever les menottes maintenant, s'il te plaît ? Je dois partir avant qu'ils n'arrivent.

Je sortis la clé de ma poche, mais ne le libérai pas encore, me souvenant que j'avais affaire à un fae.

— Tu ne m'as pas dit comment accéder au portail. Quelle est la règle numéro deux ?

— Bien, grimaça-t-il, en étirant son cou et ses épaules. Toute seule, tu ne peux que revenir vers le monde d'où tu viens. Pour aller à Nérifir, tu auras besoin d'un fae ou d'un *brack* pour t'accompagner, quelqu'un qui est originaire de là-bas.

— Je ne serai pas seule. (Je réalisai que puisqu'il avait écouté ma conversation avec Radax, il devait déjà savoir pour Kyllen.) Kyllen sera avec moi, ajoutai-je. Je ne vais pas l'abandonner ici.

Un bruit fort, comme si un objet lourd était tombé, nous fit sursauter et nous ramena au silence. Il fut suivi par les cris des *bracks*.

— Amira, s'il te plaît, dépêche-toi, implora-t-il en secouant ses chaînes avec insistance. Je parlerai quand tu m'auras libéré.

Le temps était compté. Je m'agenouillai pour dégager ses chevilles.

— Écoute bien, dit-il. Une fois à Paris, prenez le train jusqu'au *Parc des Brouillards*, juste à la sortie de la ville. C'est une propriété privée, faites attention en y entrant. Il y a des gardes. (Il grimaça, comme s'il les avait rencontrés personnellement et que ce souvenir le troublait encore.) Le portail ne s'ouvre que pendant une vingtaine de minutes à trois heures du matin. C'est un petit nuage de brume au-dessus de l'eau de l'étang, au fond du parc. Il est très facile de le manquer, mais il sera de couleur rose, comme la rivière.

En essayant de mémoriser chacune de ses paroles, je lui détachai ensuite les bras.

Il s'éloigna du cadre en titubant, il avait du mal à trouver son équilibre. Je me crispai, craignant un peu qu'il ne se jette sur moi, maintenant qu'il était libéré de ses liens. C'était un homme de grande taille, qui semblait fort même après toutes les tortures infligées par Dez. Ce n'était plus une bête, mais il pouvait encore être dangereux.

Heureusement, il n'avait pas l'air de vouloir m'attaquer. Il vacilla, puis s'agrippa à la barre latérale du cadre pour se stabiliser.

— Le portail est là-bas tous les jours ? demandai-je.

— En principe. Le débit de la Rivière des Brumes change, mais très lentement. Je ne suis plus allé au Parc des Brouillards depuis plus de quarante ans, mais il faut des siècles ou même des millénaires pour que la Rivière modifie suffisamment son cours et qu'un portail disparaisse.

— Comment sais-tu tout ça ?

Il poussa une longue inspiration, en jetant un coup d'œil vers la sortie de la pièce.

— Disons que j'ai passé quelque temps avec la déesse quand elle était une créature plus bienveillante et encline à partager des choses.

Il parlait bien sûr de Madame. Bien qu'il me fût difficile d'imaginer qu'elle avait pu être « bienveillante ». Il avait dû la connaître personnellement, et pas seulement comme son prisonnier.

Mais cela n'avait pas d'importance. Le loup-garou avait respecté son engagement. Il me donna tous les détails sur le portail. Maintenant, il ne me restait plus qu'à retourner auprès de Kyllen. Ensuite, nous pourrions nous enfuir.

— Sois prudente en allant sur Nérifir, Amira, prévint Lero. Il y a beaucoup de danger et d'hostilité dans ce monde, peut-être même plus qu'ici.

Mais avais-je vraiment le choix ?

— Je ne peux pas rester sur Terre.

Il me regarda d'un air inquiet. De la compassion flottait dans ses yeux gris et clairs.

— J'aimerais pouvoir venir à Paris avec toi pour t'aider à rejoindre le portail, mais c'est impossible. Je ne peux pas quitter le pays. À la minute où mon évasion sera découverte, Ghata enverra des *bracks* pour attaquer une femme innocente simplement parce qu'ils croient qu'elle est importante pour moi. Je dois m'assurer de sa sécurité.

— Je vois, répondis-je en hochant la tête, bien au fait des méthodes de Madame. Ne t'inquiète pas pour moi. Je vais me débrouiller.

Je le devais.

Il se rapprocha et posa ses mains sur mes épaules. Je tressaillis au contact d'un étranger, mais ne bougeai pas. Peut-être lui avais-je fait confiance trop rapidement, pourtant il m'avait semblé si digne de la recevoir.

— Reste dans la ménagerie jusqu'à Paris, conseilla-t-il. J'ai vendu toutes mes propriétés là-bas sauf une. (Il me donna l'adresse d'une maison où il vivait.) Dans la chambre principale, sous une planche branlante sous le lit, j'ai un coffre-fort avec de l'argent. Mémorise le code de la serrure. (Il prononça lentement la série de lettres et de chiffres dans l'ordre qui l'ouvrait, puis me les fit répéter.) Prends ce dont tu as besoin, tout s'il le faut.

Ce n'était pas nécessaire. L'argent ne faisait pas partie de notre accord. Mais je n'avais pas un centime dans ce monde ni ailleurs. Maintenant, l'argent était synonyme de liberté. Celle d'aller où je voulais. Et de fuir.

Mon cœur se serra d'émotion devant sa générosité.

— Merci. (Je mordillai ma lèvre entre mes dents, en réfléchissant à ce que je devais faire ensuite. Il avait été gentil avec moi, et je voulais le remercier pour cela.) Tu sais, je peux te faire gagner du temps pour rejoindre cette femme.

— Comment ?

Je courus vers le mur de toile en face de son cadre. La caisse dans laquelle les *bracks* avaient prévu de le transporter jusqu'à Londres était là, prête à l'accueillir. Elle était presque identique à celle de Kyllen.

— Aide-moi à charger ton cadre avec des sangles ici.

— Pourquoi ? demanda-t-il, tout en s'exécutant.

Les fae étaient d'une force inhumaine. Mais tout ce temps attaché l'avait visiblement affaibli. Ses jambes tremblaient, et il titubait encore sur ses pieds. Ensemble, cependant, nous réussîmes à le traîner jusqu'à la caisse et à le pousser à l'intérieur.

— Je vais en mettre quelques-uns là-dedans, aussi, dis-je en attrapant un des sacs de sable empilés derrière les murs de toile, les *bracks* les utilisaient pour maintenir le bord inférieur des parois extérieures des tentes.

Leur poids remplacerait celui du loup-garou dedans.

Une fois le cadre et quelques sacs à l'intérieur, je remis le couvercle en place et le refermai.

— Je planterai quelques clous dessus quand tu seras parti. Puis je leur dirai que tu as été chargé.

Personne ne découvrirait la disparition du loup-garou avant notre arrivée en Angleterre. D'ici là, il serait trop tard. Cela me permettrait de gagner du temps aussi. Je pourrais rester avec la ménagerie, me rendre en Angleterre aux frais de Madame, et retrouver Kyllen.

— Croiront-ils que tu as réussi à me déplacer toute seule ? demanda-t-il d'un air sceptique.

J'acquiesçai avec assurance. S'il y avait quelque chose que j'avais appris durant ma vie à la ménagerie, c'était bien le mode de réflexion des *bracks*.

— Nerkan est avec le groupe qui charge le camion à l'extérieur de la tente centrale, et Vuk avec ceux qui démontent les installations à l'intérieur. (Je fis un geste en direction du bruit, des frottements et du cliquetis qui se rapprochaient de plus en plus.) Je vais dire à Vuk que Nerkan l'a fait. Puis à Nerkan, je dirai que c'est Vuk qui s'en est occupé. Ils sont tous les deux trop paresseux pour vérifier. Ils seront trop heureux de savoir qu'ils ont évité un effort.

Ses sourcils sombres se soulevèrent. Il avait l'air impressionné.

— Merci d'y avoir pensé.

Le bruit des voix et des pas traînants sembla provenir directement de la pièce voisine. Nous devions partir avant qu'ils ne nous surprennent.

— Ils arrivent, murmurai-je en me glissant loin des bruits le long de la paroi en toile. Viens.

Je passai sous un rabat de tissu, en lui faisant signe de me suivre. Les guirlandes lumineuses au plafond de l'immense tente peinaient à éclairer cet espace, qui était isolé du centre par plusieurs salles et cloisons.

— Par ici. (J'arrachai le tissu d'un des murs extérieurs. L'air frais s'engouffra à l'intérieur et me glaça les pieds). La foire est terminée. Il n'y a pas de *bracks* ni de gens de ce côté pour le moment. Mais tu devras escalader le grillage pour sortir.

Même dans son état affaibli, je ne pensais pas que ce serait un problème pour un loup-garou. D'ailleurs, il semblait devenir plus fort à chaque instant qui passait. Je ne savais pas si c'était l'effet du gel *womora* que j'avais appliqué sur ses blessures ou le fait d'avoir cessé d'absorber la poudre jaune. C'était probablement la combinaison des deux.

Il toucha délicatement ma main.

— Eh bien, au revoir, Amira. Merci pour tout. Bonne chance, j'espère que tu trouveras ton bonheur à Nérifir.

J'acquiesçai maladroitement.

— Bonne chance à toi aussi... (J'hésitai une fraction de seconde.) Comment t'appelles-tu ?

Je n'avais jamais demandé ça à quelqu'un avant Kyllen. Les noms faisaient les amis. Et on ne pouvait pas se permettre d'en avoir à la ménagerie. Mais ce n'était pas la première règle que j'avais enfreinte. Il avait été gentil avec moi, et je ne voulais pas me souvenir de lui seulement comme d'un simple « loup-garou ». Je voulais connaître son nom.

— C'est Lero, répondit-il en souriant.

Je hochai la tête à nouveau.

— Fais attention à toi, Lero.

Il s'accroupit près de l'ouverture qui menait vers l'extérieur. Je découvris son postérieur, nu.

— Hum... Est-ce que tu as besoin de vêtements ? dis-je, en me demandant si je pouvais lui voler un pantalon chez les *bracks*.

— Non, gloussa-t-il en se glissant sous la toile. J'aurai bientôt beaucoup de fourrure pour me tenir chaud.

Puis je compris. Ce soir, c'était la pleine lune.

Alors que je restais à l'intérieur de la tente, à l'écoute des bruits que faisaient les *bracks* en empaquetant les affaires, un long hurlement perça la nuit au loin.

Le loup-garou était libre.

Le lendemain matin, Radax était en assez bon état pour se lever.

Je patientai près de la caravane des *bracks*. Cachée dans le coin, je les observai sortir et se diriger vers les tentes pour finir de charger les camions.

Quand Radax apparut, je me précipitai vers lui :

— Radax !

Il se tourna vers moi en souriant :

— Bonjour !

Je notai chaque courbe et chaque trait de son visage, pour les graver dans ma mémoire. Sa barbe fournie, ses yeux marron foncé, les stries rouges à l'intérieur à peine visibles dans la lumière du matin, les petites rides qui se dessinaient aux coins quand il souriait pour moi.

Je touchai sa main :

— Comment te sens-tu ?

— Bien, répondit-il tranquillement.

Je remarquai une légère grimace lorsqu'il redressa son dos, ainsi qu'un regard lourd de reproches en direction de la caravane de Madame.

Elle avait beau contrôler son esprit au point de lui avoir fait oublier le fouet, mais je ne pensais pas qu'elle avait le pouvoir d'effacer complètement ce qu'il ressentait.

« *Ne crois pas que tu pourras utiliser sa rage contre moi* », avait-elle dit. Mais je me demandais s'il l'emploierait, lui, un jour. Malheureusement, je ne serais plus là pour y assister.

L'idée de le quitter me dévastait. Cela me brisait le cœur, mais je retenais mes larmes. S'il surprenait ma souffrance, il poserait des questions, sans avoir de réponses. Moins il en savait, plus il serait en sécurité.

— Je t'aime, Radax, lui déclarai-je en me haussant sur la pointe des pieds pour lui faire un énorme câlin, le plus grand que je ne lui avais jamais fait.

Il grogna de stupéfaction, puis m'entoura de ses bras.

— Je t'aime aussi, répondit-il en embrassant mes cheveux.

— *Je ne t'oublierai jamais,* jurai-je doucement.

Les larmes me brûlèrent les yeux, mais je les chassai en refoulant les émotions au fond de moi. C'était le seul adieu que je pouvais me permettre sans mettre Radax en danger. Personne ne devait le soupçonner de m'avoir aidée.

J'étais prête. Tout ce que j'avais à faire était de retourner auprès de Kyllen. Puis je quitterais le seul monde que je connaissais.

L'idée me terrifiait, mais je ne pouvais plus faire machine arrière.

Quinze

KYLLEN

Bien qu'Amira l'avait informé du déménagement, il s'attendait à ce que Ghata le dépose quelque part. Il lui avait clairement fait comprendre qu'il refusait de collaborer à ses plans diaboliques. Manifestement, elle espérait encore qu'il change d'avis, car elle ne l'avait pas éliminé.

Comme l'avait prévenu Amira, un *brack* se présenta. Il secoua sa caisse et il fut bousculé à l'intérieur. Kyllen poussa un râle douloureux pour leur montrer qu'il était toujours en vie. Peu de temps après, ils le chargèrent dans un véhicule et partirent.

Il réalisa rapidement qu'Amira n'était pas avec lui cette fois-ci. Pour une raison inconnue, elle était restée en retrait. Il souffrait de son absence, plus encore qu'elle ne pouvait l'imaginer, et ce n'était pas seulement l'eau qu'elle lui apportait qui lui manquait.

Sans n'avoir jamais posé les yeux sur cette femme, il s'était habitué à sa compagnie. Privé d'elle maintenant, il se sentait plus seul que jamais.

Le besoin d'entendre sa voix était si fort qu'il luttait contre l'envie pressante de sortir immédiatement de cette foutue caisse pour parcourir ce monde à sa recherche, même si cela impliquait de transformer tous ses habitants en statues de pierre.

Cependant, au fond de lui, il savait que le moyen le plus rapide de récupérer Amira était de rester sur place. Tôt ou tard, Ghata installerait sa ménagerie dans un nouvel endroit, et il retrouverait sa petite humaine.

Alors il attendit.

Le voyage vers cet endroit, qu'ils appelaient l'Angleterre, fut court et se déroula sans incident. La température à l'intérieur de sa caisse passa d'une chaleur insupportable à un froid intolérable. L'air, cependant, demeura constamment sec. Sans Amira pour lui apporter de l'eau, le manque du précieux liquide le tourmenta à nouveau.

Tout ce qu'il retiendrait de ce monde serait une soif incessante et la présence rafraîchissante d'Amira.

On l'avait déplacé d'un véhicule à un autre, ballotté, bousculé et secoué. D'après ce qu'il avait pu récolter comme informations, il avait passé un jour ou deux, peut-être plus, dans un entrepôt où il faisait sombre, froid et où le silence régnait.

Il était difficile de faire preuve de patience à mesure que le temps s'écoulait. En outre, le fait qu'une fragile caisse en bois se trouvait entre lui et la liberté ne facilitait pas les choses. Mais il ne voulait pas seulement en sortir. Il souhaitait rentrer chez lui. Et pour cela, l'aide d'Amira lui était nécessaire.

Elle avait promis de se renseigner sur le portail, mais il espérait toujours qu'elle le rejoindrait dans sa fuite. De toute évidence, il avait besoin d'elle dans sa vie, car quelques jours sans elle l'avaient plongé dans la misère la plus totale.

L'idée de l'abandonner ici, à la merci de Ghata, lui laissait un goût amer dans la bouche. Il pensait pouvoir offrir à Amira une existence bien meilleure à Lorsan. Elle méritait mieux, bon sang !

De l'intérieur de sa boîte, il ne pouvait compter que sur les bruits qui lui parvenaient pour comprendre ce qui se passait à l'extérieur. Sa caisse avait été placée dans un autre véhicule. Lorsque celui-ci s'immobilisa, il entendit le cliquetis des portes qu'on ouvrait et les voix des *bracks* qui discutaient du déchargement.

Il espérait que c'était leur dernier arrêt.

La cacophonie se calma lorsque les *bracks* prirent quelques affaires et partirent. Puis le son qu'il avait le plus attendu arriva enfin : le bruit familier des pas légers d'une femme.

— Kyllen ? susurra Amira, et quelque chose en lui se craquela.

Elle était là. C'était comme une goutte d'eau qui tombait sur son cœur desséché, un rayon de lumière et une bouffée d'air frais dans sa prison sombre et étouffante.

— Amira...

Seize

AMIRA

J'avais été agitée durant tout le vol pour Londres. L'anxiété n'avait pas cessé de me piquer avec ses petites aiguilles.

Lero était parti, et j'avais essayé avec ferveur de prévoir quand et comment son absence serait découverte, ainsi que la façon dont elle pourrait nous affecter, Kyllen, Radax et moi. Trop de variables restaient inconnues. Beaucoup de choses pouvaient mal tourner, et les enjeux étaient si importants. Si je faisais une seule erreur cette fois-ci, je mourrais certainement. Et les deux personnes auxquelles je tenais le plus souffriraient, ou périraient, elles aussi.

Dès l'atterrissage, Madame était partie pour un hôtel où elle comptait loger pendant que la ménagerie séjournait à Londres.

J'avais conduit avec les *bracks* jusqu'aux locaux que Ghata avait réservés pour son exposition. Comme nous étions très nombreux, nous avions utilisé plusieurs véhicules, et j'avais fait en sorte d'éviter de monter dans celui où se trouvait Radax. J'étais restée loin de lui autant que possible. Moins on nous voyait ensemble, moins il y avait de chances que quelqu'un le blâme pour mon évasion.

Je me disais qu'il se porterait mieux sans moi. Il aurait moins de soucis et moins de responsabilités. Pourtant, mon cœur se serrait à chaque fois que je pensais à lui.

Une fois sur les lieux, une sorte de grand hall d'exposition, les *bracks* s'étaient séparés. Certains s'étaient mis au travail pour installer les stands. D'autres s'étaient dirigés vers le quai pour décharger le matériel des camions qui arrivaient.

J'aperçus Dez. Il était là depuis quelques jours et faisait maintenant visiter aux *bracks* leur espace réservé à l'intérieur des locaux. Je me cachai derrière une cloison, pour rester hors de sa vue. Si Dez me repérait, il exigerait la clé des chaînes de Lero, et je devais d'abord trouver Kyllen.

Il n'y avait aucune trace de lui dans le hall. Aussitôt, je me rendis vers le quai de déchargement.

Deux *bracks*, Leslo et Vuk, sortaient une caisse en bois du camion. Ce pouvait être celle de Kyllen ou de Lero. Ou peut-être contenait-elle la statue de l'homme-dragon ? C'était difficile à dire, car elles se ressemblaient toutes.

En me cachant derrière, pour échapper à la vue des *bracks*, j'appelai doucement :

— Kyllen ?

— Amira... me répondit-il dans un murmure.

Mon cœur bondit d'excitation, puis le soulagement m'envahit :

— Je t'ai retrouvé.

— Tu l'as fait, mon petit humain préféré, dit-il d'un ton grave encore plus profond, qui m'évoqua à nouveau le bruissement du vent dans un tas de feuilles mortes (il n'avait pas bu une goutte d'eau depuis des jours, sa gorge était très sèche).

La note chaleureuse d'affection dans sa voix me fit vibrer de plaisir. Il avait l'air heureux de m'entendre, et j'étais ravie de lui avoir manqué.

Je ne pus m'empêcher de sourire.

— Est-ce que je suis ton humain préféré ?

— Tu es le seul à qui je n'ai jamais parlé, ma chère. Donc oui, tu es ma seule et unique, et ma préférée, par défaut, répondit-il pour me taquiner.

À présent, je m'étais habituée à chaque variation de sa voix, capable de lire ses humeurs dans ses intonations. Je pouvais dire qu'il souriait.

Le bruit de la conversation des *bracks* se rapprocha. Ils revenaient sûrement pour Kyllen.

— Il faut te sortir de cette boîte, dis-je en faisant glisser mes mains le long des planches de bois clouées en travers de la porte.

— Ça, je peux le faire, m'affirma Kyllen. Tu devras juste me dire quand le faire, mon amie.

Il m'avait déjà expliqué pouvoir se libérer, mais la caisse paraissait solide et résistante.

— Es-tu sûr d'être capable de l'ouvrir de l'intérieur ?

Il gloussa, et j'imaginai son sourire :

— Dis-moi seulement à quel moment, Amira.

Les *bracks* étaient en train de parler avec quelqu'un à l'extérieur de la caravane. Ils allaient bientôt venir ici.

C'était maintenant ou jamais.

— Maintenant, Kyllen, soufflai-je.

— Reste en arrière, dit-il avec détermination, puis il ajouta avec une pointe d'inquiétude : et... Amira ?

Je me précipitai vers le mur le plus éloigné de la remorque :

— Oui ?

— Ferme les yeux.

J'aurais dû me boucher les oreilles aussi, car le bruit d'un grand fracas suivit, et fit trembler le camion. Des fragments de bois fusèrent de toutes parts et heurtèrent les parois de la remorque. Je me cachai le visage derrière les bras.

— Hey ! s'écria Leslo.

Je ne pus m'empêcher de jeter un coup d'œil, en baissant le coude.

Arme au poing, Leslo fonça à l'intérieur.

— Recule ! criai-je en guise d'avertissement.

Une grande silhouette encapuchonnée surgit des restes de la caisse. Kyllen se dressait, le dos tourné, devant moi.

— Ça fait du bien, dit-il en donnant un coup de pied dans un morceau de bois avec sa botte.

Vêtu d'un pantalon marron et d'une tunique vert sauge, il avait une capuche sombre rabattue sur les yeux. Le tissu ondulait autour de sa tête. Les extrémités étaient drapées entre son cou et ses épaules comme une écharpe.

— Putain, qui es-tu ? cria Leslo, et sa phrase se termina brusquement, ses traits se relâchèrent après avoir compris.

Kyllen leva la main et repoussa le bord de sa capuche, juste un petit peu. Comme il me tournait le dos, je ne vis pas ce qui horrifia Leslo. Le *brack* pâlit et tituba en arrière. Sa main trembla, et il lâcha l'arme.

Puis... toute couleur disparut de Leslo. Sa peau, ses yeux, ses vêtements, même les lignes noires de son tatouage, tout devint gris. Tout fusionna en un solide et immobile morceau de roche.

Leslo n'était plus. Seule une statue de granit subsistait, la bouche ouverte, la terreur figée dans son regard mort.

— Ferme les yeux, Amira ! lança une voix familière pour la prévenir.

Radax !

Il se précipita dans la remorque.

Oh, non. Pas lui.

L'effroi m'envahit. Le monde autour de moi devint plus lent, les sons furent étouffés par le bruit de mon cœur qui battait la chamade.

Comme au ralenti, je vis le torse de Kyllen bouger. Il était en train de se tourner vers Radax.

Dans un instant, Radax, comme Leslo, se transformerait en une autre statue sans vie.

— Radax, non ! criai-je, en attrapant le pistolet de Leslo sur le sol.

Dos à Kyllen, je me jetai entre Radax et lui. Mais ma taille n'était pas suffisante pour rompre leur contact visuel. Il ne me restait qu'une fraction de seconde avant qu'il ne soit trop tard.

— Je suis tellement, tellement désolée, murmurai-je en levant l'arme. Je ne t'oublierai jamais.

J'appuyai sur la gâchette.

La stupeur brilla dans les yeux de Radax. Le sang gicla de la petite marque ronde laissée par la balle au milieu de son front.

Les larmes m'empêchaient de voir son visage bien-aimé. Des sanglots déchirèrent ma poitrine et mon cœur de douleur. Je lâchai l'arme alors que Radax s'écrasait sur le sol. Mort.

— Amira ! m'appela la voix de Kyllen à travers le voile d'horreur qui s'était abattu sur moi.

Des bras forts enlacèrent mes épaules :

— On doit partir, implora-t-il.

D'autres *bracks* se mirent à crier dans les locaux. Ils avaient entendu le coup de feu. Ils seraient bientôt là. Ils allaient fermer la porte de la remorque et nous piéger ici.

Nous devions déguerpir. Pourtant, je n'arrivais pas me résoudre à m'éloigner de Radax.

— Je l'ai tué, sanglotais-je.

— Pas pour longtemps. (Kyllen me poussa vers les portières arrière.) Il s'en sortira. Il est immortel, après tout.

Une arme humaine ne pouvait pas exécuter un *brack*. J'avais tiré sur Radax pour lui épargner le sort de Leslo. Je l'avais sauvé en l'abattant avant que le regard de la gorgone ne l'emporte pour de bon.

Je l'avais épargné, mais, pour cela, il avait fallu le faire souffrir.

La bile me monta à la gorge alors que Kyllen me traînait hors de la remorque et dans les locaux.

— Où allons-nous maintenant ? demanda-t-il.

La caisse de Lero était grande ouverte dans un petit couloir latéral. Elle était vide. Dans quelques minutes, les *bracks* s'organiseraient et nous poursuivraient. Nous n'avions pas de temps à perdre.

La puissance de Kyllen était étonnante. Mais les *bracks* l'avaient déjà capturé une fois, et ils pouvaient le refaire.

Je me libérais de la peur et du chagrin, en forçant mon cerveau à se concentrer.

— Par là, répondis-je en faisant un geste vers les doubles portes vitrées qui donnaient sur le parking.

Il y avait des hommes dehors, des gens ordinaires, probablement des employés du centre d'exposition ou des chauffeurs de camion.

— S'il te plaît, ne fais de mal à personne, suppliai-je Kyllen.

Il hocha la tête et rabattit sa capuche. Du coin de l'œil, je ne pouvais voir que son menton, le bord dur de sa mâchoire et le bout de son nez. Il garda son bras autour de mes épaules.

En allant aussi vite que possible, mais sans courir pour ne pas éveiller les soupçons, nous franchîmes le bitume en direction des immeubles bas situés plus loin.

— Et maintenant ? demanda-t-il.

— Hum...

Je n'en avais aucune idée. Cet endroit m'était totalement inconnu, à moi également.

Un train gronda sur les voies surélevées juste derrière le bâtiment. J'ignorai sa destination, et je ne savais pas si on devait le prendre.

— Nous devons nous rendre à Paris, murmurai-je.

— Où ça ? dit Kyllen, qui se retourna vers le hall d'exposition, en vérifiant l'entrée par-dessus son épaule.

— Paris. La capitale de la France. C'est là que se trouve le portail. (Je suivis son regard vers le hall et sentis son inquiétude.) Mais d'abord, nous devons nous éloigner d'ici.

Je saisis sa main et m'engageai sur un chemin étroit entre les bâtiments.

Nous étions là, à arpenter les rues de Londres, en nous cachant dans l'ombre. J'étais déjà venue dans cette ville, il y a longtemps, quand j'étais enfant. Madame avait fait le tour de l'Europe à l'époque. Bien sûr, je n'avais pas vu grand-chose et je ne me souvenais de rien.

Pour rejoindre Paris, il nous fallait un moyen de transport. Et pour acheter des billets, nous avions besoin d'argent. Mais tout d'abord, je devais trouver un endroit sûr et tranquille pour élaborer notre plan.

Je demandai à un piéton, une femme dans la quarantaine, où conduisaient ces voies ferrées. Elle m'expliqua que les trains se rendaient au centre-ville. C'était notre direction, il fallait alors longer les rails du mieux que l'on pouvait. Parfois, les rues étaient pratiquement parallèles. Mais d'autres fois, elles s'enchevêtraient dans un dédale que l'on mettait beaucoup de temps à démêler.

Alors que nous passions devant deux bâtiments reliés par une arche, Kyllen me poussa doucement en dessous dans un passage étroit.

— Je ne pense pas que nous sommes suivis, dit-il.

Je sortis la tête pour scruter les deux côtés de la rue. Il n'y avait aucun signe des *bracks* nulle part. Avec leur taille imposante et leurs tatouages, ils étaient faciles à repérer.

— Je crois que tu as raison. Peut-être n'ont-ils pas remarqué la direction que nous avons prise.

Ou peut-être avaient-ils choisi de ne pas nous poursuivre, en voyant ce que Kyllen avait fait à Leslo. Mais tôt ou tard, Madame les obligerait à nous rechercher. J'en étais sûre.

Il se tourna vers moi, la tête baissée et le capuchon tiré sur ses yeux.

— Tu es fatiguée, dit-il en saisissant ma main dans la sienne.

Nous avions marché deux heures, peut-être plus. Le ciel gris d'hiver avait pris une teinte plus sombre entre-temps. C'était le soir. La nuit arrivait et je ne savais toujours pas quoi faire.

— Tu as soif, répondis-je.

Il fallait qu'il boive avant que je me repose.

— Je survivrai, déclara-t-il en posant ses mains sur mes épaules, un étranger à la voix si familière.

Je fixai son large torse, couvert par le tissu vert sauge de sa tunique et ceinturé par deux bandes de cuir gaufré. Kyllen n'avait été qu'une voix désincarnée pour moi. Maintenant, le propriétaire de cette voix me surplombait.

Pas aussi massif qu'un *brack*, il était nettement plus grand que moi. Sa poitrine était à la hauteur de mes yeux. À en juger par la façon dont il s'était échappé de la caisse, il devait aussi être beaucoup plus fort qu'un humain ordinaire.

Soucieuse de ses avertissements, j'évitai de monter les yeux vers lui, et je me contentai d'observer ce que je pouvais, sans lever la tête.

Ses vêtements étaient froissés et usés, ce qui n'était pas surprenant, puisqu'il avait passé des mois enfermé dans une boîte. Cependant, il n'y avait pas la moindre trace de souillure ou d'odeur désagréable. Il exhalait la fraîcheur, comme le concombre que je lui avais donné à manger une fois, avec une petite note de mousse humide et le parfum de la forêt juste après la pluie. Toutes ces odeurs que j'avais rarement eu l'occasion de sentir dans ma vie.

— Te voilà, murmura-t-il, et je réalisai qu'il m'examinait lui aussi.

Je fus immédiatement gênée. D'habitude, les gens me trouvaient bizarre, avec mon écharpe que je portais toute l'année, mes vêtements amples et mes cheveux lissés en arrière, avec ma longue tresse cachée dans mon sweat à capuche.

Étrange. Fantomatique. Ridicule. Ce n'était que quelques-unes des remarques blessantes que le public de la foire m'avait adressées au fil des années. Je fermai les yeux, pour ne pas avoir à me les remémorer toutes.

Qu'allait penser de moi un seigneur fae, la fille aux tickets ?

Les mains de Kyllen glissèrent de mes épaules à mon cou. Il les plongea dans les plis de mon écharpe, mais ne chercha pas ma peau en dessous.

Il se pencha plus près jusqu'à ce que son souffle se mêle à mes cheveux :

— Tu m'as sauvée.

Une vague de plaisir se faufila jusqu'à mon cœur en entendant la gratitude dans sa voix.

— Merci de m'avoir libéré, ajouta-t-il.

Je repensai à la façon dont il avait détruit sa boîte.

— En fait, tu as fait tout *le travail* tout seul, répondis-je en souriant dans mon écharpe.

Il gloussa au-dessus de moi :

— Ça faisait très longtemps que je rêvais de me taper cette caisse. Donner enfin vie à mes fantasmes s'est avéré extrêmement réjouissant.

Je mis mes mains entre nous, pour jouer avec l'une des ceintures en cuir sur son torse.

— Je dois te ramener de l'eau. (Une interminable liste de choses à faire défilait dans ma tête.) Ton sauvetage n'est pas encore terminé. Je dois trouver comment arriver à Paris. Mais d'abord, où est-ce qu'on va passer la nuit...

Il m'arrêta en pressant légèrement un doigt sur mes lèvres.

— *Nous*, me corrigea-t-il. *Nous* devons trouver une solution à tout ça. Ensemble.

Ensemble.

Ce mot eut l'effet réconfortant d'une couverture chaude. Il me rappela que je n'étais plus seule. Je penchai la tête en arrière, pour voir son visage.

Il plaça rapidement sa main sur mes yeux :

— Attention !

J'expirai un souffle tremblant, en mesurant le danger auquel je venais d'échapper de justesse. Un frisson d'effroi me fit frémir :

— Désolée...

— Ce n'est pas ta faute. C'est difficile de ne *pas* regarder. Mais s'il te plaît, essaie d'être vigilante. S'il t'arrive quelque chose à cause de moi, je...

Sa voix se brisa.

Toujours avec sa main sur mes paupières, je sentis ses yeux posés sur moi :

— Tu me regardes, déclarai-je.

— Mmm, confirma-t-il, il n'y a pas de mal à ce que *je te* regarde, non ?

Sa voix était devenue douce, comme une caresse.

Toujours en couvrant mes yeux, il souligna le contour de ma mâchoire avec un doigt de son autre main.

— Pourquoi ne m'as-tu jamais dit à quel point tu étais belle ?

Le ton sulfureux de sa remarque vibra au plus profond de ma poitrine et des ondes se propagèrent dans le reste de mon corps.

Le contact avec sa peau me fit frissonner.

Il rit avec douceur :

— J'étais stupide de fantasmer sur la caisse. Alors que j'aurais pu passer plus de temps à t'imaginer.

Jamais aucun homme ne m'avait parlé ainsi ou ne m'avait touchée comme lui. Je restai figée, ne sachant que faire. Les yeux fermés, le regard de Kyllen ne risquait pas de nous transformer en pierre, mais je craignais que cela ne soit pas totalement inoffensif.

Le bruit d'une porte qui claqua me tira de mon état de transe.

La main de Kyllen quitta mes yeux et il se retourna. Il se décala vers l'avant, et plaça son épaule devant moi pour me protéger de l'homme qui avait ouvert la porte d'en face.

Ce dernier la poussa négligemment derrière lui, puis s'appuya contre le mur. Il sortit un paquet de cigarettes et un briquet de sa poche, en nous lançant un regard perçant.

C'était un gars assez ordinaire, probablement dans la quarantaine, avec des cheveux roux coupés court. Habillé d'un jean et d'un t-shirt, il avait une veste en cuir marron jetée sur le dos.

— Ce ne sont pas mes affaires, dit-il en haussant les épaules. Si tu veux la baiser ici, vas-y. Mais moi, je dois m'en griller une.

Je glissai ma main le long du bras de Kyllen et enroulai mes doigts autour des siens. Je pouvais faire ça, en public, et il n'y avait personne pour m'arrêter ou me punir du plaisir ou du réconfort que cela me procurait.

Kyllen pointa du menton vers le mur derrière l'homme :

— Qu'est-ce que c'est que ce bâtiment ?

— Un hôtel, répondit le type en nous examinant de plus près, en insistant sur Kyllen.

Avec ses vêtements richement brodés, sa capuche et ses boucles ornées de bijoux, Kyllen semblait sortir tout droit d'un plateau de cinéma, d'une fête médiévale ou... d'un royaume magique.

L'homme tira une longue bouffée de sa cigarette :

— Vous êtes des touristes ? Besoin d'un endroit où dormir ?

— Peut-être. (Kyllen inclina la tête majestueusement.) Qu'est-ce que cet établissement a à offrir ?

Son audace m'émerveilla. Nous n'avions même pas de quoi payer une nuit dans un abri de jardin, mais il se comportait comme s'il pouvait choisir entre plusieurs hôtels de luxe prêts à l'accueillir.

— Ça dépend. (Les yeux de l'homme parcouraient la ruelle de haut en bas tandis qu'il fumait sa cigarette à la hâte.) Qu'est-ce que vous cherchez ?

— Un hébergement pour ce soir, répondit Kyllen. Dans un endroit qui accepterait de discuter le prix. Si vous connaissez un truc convenable, je peux faire un marché.

Le type se déplaça vers moi, en me soupesant du regard.

Kyllen fit un pas sur le côté, ce qui me dissimula presque entièrement, pour indiquer clairement que je ne faisais pas partie des négociations.

L'homme cracha par terre :

— J'ai peut-être quelque chose pour vous. C'est livré avec une option de divertissement, ajouta-t-il en montrant ses dents dans un sourire tordu.

— Quel genre de divertissement ?

L'homme jeta de nouveau son regard de haut en bas de la ruelle :

— Tu aimes jouer ?

Oh, non. Je serrai la main de Kyllen dans la mienne.

— Allons-y, répondit-il.

Cet homme ne me disait rien qui vaille. J'avais vu beaucoup d'individus comme lui dans les foires, toujours prêts à dépouiller les personnes crédules de leur dernier centime. Je n'avais aucune envie de participer à la combine qu'il avait en tête, même si j'avais eu de l'argent à dépenser, ce qui n'était pas le cas.

— Quel genre de jeu ? demanda Kyllen, qui reprit la conversation.

Envisageait-il vraiment de le faire ?

— Kyllen, non, dis-je en tirant discrètement sur sa main.

Les yeux de l'homme brillèrent d'avidité :

— Tout ce que tu veux. Blackjack, poker, roulette ?

Je lui fis un geste de la main :

— On ne connaît pas ces jeux...

— Mais si, la roulette, c'est bien. Où est-elle ? demanda Kyllen, l'air excité.

Il m'avait appris que nos mondes ne faisaient qu'un, il y a de cela très longtemps. Apparemment, certaines choses avaient survécu au temps, les jeux de hasard, entre autres. Il connaissait même la roulette.

Je secouai la tête, en combattant une montée d'inquiétude dans ma poitrine.

L'homme jeta sa cigarette et se frotta les mains dans l'air frais de la fin janvier :

— Très bien, très bien. Par ici, mon pote.

— Kyllen... murmurai-je en en serrant plus fort sa main dans l'espoir de l'arrêter, mais il m'entraîna doucement avec lui.

— On va bien s'amuser, me lança-t-il avec un sourire derrière sa capuche. Fais-moi confiance.

Dix-Sept

KYLLEN

L'humain qu'il trouvait louche les fit franchir la porte d'un couloir étroit, puis descendre des escaliers. Au bas des marches, il se retourna, et tendit la main à Kyllen.

— Au fait, je m'appelle Rourke.

Kyllen hocha la tête, mais ne la serra pas et ne donna pas son nom en retour. Il avait accepté l'offre de l'homme pour jouer, mais cela ne signifiait pas qu'il était prêt à se rapprocher de lui.

Rourke grogna, en rangeant maladroitement la main non désirée :

— Eh bien, par ici.

Kyllen, qui ne faisait pas confiance à ce type, observait attentivement où ce dernier les emmenait, le long d'un large couloir d'abord, puis devant une porte blanche à double battant avec une poignée dorée à l'aspect fragile.

Malgré le fait qu'ils se trouvaient au sous-sol du bâtiment, ça ne ressemblait pas à un donjon. Il sentait la cigarette, mais était bien éclairé. Le papier peint et la moquette étaient sobres et usés par endroits, mais pas sales. Il faisait également beaucoup plus chaud ici qu'à l'extérieur. Rien que cela valait la peine de rester, décida-t-il avec un frisson qui chassa le froid de ses muscles.

Des voix filtraient depuis les deux portes. Rourke les ouvrit, et le bruit se propagea dans le couloir.

Nous entrâmes tous les trois dans une pièce spacieuse au plafond bas. Bien que son architecture soit différente, la salle présentait des similitudes avec celles de Nérifir. Il reconnut les tables avec les cartes, même si tous les jeux ne lui semblaient pas familiers.

Plus jeune, il avait passé pas mal de temps à jouer aux cartes. La plupart des jeux de cartes étaient faciles à maîtriser, ce qui donnait au joueur un certain sens du contrôle et la possibilité d'élaborer une stratégie. Cependant, le hasard et la chance étaient toujours au rendez-vous. Cela rendait les jeux de cartes imprévisibles et excitants.

Mais aujourd'hui, il n'avait pas envie de ça, car il ne pouvait pas se permettre de laisser quoi que ce soit au hasard. En jetant un coup d'œil prudent sous sa capuche, il repéra la table de la roulette et se dirigea vers elle en ligne droite.

Plusieurs personnes traînaient autour de la table. La roue tournait. Il leva suffisamment la tête pour voir le corps des joueurs jusqu'à hauteur de poitrine.

— Alors, demanda Rourke en se frottant à nouveau les mains, geste qu'il trouvait agaçant. À quoi veux-tu jouer ?

— Ça m'a l'air sympa, ça, répondit-il en faisant un signe du menton vers la roulette.

— En effet. En effet, dit l'humain en se répétant, ce qui irrita également Kyllen.

Amira serra sa main, mais resta silencieuse, intimidée par la présence de tant de monde.

Le croupier les salua à leur approche :

— D'où venez-vous, les amis ?

Il ne connaissait qu'un seul endroit dans ce monde, celui dont était originaire Amira :

— Moyen-Orient, répondit-il.

Un léger souffle lui parvint de sa direction, mais elle ne le contredit pas.

Les gens autour de la table remuèrent, pour le dévisager sans doute. Effectivement, son style vestimentaire se démarquait au milieu de leurs tenues mornes. Les *bracks* lui avaient confisqué ses armes il y a bien longtemps. Mais il avait conservé ses bracelets ornés de bijoux et ses fourreaux en cuir décorés.

Rourke lui donna un coup de coude :

— Tu peux enlever ta capuche ici, mon pote.

Oh, ce satané humain avait osé le toucher ! Il lui fallut déployer toute son énergie pour ne pas le repousser. S'il l'avait fait, Rourke se serait certainement écrasé contre le mur le plus proche, car il n'aurait pas retenu sa force avec ce type.

— Non, il garde la capuche, s'empressa de protester Amira. Il doit la porter.

— Je croyais que c'était les gonzesses qui se couvraient le visage au Moyen-Orient, pas les mecs, lâcha une voix masculine parmi le groupe de joueurs.

Elle serra sa main encore plus fort :

— Ce n'est pas ça… Il est juste… Il ne se sent pas bien.

— Qu'est-ce qui ne tourne pas rond chez lui ? demanda Rourke avec méfiance, en reculant d'un pas.

Même s'il appréciait le fait que l'homme garde ses distances, la dernière chose dont il avait besoin était d'être écarté de la partie par des locaux craignant une épidémie.

— Je vais bien, dit-il en retirant sa main des petits doigts d'Amira et en tapotant son bras dans un geste apaisant.

— Rien de contagieux, assura-t-elle à la foule. C'est… hum, une maladie génétique de naissance.

— C'est pour ça qu'il est vert ? demanda une femme.

Vert ?

Il examina sa main. Sa peau était brun clair, comme celle de son père, avec des marques vert foncé qu'il avait héritées de sa mère. Chez les gorgones en bonne santé et bien hydratées, ces traces ne restaient que sur les *senties*, certaines apparaissant également le long de leur colonne vertébrale.

Mais il avait été constamment assoiffé dans ce monde. Les taches étaient descendues le long de son corps. Le dos de ses mains était couvert d'un motif en losange distinct, peu appuyé, mais visible quand même, qui teintait de vert sa peau marron clair.

— Bon, dit-il en serrant les doigts, sa peau sèche s'étira, et menaça de se fendre.

Amira toussota.

— Est-ce que seules les personnes d'une certaine couleur sont autorisées à venir ici ? lança-t-elle d'une voix pleine de défi.

Elle saisit à nouveau sa main. Elle risquait de lui briser les phalanges si elle continuait à s'accrocher à lui ainsi.

Rourke haussa les épaules :

— Non, bordel. Je me fiche de sa couleur. Vert ou violet, peu importe. Tant qu'il n'est pas contagieux et qu'il a du fric pour faire les paris.

Le croupier ne semblait pas non plus se préoccuper de ça :

— Combien avez-vous ? La mise minimale est de cent livres.

— Je vais utiliser de l'argent et des émeraudes.

En dégageant doucement sa main d'Amira, il détacha le bracelet de son avant-bras gauche.

Le cuir de la pièce avait été gaufré par les meilleurs artisans d'Ellohi. Les quatre boucles d'argent avaient noirci jusqu'à devenir de l'étain lorsqu'il avait croupi dans la caisse, mais les émeraudes brillaient comme jamais. À sa connaissance, les pierres précieuses étaient une monnaie acceptable dans tous les mondes de la Rivière des Brumes. Celui-là ne devait pas être une exception.

Il jeta le bracelet sur la table :

— Combien pour ça ?

— Hum, marmonna le croupier qui se gratta la poitrine, l'air quelque peu décontenancé.

Rourke se faufila près de lui :

— Est-ce que ce sont des vraies ? demanda-t-il tout en inspectant les pierres des fermoirs, puis celles serties dans les disques d'argent du bracelet. Elles ne ressemblent pas à grand-chose, railla-t-il.

Kyllen contracta sa mâchoire, pour retenir une réplique féroce qui vibrait en lui. Qu'est-ce que ce gueux y connaissait en pierres précieuses ?

— Je vais les montrer à l'expert, déclara Rourke en glissant les bracelets sous son bras.

Amira gigota à ses côtés :

— Où se trouve cet expert ?

Rourke marqua une pause et la regarda fixement, comme s'il avait totalement oublié sa présence :

— Oh, nous en avons un juste ici, dans la maison. Tous les invités ne paient pas en liquide... ajouta-t-il d'une voix qui faiblit.

Amira bougea d'un pied sur l'autre, d'un air mal assuré, visiblement peu satisfaite de la réponse.

Kyllen passa son bras autour de ses épaules et l'attira à ses côtés.

— Vas-y, dit-il à Rourke. Nous allons attendre ici. Souviens-toi, j'en ai encore.

Il tourna son bras droit, pour laisser les émeraudes de son autre bracelet capter la lumière et étinceler.

Rourke fila, mais il n'y avait pas lieu de s'inquiéter. Peu importe combien il en prenait, la sale fouine humaine reviendrait toujours pour en avoir plus. Kyllen connaissait ce genre de personne.

Une femme apparut à ses côtés, vêtue d'une robe à peine retenue par deux fines bretelles. Sa toilette était bien plus proche du style des dames de la cour de son père que toute autre tenue dans la pièce.

— Puis-je vous offrir quelque chose à boire ? murmura-t-elle comme si elle proposait une substance bien plus illicite qu'une boisson.

Il aurait tué pour un verre d'eau, mais il ne faisait pas confiance à ces gens ni à tout ce qu'ils pouvaient lui servir. Peu d'aliments pouvaient nuire à une gorgone sur Nérifir. L'anneau de sorcière à sa main droite le protégeait contre les produits dangereux. Mais il n'était pas à Nérifir, et les effets des substances magiques variaient d'un monde à l'autre.

— Non. Merci, répondit-il en secouant la tête.

La femme repartit, et Amira s'appuya contre lui, pleine de confiance. Il sentit la chaleur de son corps à travers sa tunique, ce qu'il trouva particulièrement agréable dans le climat frais de cette terre.

Il n'avait jamais rencontré d'humain avant elle. Il n'avait même jamais croisé de fae qui en avait vu un. Ces derniers étaient extrêmement rares sur tout Nérifir, et pas seulement au royaume de Lorsan. On en savait très peu sur eux. Et ces maigres connaissances ne provenaient que de légendes, de fables et de mythes, qui se contredisaient souvent les uns les autres.

Toutes les histoires s'accordaient cependant à dire que les humains étaient séduisants, et qu'ils avaient un attrait particulier.

Maintenant qu'il en avait lui-même rencontré quelques-uns, il pouvait contester cette affirmation. Les fae bien nés, riches, gâtés et blasés, appréciaient tout ce qui était nouveau et différent. Kyllen se demandait si leur fascination pour les humains ne provenait pas simplement de leur rareté et de leur exotisme.

Cependant, en ce qui concernait Amira, il ressentait clairement cet attrait.

Elle était éblouissante. Malgré ses affreux vêtements, qui faisaient au moins deux fois sa taille, les signes d'épuisement sur son visage et ses gestes saccadés, il la trouvait belle. Il y avait une attirance irrésistible dans sa fragilité humaine.

Il glissa prudemment son regard vers elle. Ses petites mains étaient serrées contre sa poitrine, et il souhaita soudain en tenir une à nouveau.

Rourke revint, avec une liasse de feuilles de papier parfaitement découpées.

— Huit cents livres pour le bracelet, annonça-t-il en la poussant vers lui.

Kyllen fit rouler la pile de billets bien tassée entre ses doigts.

Ce devait être l'étrange monnaie humaine, que les *bracks* avaient citée parfois.

— Non, protesta vivement Amira. Ce n'est pas assez.

Ce n'était bien sûr pas assez. Chaque fermoir de son bracelet aurait facilement pu payer un bateau ou un cheval sur Nérifir. Il n'avait jamais espéré que Rourke soit honnête. De toute façon, le montant n'avait pas vraiment d'importance pour le moment.

— D'accord, dit-il en acceptant les bouts de papier.

— Kyllen... commença Amira, mais il la fit taire en la serrant d'un bras et en déposant un baiser dans ses cheveux.

Ce geste était destiné à montrer aux autres humains qu'elle était avec lui et sous sa protection. Mais c'était tellement bon de la câliner qu'il dut se forcer pour la lâcher.

— Ça va être amusant, mon cœur, lança-t-il avec un enthousiasme exagéré et il se rapprocha de la roulette. Comment ça marche, déjà ? (Il tambourina des doigts sur le bord de la table.)

Le croupier glissa une petite pile de jetons vers lui, et fit disparaître la liasse de billets :

— Vous pouvez parier sur la couleur, rouge ou noir, sur le nombre, pair ou impair. Ou sur un numéro spécifique...

Kyllen écouta avec attention toutes les possibilités de mise et les gains qu'elles impliquaient. Dans l'ensemble, les règles étaient presque identiques à celles de Nérifir. Au fond, les deux mondes n'étaient pas si différents.

— Chaque jeton que vous avez vaut cent livres, expliqua le croupier en désignant les huit noirs devant lui. C'est la mise minimale.

— Combien pour les autres ? demanda Kyllen avec un geste vers les rangées bien alignées sur le plateau devant le preneur de paris.

— Le rose, c'est deux cent cinquante. Le violet est à cinq cents. Et le gris est à mille, précisa l'homme. Il n'y a rien en dessous de cent.

C'était faux. Il avait repéré des jetons d'autres couleurs devant les joueurs des tables avoisinantes, jaune, bleu, orange et rouge.

Elles avaient peut-être des règles différentes, ou alors Rourke et ses acolytes étaient déterminés à le dépouiller de son argent le plus rapidement possible.

Il lui semblait qu'il manquait quelque chose dans les règles du jeu de ce monde ou alors il n'y en avait peut-être pas du tout. À en juger par l'endroit et ses occupants, Kyllen estima qu'ils ne devaient pas respecter beaucoup de choses en général.

Mais cela n'avait pas d'importance.

— Allez-vous placer votre mise, monsieur ? demanda le croupier.

— Oui, répondit-il en disposant quatre de ses huit jetons sur une ligne au hasard de la table.

Amira se raidit à ses côtés.

— Souhaite-moi bonne chance, chérie, lui lança-t-il avec un sourire qu'elle voulait probablement faire disparaître de son visage, mais elle ne dit rien.

La roue tourna, et propulsa la petite bille de métal en mouvement. Il regardait, feignant l'excitation et l'impatience.

La boule s'arrêta sur la mauvaise couleur et le mauvais numéro. Le croupier récupéra rapidement ses quatre jetons. Kyllen laissa retomber ses épaules, pour afficher sa déception.

Amira le tira par la manche :

— On devrait y aller.

Elle avait raison bien sûr. Les quatre cents dollars qu'il leur restait pouvaient leur payer un dîner et un hébergement pour la nuit. Mais après ?

De plus, son bracelet valait plus que ce qui lui avait été donné en échange. Il devait au moins récupérer son montant, même sous la forme d'un stupide papier-monnaie.

— Tout sur cette ligne ! annonça-t-il en claquant les quatre jetons sur la rangée où il venait de perdre de l'argent.

Amira souffla :

— Tu as déjà parié dessus. Et tu as perdu.

— Exactement ! s'exclama-t-il avec enthousiasme. Mais il y a le chiffre porte-bonheur sept, tu vois ? Donc il faut bien qu'il gagne parfois.

Le croupier grogna devant sa logique bancale et accepta la mise.

Rourke lorgnait son bracelet droit, ou peut-être la grosse bague en émeraude à l'index gauche. Il ne pensait pas que le simple caillou de rivière sur son petit doigt à la main droite pouvait attirer l'attention, mais ce dernier avait bien plus de valeur que l'émeraude dans laquelle il avait été taillé.

Le croupier lança encore la roue. La bille cliqueta et tourna.

Kyllen se pencha, comme s'il observait avec un intérêt passionné. Il toucha légèrement le bord de la table, pour établir le contact avec le système mécanique, le cylindre, la roue, les roulements... Le dispositif était simple, ce qui était bien sûr le but du jeu.

Il envoya une minuscule vibration magique, qui ralentit la rotation juste un peu plus tôt. Il força la boule à rester sur le sept au lieu de sauter sur le huit.

Le preneur de paris annonça le numéro vainqueur, la voix quelque peu étourdie, puis plaça devant Kyllen beaucoup plus de jetons qu'il n'en avait misés.

— Cela rapporte cinq contre un, expliqua platement le croupier.

— Merveilleux ! s'exclama Kyllen avec un sourire éclatant, en résistant à l'envie de frapper l'homme.

Le gain aurait dû être au moins trois fois plus élevé que ça selon les probabilités, mais il n'était pas là pour expliquer les règles à ces gens. Pas alors qu'il avait le contrôle total du jeu de toute façon.

Amira se pencha à nouveau à son oreille :

— On devrait vraiment y aller.

— Juste encore un peu, chérie.

Il voulait au moins tripler l'argent qu'il avait reçu contre le bracelet et, comme ces idiots étaient déterminés à l'arnaquer, cela prendrait plus de temps que s'ils respectaient les règles.

— C'est sûr. Tu ne peux pas partir maintenant, s'exclama Rourke avec un faux enthousiasme. Tu es en veine !

Kyllen se demandait combien empochait Rourke dans cette affaire. Probablement une somme sur la vente des émeraudes. Il avait peut-être des parts dans l'établissement ? Ou bien touchait-il un pourcentage sur ce que perdaient les pauvres gens qu'il avait traînés ici ? Quoi qu'il en soit, cet humain douteux montrait beaucoup trop d'intérêt envers Kyllen et ses gains.

Pour éviter d'éveiller les soupçons, il laissa le jeu suivre son cours naturel durant un moment. Il paria de petites sommes, en perdit quelques-unes et en remporta d'autres.

Après avoir réduit ses jetons de près de moitié, il fit une mise qui promettait un gain dix fois supérieur, avec leurs règles malhonnêtes.

— Tout ou rien ! dit-il en poussant tout ce qui lui restait, mille cent livres, sur le numéro onze, puis il se tourna vers Amira :

— Tu es fatiguée, n'est-ce pas, mon rayon de soleil ? Nous partirons après cette mise.

Il envoya une autre onde magique, pour que la boule atterrisse dans la case qu'il voulait.

Voilà exactement pourquoi la roulette était interdite à Lorsan. Tout ce qui comportait une bille et un roulement était considéré comme un mécanisme, et les gorgones pouvaient contrôler tous les mécanismes possibles.

Ainsi, les gorgones n'étaient pas autorisées à entrer dans les salles de jeu hors de Lorsan. Certains, pourtant, arrivaient à se faufiler dans celles de Sarnala, la terre des loups-garous, ou de Dakath, le royaume des gargouilles, pour orienter le jeu en leur faveur. Quelques-uns avaient gagné gros et étaient revenus à Lorsan beaucoup plus riches qu'ils ne l'étaient à leur départ. D'autres avaient été démasqués et tués.

La règle la plus importante quand on trichait était de ne pas se faire prendre.

Il sentit qu'il était temps d'arrêter.

— C'est la dernière, ma chérie, promit-il à Amira.

— Onze. Noir, annonça sombrement le croupier.

L'homme n'était décidément pas impartial quand la maison perdait. Il devait recevoir lui aussi une part du gâteau. En fait, Kyllen était surpris de constater que la table n'était pas truquée. Eh bien, peut-être qu'après ce soir, ils la modifieraient en leur faveur.

— Oui ! s'exclama-t-il en envoyant ses mains en l'air et en sautant d'excitation. On a gagné, mon petit sucre d'orge !

— Dix mille livres, déclara sèchement le croupier en comptant les jetons.

— Ça devrait être onze mille, objecta Amira.

De toute évidence, les règles de multiplication ne s'appliquaient pas non plus ici.

Rourke se figea un instant puis se remit rapidement en action :

— Hé, tu veux essayer une partie de cartes maintenant ? Pourquoi pas le blackjack ?

C'était le jeu préféré de Kyllen, mais il ne pouvait rien laisser au hasard ce soir.

— Non. Demain peut-être, répondit-il en attirant de nouveau Amira à ses côtés. La dame est fatiguée.

Il l'embrassa sur la joue, essentiellement pour le spectacle, mais aussi parce qu'il avait vraiment envie de le faire.

Sa peau à cet endroit était encore plus douce que celle de sa main. Elle sentait la terre et l'océan. Elle avait même le goût de la mer, découvrit-il. Le baiser avait laissé une pointe de sel sur ses lèvres. Puis il comprit son origine. Elle avait pleuré en tirant sur ce *brack*, Radax.

C'étaient ses larmes qu'il venait de savourer.

Son cœur se serra d'une nouvelle émotion. De la tristesse ? De la compassion ? Un peu des deux ? Dans tous les cas, ce n'était pas agréable. Ça le touchait, comme si le malheur d'Amira se répercutait sur lui.

Curieusement, il ne regretta pas ce sentiment. Avoir de la

peine pour elle ne le dérangeait pas. Il souhaitait seulement atténuer sa souffrance en absorbant une partie de sa douleur.

— Nous partons, annonça-t-il en resserrant son bras autour d'elle. S'il vous plaît, échangez les jetons contre... ce que vous appelez de l'argent dans le coin.

Comme il fallait s'y attendre, cela ne suscita pas l'enthousiasme des personnes présentes. Sous sa capuche, il vit des hommes avancer vers eux. Même certains de ceux qu'il avait pris pour des clients se rapprochaient maintenant. Mais les employés de l'établissement n'avaient pas d'uniformes, il était donc difficile de les distinguer des autres.

Rourke fit un pas en avant :

— La nuit est encore longue. Qu'est-ce qui te presse comme ça ? insista-t-il, puis il cracha entre ses dents sur la moquette.

Kyllen lâcha Amira et la déplaça légèrement derrière lui :

— J'ai dit que la dame était fatiguée. Nous devons partir.

Il souhaitait vraiment éviter un carnage à cette heure tardive, mais si on ne lui laissait pas le choix, il n'aurait absolument aucun problème à recourir à la violence.

La tête d'Amira surgit par-dessus son épaule.

— Vous avez dit qu'il y avait un hôtel dans ce bâtiment ? demanda-t-elle à Rourke.

— Et alors ? grogna l'homme.

— On peut passer la nuit ici ? Et jouer un peu plus demain ?

Sa vivacité d'esprit avait sauvé la pitoyable vie de ces hommes.

Rourke renifla, et s'essuya le nez avec son bras :

— On pourrait arranger ça. Ouais, pourquoi pas ?

— Splendide, dit Kyllen avec un grand sourire. Maintenant, donnez-moi mon argent, puis conduisez-nous vers notre chambre, mon très estimé ami.

Dix-Huit

AMIRA

Rourke nous emmena à l'étage dans le hall de l'hôtel. Là-haut, les lieux avaient l'air un peu plus présentables, avec des tapis rouges sur les sols en marbre et des lustres en cristal sous le plafond recouvert d'un miroir.

— Vous aurez notre meilleure chambre, déclara-t-il avec enthousiasme. La suite au dernier étage.

Le prix qu'il annonça me fit bondir.

Imperturbable, Kyllen compta les billets de l'épaisse liasse qu'il avait récupérée pour ses jetons en bas et les tendit à la femme du guichet.

Elle le regarda avec curiosité, en lui glissant la carte d'accès magnétique :

— Bon séjour.

Rourke ricana :

— Ouais. Amusez-vous bien, vous deux. On se voit demain, ajouta-t-il en tapant sur l'omoplate de Kyllen en feignant la camaraderie.

Kyllen ne dit rien, il étira son cou et rejeta ses épaules en arrière comme s'il essayait de se débarrasser de la sensation de ce contact avec Rourke.

Ce n'est que dans l'ascenseur que je libérai mon souffle et laissai la tension s'évacuer de mon dos, de mon cou et de mes épaules.

Il y a longtemps de cela, Radax avait négocié avec un forain un tour de montagnes russes gratuit pour moi. J'avais crié comme une folle pendant le manège. La sensation de mes entrailles qui remontaient jusqu'à ma gorge puis retombaient dans l'abîme avait été inoubliable. La soirée d'aujourd'hui m'avait beaucoup rappelé cette expérience.

— C'était intense, dis-je. Pire que les montagnes russes.

Kyllen gloussa :

— C'est le plaisir du jeu, non ? Le grand frisson.

Peut-être que je n'étais pas faite pour ça, c'était trop d'excitation pour moi. J'étais déjà disposée à partir au moment où ils avaient amené l'argent contre le bracelet de Kyllen.

Une fois arrivés à notre étage et sortis de l'ascenseur, je me penchai vers lui et baissai la voix :

— Dis-moi juste une chose. Savais-tu que tu allais gagner à la fin ?

Il porta sa bouche à mon oreille :

— Oui.

— Kyllen ! m'écriai-je en reculant pour lui donner une tape sur le torse. J'étais tellement stressée. J'ai failli avoir une crise cardiaque à chaque jeton perdu. Ne me refais plus jamais ça !

Il rit et attrapa ma main :

— Avoue que tu t'es amusée. Juste un peu ?

— Amusée ? Je suis complètement retournée.

J'avais toujours mal au ventre, et mes genoux tremblaient.

Il me serra dans ses bras pendant que je glissais la clé magnétique pour ouvrir la porte de notre chambre.

— Je suis désolé, mon chou à la crème, murmura-t-il d'un air enjoué, en embrassant mes cheveux tout en me tirant à travers la porte.

— Et ne m'appelle pas « mon chou à la crème », ajoutai-je en essayant de donner un ton plus colérique ou agacé à ma voix, mais il s'avéra impossible de lui en vouloir alors qu'il me faisait des câlins et me susurrait des surnoms idiots à l'oreille.

Je savais que ces petits noms faisaient partie d'un jeu de rôle pour les autres. Pour leur faire croire que nous étions un couple et Kyllen avait fait semblant.

Il était temps d'arrêter la comédie, maintenant que nous étions seuls.

Cependant, une douce chaleur me titillait à force d'être si proche de lui. C'était le genre de *frisson* que j'appréciais. Mais il était aussi accompagné d'une inquiétude glaciale. Ces sentiments étaient si nouveaux, si peu familiers et ils m'écrasaient de toute leur force.

Je me dégageai de ses bras et jetai un coup d'œil dans la pièce. Elle me sembla bien, à première vue. J'étais partie plusieurs fois avec Madame à l'hôtel pour l'aider à ranger ses affaires ou pour lui en apporter lorsqu'elle m'envoyait faire des courses. Mais je n'avais jamais vraiment séjourné dans ce genre d'endroit auparavant.

Un tapis foncé recouvrait le sol. Des portes coulissantes séparaient le salon, équipé d'un canapé marron caramel, du coin chambre où se trouvait un lit enveloppé d'un tissu couleur crème.

Je cherchai dans le mini-frigo sous le comptoir de la kitchenette :

— Tu veux de l'eau ? proposai-je.

Kyllen me prit la bouteille avec empressement et la vida d'un trait en quelques gorgées avides. Après l'avoir jetée sur le côté, il inspecta la pièce avec une énergie nerveuse. Il regarda derrière la télévision à écran plat, ouvrit une porte de placard, puis passa la tête dans la chambre.

— Est-ce que tu cherches quelque chose ? demandai-je, quelque peu déconcertée.

Il se tourna vers moi, en mettant ses mains sur ses hanches :

— Une chambre d'hôtel n'est-elle pas censée avoir un point d'eau ? Même dans ce monde sec et froid, où ce liquide est conditionné et distribué en quantités dérisoires ? ajouta-t-il en désignant du menton la bouteille vide.

Un point d'eau ?

— Tu veux dire comme une fontaine ? précisai-je.

— Une fontaine, une cascade, un bassin… N'importe quoi.

— Oh, une salle de bains ? dis-je en ouvrant une porte près de l'entrée. C'est là.

En allumant l'interrupteur, une grande salle de bains s'illumina, avec une baignoire, un lavabo et ce qui semblait deux toilettes.

Kyllen jeta un coup d'œil à l'intérieur par-dessus mon épaule.

— La baignoire est vide, dit-il d'un ton désapprobateur.

— Eh bien, remplissons-la, monsieur grincheux, répondis-je en me dirigeant vers elle pour ouvrir le robinet. (L'eau chaude afflua en un jet puissant.) Voilà.

Il demeura à mes côtés en le regardant couler. Les bras croisés sur le torse, il semblait plus calme maintenant.

— Les baignoires sont-elles toujours pleines à Nérifir ?

— Je ne sais pas pour Nérifir, mais, à Lorsan, les chutes d'eau ne tarissent jamais. Elles font partie des zones humides, tout comme nos maisons, expliqua-t-il en se penchant pour passer sa main sous le jet.

— C'est assez chaud ? Je peux régler la température.

— Non. C'est parfait, répondit-il tout en débouclant sa ceinture.

Je remarquai qu'un fourreau vide y était attaché. Les deux autres en travers de sa poitrine avaient également un fourreau chacune dans le dos. Elles avaient dû accueillir des armes par le passé. Mais il n'y avait plus rien dedans à présent.

Il les jeta au sol, enleva ses bottes et sortit sa tunique d'un coup sec de son pantalon.

— Tu te joins à moi ? proposa-t-il avec un sourire taquin dans la voix.

— Moi ? m'exclamai-je en clignant des yeux et en réalisant que je l'avais regardé se déshabiller. Mon Dieu, non !

Il éclata de rire.

— Est-ce une idée si répugnante que de prendre un bain avec moi ?

Je ne savais pas trop mon ressenti à l'idée de me retrouver nue dans la baignoire avec lui, mais ce n'était certainement pas de la répulsion.

Mon visage rougit. Mon corps tout entier devint brûlant sous mes vêtements. J'enfouis mon menton dans mon écharpe et marmonnai :

— Non... Je prendrai une douche après. Les serviettes sont juste là. (Je fis un geste vers l'étagère avec une pile de linge propre et m'élançai vers la sortie.) Je dois y aller. Appelle-moi si tu as besoin de quelque chose... Euh, non finalement. S'il te plaît, ne m'appelle pas.

Je refermai la porte, étouffant ainsi le bruit de son rire, puis m'adossai à celle-ci.

Nous allions partager la chambre ce soir. J'appréciais et détestais à la fois cette proximité. J'aimais la sensation qui flottait en moi, réchauffait ma poitrine et mon ventre, mais elle me déstabilisait en même temps.

D'un côté, être avec Kyllen, c'était comme avoir l'ami que je n'avais jamais eu. Je pouvais plaisanter et rire avec lui, et je me sentais plus proche de lui comme jamais auparavant.

D'un autre côté, avec lui, la maladresse me paralysait souvent et les mots me manquaient. Je ne savais pas quoi dire, ni quoi faire, ni où regarder.

J'enviais son assurance. Ce n'était même pas *son* monde, mais il était plus à l'aise ici que je ne le pourrais jamais.

Les mains appuyées sur ma poitrine, je me rapprochai de la grande fenêtre du salon. Des lumières éclairaient la rue sombre en contrebas. Les gens se pressaient sur les trottoirs. Les voitures filaient sur la route.

Je n'étais pas censée contempler ce panorama. Ce soir, j'aurais dû être en train de terminer mes corvées puis je serais partie à la recherche d'un énième endroit où dormir, pour me lever avant l'aube le lendemain matin et recommencer à courir dans la roue sans fin de ce qu'était mon existence, chaque jour était une copie conforme du précédent.

Il y avait quelque chose de réconfortant dans la régularité de cette routine. L'inconnu auquel je faisais face maintenant était intimidant. Mais c'était aussi très excitant.

Je ne savais peut-être pas ce que l'avenir me réservait, mais pour la première fois de ma vie, j'étais libre de prendre mes propres décisions. J'avais accompli quelque chose de très important aujourd'hui. J'avais quitté la ménagerie contre la volonté de Madame. J'avais également libéré ses prisonniers. Ses deux personnages VIP, Kyllen et Lero.

Un long gémissement se fit entendre dans la salle de bains, suivi d'un grand plouf, Kyllen avait dû s'immerger dans la baignoire. Je souris en pensant à la sensation agréable que cela devait lui procurer après des mois passés à l'étroit dans cette caisse.

Je pris une inspiration, redressai mes épaules et déployai mes bras. Le monde semblait plus vaste qu'il ne l'avait jamais été. La vie qui s'annonçait n'était plus un circuit fermé, mais une route ouverte, cachée par les brumes de l'inconnu.

Entreprendre ce nouveau voyage était intimidant, mais je me sentais prête — et chose incroyable — assez forte, pour affronter tout ce qui m'attendait.

Dix-Neuf

AMIRA

Notre décision fut rapidement prise de renoncer au service de chambre. Kyllen ne faisait pas confiance à la cuisine de l'hôtel. J'avais alors fouillé une pile de prospectus publicitaires dans la commode sous la télévision. Je réussis à utiliser le téléphone de l'hôtel pour commander notre dîner dans un restaurant voisin.

J'appelai même la réception afin que quelqu'un aille nous chercher des brosses à dents et d'autres articles de première nécessité dans la boutique de souvenirs.

En attendant que notre commande arrive, j'avais pris une douche rapide et je m'étais brossé les dents et les cheveux.

Quand le repas arriva, je ressentis une pointe de fierté. Nous avions réussi. Kyllen et moi étions capables de subvenir à nos besoins ici, dans cet étrange monde extérieur, qu'aucun de nous ne connaissait vraiment. Ce matin même, nous étions encore un prisonnier et une servante. Et maintenant, nous étions libres, en train de manger des pâtes et de la salade de fruits dans des boîtes en carton.

J'avais pris les pâtes. Kyllen les trouvait trop sèches et avait opté pour les fruits à la place. En plus de la nourriture, j'avais aussi commandé un pack d'eau pour lui, et il en avait déjà bu quelques bouteilles.

Installés sur le canapé, on mangeait. J'avais replié mes jambes nues sous mon corps, pour les cacher sous l'ourlet de mon sweat-shirt. Il était aussi long qu'une robe, et je ne m'étais pas donné la peine de mettre un pantalon après ma douche.

Kyllen termina ses fruits, ouvrit une autre bouteille d'eau, puis s'adossa au bord du canapé :

— Dis-m'en plus sur l'endroit où nous allons.

Il avait laissé ses ceintures, ses bottes et son dernier bracelet dans la salle de bains. Vêtu seulement de son pantalon, de la longue tunique large et de sa capuche, il était pieds nus et semblait détendu et rafraîchi après son bain.

Quand il inclinait la tête pour boire un verre, le bord de sa capuche se plaquait contre son visage et m'en cachait la partie supérieure.

Je chassai les quelques bouts de pâtes restants dans mon récipient avec une fourchette en plastique :

— Paris. C'est la capitale de la France. Selon Lero, il y a un endroit qui s'appelle *le Parc des Brouillards*, pas loin de la ville. Le portail se trouve là-bas, au-dessus de l'étang. Il ne s'ouvre que pendant vingt minutes, tôt le matin.

— Tous les jours ?

— Oui.

— Fais-tu confiance à Lero ? demande-t-il. Qu'est-ce qu'il est ?

— Un loup-garou. Il était prisonnier de Madame, tout comme toi.

Il soupira, l'air consterné :

— Elle n'a vraiment pas honte.

— Non, en effet, acquiesçai-je. Je suis contente d'avoir pu libérer Lero.

— Et s'il avait menti à propos du portail ? Juste pour que tu le libères ?

J'y réfléchis un moment. Que savais-je vraiment de Lero ? Pas grand-chose. Ma confiance venait du cœur plutôt que de ma tête.

— Il m'a paru gentil, dis-je, consciente de la naïveté de mes propos. Il m'a donné l'adresse de sa maison à Paris et m'a proposé d'y prendre tout l'argent dont nous avions besoin.

— Il n'est donc pas complètement étranger à ce monde ? Depuis combien de temps est-il ici et comment Madame a-t-elle pu mettre ses mains cupides sur lui ?

— Je... je ne sais pas.

Je ne savais vraiment rien sur Lero, absolument rien. La dernière bouchée de pâtes s'avéra difficile à avaler. Elle faillit rester coincée dans ma gorge.

Kyllen posa sa bouteille sur la table basse en face de nous et se pencha vers moi :

— Amira. Et si tout cela n'était qu'un mensonge ? Ou pire, un piège ?

C'était tout à fait possible. Seulement, je ne *sentais* pas que Lero pouvait faire quelque chose de la sorte.

— Je n'ai pas de preuve solide qu'il disait la vérité, mais je le crois, déclarai-je. Les *bracks* ne l'ont pas enlevé sur Nérifir. Il est venu tout seul dans ce monde, donc il se souvient de l'emplacement du portail. Il parle avec un accent français, ce qui signifie que les *bracks* n'ont pas été les premières personnes qu'il a rencontrées en arrivant ici. Tous ceux que j'ai connus parlaient anglais. Et... (C'était probablement le plus stupide de mes arguments, mais il me semblait important.) il a une femme qu'il protège. C'est vers elle qu'il est parti quand je l'ai libéré. Vers elle.

Kyllen se passa une main sur le front à travers sa capuche. Au moins, il n'avait pas ri de ma réflexion ou de ma nature confiante.

— Eh bien, nous n'avons pas d'autres options. Nous ferions mieux d'aller à Paris pour voir si le loup-garou t'a dit la vérité. S'il était le prisonnier de Ghata, il y a des chances pour qu'il soit de notre côté, pas du sien.

Il but une gorgée de sa bouteille, puis se lécha les lèvres. L'extrémité de sa langue apparut. Elle avait *deux* extrémités.

Je la regardai fixement, en gardant ma fourchette figée en l'air.

— Est-ce que je peux voir ?

— Tu veux voir quoi ? dit-il, l'air confus.

— Ta langue.

Ma requête était-elle inappropriée ? Impolie ? Probablement. Mais la curiosité avait pris le dessus.

— Tu veux que je te tire la langue ? demanda-t-il platement.

— Oui, s'il te plaît.

Il secoua la tête, visiblement peu impressionné, mais il la glissa entre ses lèvres. Elle descendit jusqu'à son menton. Un peu plus longue que celle d'un humain et plus fine, elle avait néanmoins la même couleur rose que la mienne. Mais son extrémité était fendue, comme celle d'un serpent. Les deux extrémités effilées remuaient indépendamment l'une de l'autre.

— Wow ! m'exclamai-je en laissant retomber ma main, qui tenait la fourchette.

De toutes nos différences physiques, la langue me semblait la plus étonnante. Peut-être parce que je pouvais la voir, contrairement à ses *senties*, par exemple.

Il la rentra, et la cacha derrière ses lèvres.

— Je ne pense pas avoir fait ça depuis mon enfance, dit-il d'un ton désapprobateur, en attrapant de nouveau sa bouteille d'eau. Tirer la langue aux gens, c'est vraiment mal élevé.

— Je ne le dirai à personne, lui assurai-je en souriant. Tiens. Je vais te montrer la mienne si ça peut te faire sentir mieux.

Je sortis la mienne, en agitant son extrémité, bien qu'elle ne me parût pas aussi agile que la sienne.

Il pencha la tête en arrière pour voir la partie inférieure de mon visage et s'étouffa soudain dans son eau, puis toussa. Il écarta la bouteille, se pencha vers moi et m'attrapa le menton entre ses doigts.

Je rentrai rapidement ma langue et fermai ma bouche.

Il glissa son pouce le long de ma lèvre inférieure.

— Je suis impatient de découvrir tout ce que cette petite langue peut faire.

Sa voix était rauque et basse, ce qui donnait à ses paroles un air licencieux. Je sentais qu'il parlait de choses qui appartenaient à ce monde mystérieux du sexe, que je connaissais si peu. Je n'avais aucune idée du rôle qu'y jouait la langue.

— Qu'est-ce que tu veux dire ? demandai-je en retenant mon souffle.

Il soupira, relâcha mon menton, puis se retira dans le canapé, loin de moi.

— Un jour... murmura-t-il si bas qu'on ne savait pas s'il voulait que je l'entende, mais ça ressemblait presque à une promesse.

Appuyé contre l'accoudoir du canapé, il ramassa sa bouteille d'eau et la vida. Puis il en ouvrit une autre et en but une longue gorgée.

Seulement alors, il parla à nouveau :

— Le loup-garou, qu'a-t-il dit d'autre, au sujet du portail ?

— Le portail ? répétai-je en essayant de rassembler mes pensées éparpillées. Oh... Il a dit que lorsqu'on voyage entre les mondes, on n'atterrit jamais au même moment ni au même endroit.

— Quoi ? s'écria Kyllen en se redressant. Qu'est-ce qu'il voulait dire par là ?

— Une fois que quelqu'un quitte un monde, ici ou sur Néri-fir, il ne revient pas exactement au même moment ni au même endroit à son retour. Tu ne le savais pas ?

Ses lèvres bien dessinées se plissèrent durement :

— J'aurais dû le savoir ?

— Puisque Lero était au courant, je me suis dit que peut-être ils enseignaient ces choses à Nérifir ?

— Peut-être qu'ils le font, répondit-il en se mordant la lèvre.

Ses canines étaient légèrement plus longues et semblaient plus pointues que celles des humains, les pointes dépassaient de sous sa lèvre supérieure.

— Peut-être que tes tuteurs en ont parlé dans une des nombreuses leçons que tu as ratées ? suggérai-je. Lorsque tu te sauvais avec tes amis pour grimper aux arbres ou chevaucher des serpents d'eau ?

Il eut l'air abattu, un homme de presque quatre-vingts ans, en train de regretter ses choix de vie.

— Tu aurais dû mieux suivre à l'école, Kyllen, dis-je en le taquinant un peu.

Il expira faiblement puis s'adossa au canapé :

— Eh bien, ça... ça change tout.

En effet, mais aucun de nous ne pouvait prédire exactement comment.

Il glissa sa main sous sa capuche pour se frotter les yeux :

— Un endroit différent, ça ne m'inquiète pas tant que ça. Il y a toujours moyen de franchir de grandes distances. Mais un moment différent... Lero t'a-t-il dit à quelle époque nous arriverions ?

— Non. Il m'a expliqué que c'était impossible à prévoir. Ça pourrait être des siècles dans le passé, un mois dans le futur, ou l'inverse. On ne peut pas le savoir avant d'y être.

Il appuya son coude sur le bras du canapé et cala son front dans sa main. Son silence me préoccupait.

— C'est si grave que ça ? demandai-je.

— Nérifir est un vieux monde, dit-il. Les choses ne changent pas rapidement là-bas. On pourrait se retrouver des milliers d'années en arrière, que je ne trouverais pas ça très différent.

J'avais imaginé cela à travers ses histoires, mais sa détresse évidente m'inquiétait maintenant.

Il but une gorgée de sa bouteille. Une goutte coula au coin de sa bouche. Elle effleura le bord dur de sa mâchoire avant de se faire absorber par la matière douce des extrémités de sa capuche enroulée autour de son cou de manière similaire à mon écharpe. En temps normal, Kyllen faisait extrêmement attention à ne pas gaspiller d'eau. Il devait être vraiment désemparé pour avoir laissé la goutte s'échapper.

— Ce qui m'inquiète le plus, c'est mon titre, expliqua-t-il en contractant sa mâchoire. La fourchette de temps durant laquelle le trône du Haut Seigneur me revient par droit de naissance est assez courte. Plus je m'en éloignerai, dans un sens ou dans l'autre, plus les chances que quelqu'un me conteste seront élevées. Trop loin dans le passé, et l'un de mes ancêtres sera le Haut Seigneur d'Ellohi. Trop loin dans le futur, et un nouveau sera sur mon trône. J'ai peut-être des droits dessus, mais les descendants d'une autre lignée peuvent prendre ma place d'ici là et la faire leur.

— Est-ce si important pour toi ?

Il pouffa d'un rire dépourvu d'humour :

— Oh oui, ça l'est, mon amie. C'est la place qui me revient. C'est l'héritage de mon père, déclara-t-il en serrant sa main droite et en frottant nerveusement ses doigts avec son pouce. Être le Haut Seigneur me donnera aussi les moyens de te soutenir et de te protéger. Tu ne voulais pas venir avec moi avant, mais là tu ne peux plus repartir avec Ghata après tout ce qui s'est passé aujourd'hui.

Je ne lui avais pas parlé de ma décision de l'accompagner jusqu'à Nérifir, mais il l'avait bien compris.

— Non. Je ne peux pas revenir en arrière. (J'avais coupé les ponts et aucun regret ne me hantait, sauf celui de Radax... Une douleur aiguë traversa ma poitrine en pensant à lui. J'expirai lentement, afin de reprendre mes esprits.) Tu n'as pas à t'inquiéter pour moi, Kyllen. Je n'ai pas besoin de grand-chose.

Je me rapprochai et lui touchai le genou.

Il sourit, et couvrit ma main de la sienne :

— Oh, je sais, mon petit sucre d'orge ! Mais je voudrais te donner tout ce que tu mérites et qui t'a été refusé par la vie. Tu m'as sauvé. Tu as gagné ma gratitude. Je souhaite t'habiller dans les plus belles robes de bal, te parer des plus beaux bijoux de la Cour d'Ellohi, et te nourrir des mets les plus délicieux que Lorsan puisse offrir.

Je n'avais pas besoin de tout ça, mais je savourai chaque note d'affection dans sa voix.

— En tant que Haut Seigneur, continua-t-il, la voix pleine de vigueur, j'aurais aussi le pouvoir d'anéantir quiconque *penserait* juste à te faire du mal. Personne n'oserait même élever la voix contre toi.

C'était féroce !

— Quand tu dis que je serai en sécurité, tu le penses vraiment, n'est-ce pas ?

Un coin de sa bouche se releva avec un sourire plein d'assurance :

— Pourquoi faire les choses à moitié ?

Je caressai le dessus de sa main. Sa peau à motifs semblait beaucoup plus souple après le bain.

— Tout ce que je veux, c'est être libre, Kyllen.

Son sourire s'atténua quelque peu :

— C'est une autre raison pour laquelle je dois être le Haut Seigneur. La liberté n'est pas garantie à Nérifir. Il faut avoir le pouvoir de la défendre.

Je me mordis la lèvre et fronçai les sourcils. Radax et Lero avaient tous deux parlé de Nérifir comme d'un endroit dangereux. Même dans les histoires de Kyllen, j'avais compris que la ruse, la rivalité et les guerres faisaient partie de la vie là-bas, tout comme la beauté et la magie. Mais j'étais prête à faire face à tout cela.

Il se rapprocha encore en serrant ma main dans la sienne :

— Plus que tout, je veux que tu aies le choix, Amira. Voilà ce que je peux te donner : tu peux rester ici...

Je n'arrivais pas à y croire. Je ne m'étais pas échappée de la ménagerie et avais blessé Radax pour ça...

Je pris une grande inspiration, prête à argumenter, mais il leva la main, pour m'arrêter.

— Tu ne retourneras pas à Ghata, Amira. Jamais. Mais tu peux rester ici, dans ce monde. Je serai avec toi le temps qu'il te faudra pour t'installer. Nous avons un peu d'argent, mais je t'en donnerai plus, beaucoup, beaucoup plus. Tu choisiras une maison qui te plaît, n'importe où dans le monde, là où tu te sentiras libre, en sécurité et heureuse. Je ferai en sorte que tu n'aies plus jamais à te soucier de Ghata.

— Et après ? demandai-je. Après, tu partiras ?

Son torse se souleva avec une inspiration profonde :

— Je ne peux pas rester ici pour toujours. Lorsan est mon monde. Je vais devoir y retourner et prendre la place qui me revient ou m'en forger une nouvelle.

L'idée de nous séparer me blessa comme un couteau. Je me rapprochai de lui, et calai mes genoux entre les siens.

— Mais ne pourrais-tu pas plutôt rester ici ? Pour de bon ? On pourrait choisir notre nouvelle maison ensemble. J'ai entendu dire que l'Italie était sympa. Les pâtes sont peut-être trop sèches pour toi, mais ils ont beaucoup de fruits. Et du vin. Est-ce que tu bois du vin ?

Il sourit, mais secoua la tête :

— Ce n'est pas une question de vin.

— Je sais, je sais, l'arrêtai-je, en essayant désespérément de le convaincre. On peut trouver une maison assez grande pour deux. Tu me raconteras des contes avant de dormir. Et je te cuisinerai les repas les plus liquides possibles. Des soupes ! Je te ferai les meilleures soupes du monde.

J'avais refusé l'idée que Radax me protège en dehors de la ménagerie parce qu'en tant que *brack*, il ne pouvait pas braver Madame. Elle nous aurait trouvés et tués tous les deux.

Mais avec Kyllen... Elle n'avait aucun contrôle sur lui. Peut-être avions-nous une chance ? Nous devions seulement rester ensemble. Je ne voulais pas me retrouver toute seule, même dans une maison merveilleuse et sûre. Je ne voulais pas me séparer de lui.

Il glissa ses mains le long de mes bras :

— Ce monde n'est pas fait pour moi, Amira. Je ne serais jamais heureux ici. Je ne peux même pas m'y sentir à l'aise.

— Eh bien, c'est l'Angleterre. Certains disent que c'est une des régions les plus tristes de notre monde. Et c'est la fin du mois de janvier, la période la plus froide de l'année. Mais il y a d'autres endroits. Plus chauds, plus ensoleillés... On peut vivre sur l'océan quelque part, où le climat est plus humide aussi.

Il secoua la tête et je serrai les poings, en luttant contre les larmes qui menaçaient de déborder. La tête basse, je fixai son torse en souhaitant pouvoir le regarder droit dans les yeux. J'aurais donné n'importe quoi pour voir son visage.

— Dans ce monde, dit-il sombrement, je ne pourrais jamais enlever cette capuche sans risquer de tuer des innocents. Ne comprends-tu pas, Amira ? Je ne suis peut-être plus enfermé dans une caisse, mais je ne pourrai jamais être vraiment libre ici.

Le désir d'être libre, je le comprenais bien trop. Il avait raison. S'il restait ici, il serait obligé de passer ses journées à porter une capuche. Traverser la vie en regardant le monde par en dessous, avoir constamment peur de tuer des gens par inadvertance, se cacher en conséquence — je ne pouvais pas lui imposer cette vie.

— Alors, emmène-moi, soufflai-je. Comme tu as dit que tu le ferais.

Ses épaules s'affaissèrent.

— C'était mon intention. Mais ça aurait été égoïste de ma part. Je le vois maintenant. Je ne sais pas où je t'emmènerais, Amira. En fonction du *moment* où j'atterrirai, je n'aurai peut-être ni maison ni où aller ni moyens de survie.

— Comment survivras-tu, *toi*, alors ?

— Je suis une gorgone. Lorsan, c'est chez moi. Je suis également jeune, fort, et j'ai des compétences plutôt utiles. Quoi qu'il arrive, je trouverai un moyen de gagner ma vie. Je m'en sors avec une épée et je peux devenir mercenaire. Avec les vingt-quatre grands seigneurs égocentriques du royaume, il y a toujours un conflit quelque part. Je peux rejoindre une armée et couvrir mon nom de gloire, comme je l'ai rêvé quand j'étais petit.

Un sourire était réapparu sur ses lèvres. Sa voix flottait, douce et réconfortante, comme lorsqu'il me racontait ses histoires. Sauf que celle-là pouvait se réaliser un jour.

— J'ai des compétences moi aussi, dis-je en levant le menton. (C'était vrai. Je n'avais pas passé mes vingt et quelques années à me rouler les pouces. J'avais appris pas mal de choses dans ma vie.) Je sais cuisiner, nettoyer, m'occuper des animaux. Conduire également... Bon, il n'y a pas de voitures à Nérifir.

Il retroussa ses lèvres et lança sa main vers la fenêtre qui donnait sur la rue :

— Ces trucs qui puent ? Non, grâce à tous les dieux, nous n'avons pas de voitures. Pourquoi transformerions-nous nos magnifiques marécages en cet affreux cauchemar de routes grises qu'est ce monde ?

— C'est vrai. Eh bien, je fais aussi de la couture et je peux coiffer superbement les cheveux. J'ai servi une déesse toute ma vie. Je pourrais certainement être au service d'une Haute Dame ou d'une princesse, ou de n'importe qui d'autre à Lorsan. Et... (Je penchai la tête pour accentuer mes propos.) Tu sais, je serai capable de m'occuper des femmes les plus caractérielles et capricieuses de ton monde.

— Je n'en doute pas, répondit-il avec un léger sourire, il y avait de la fierté dans sa voix et cela me faisait chaud au cœur. Tu as assez de grâce et de patience pour diriger un royaume, mon petit pois. Mais que se passera-t-il si je dois te quitter pendant des mois, peut-être même des années, pour aller à une guerre que le roi a décidé de mener ?

— Alors je t'attendrai. Et je m'assurerai que la meilleure soupe soit prête pour ton retour.

Il garda le silence, l'ombre d'un sourire flottait sur ses lèvres.

Je tirai sur l'étoffe souple de sa tunique qui recouvrait son torse, je la tortillai entre mes doigts, en me disant que je n'avais pas réussi à le convaincre et qu'il cherchait peut-être en son for intérieur le meilleur moyen de m'abandonner.

Je devais insister encore plus.

— Tu pourrais te retrouver à une époque où personne ne te connaît encore, Kyllen, ou à une période où plus personne ne se souvient de toi. Tu pourrais te retrouver complètement seul dans ton propre monde. Mais si tu m'emmènes, tu auras une amie, quelqu'un qui connaît ton histoire et qui partage une partie de ton passé. Parce que nous avons vécu des choses ensemble, des choses qui nous ont rapprochés, n'est-ce pas ?

— Oh, ma douce Amira. (Il glissa à nouveau ses mains le long de mes bras.) C'est mon côté noble qui essaie si fort de faire ce qui est juste et de t'épargner l'incertitude à laquelle je serai confronté à Nérifir. En revanche, le côté égoïste et, il faut bien admettre qu'il est beaucoup plus important, a décidé depuis longtemps de te garder près de moi. J'aime que tu sois avec moi, et je ne suis pas du genre à me priver de ce que j'aime.

Je repris espoir avec un grand soulagement :

— Alors, tu veux que je vienne ?

— C'est ton souhait ? demanda-t-il lentement, en appuyant sur sa question.

Je n'étais peut-être pas toujours sûr de certaines choses dans la vie, mais j'étais certain de celle-ci :

— Oui.

— Il est fort probable que tu sois le seul humain sur tout Lorsan, avertit-il.

Cela ne me dérangeait pas. Même en présence d'autres humains, j'avais toujours eu l'impression d'être l'intrus.

— Ce ne sera pas très différent de la ménagerie alors, non ? J'étais le seul humain là-bas aussi.

Il garda son ton sérieux :

— As-tu des questions sur le monde de Lorsan ? Y a-t-il quelque chose que tu voudrais savoir ?

Mon cerveau bouillonnait à la recherche d'une idée pour le convaincre. Mais je n'arrivais pas à rassembler mes pensées pour lui poser des questions.

— Tu m'as tellement parlé de Lorsan que j'ai parfois l'impression d'y être déjà allée.

— Eh bien, c'est agréable, chaud et humide, contrairement à ce monde, déclara-t-il sur un ton moqueur et avec un petit frémissement.

La météo était le dernier de mes soucis.

— Promets-moi juste une chose, Kyllen.

— Tout ce que tu veux, ma chère et douce.

— Promets-moi que quoi qu'il arrive, nous resterons toujours amis. Promets-moi que je pourrai toujours te faire confiance.

Les mains sur mes épaules, il porta sa bouche à mon oreille.

— Être juste ton ami, mon petit pois, susurra-t-il, ne m'intéresse pas. Donc je ne peux pas te le garantir. Mais je vais te faire une autre promesse, Amira.

Il prit mon visage entre ses mains, en se penchant si près que le bord de sa capuche frôla le bout de mon nez. Son souffle chaud effleura ma peau et chatouilla mes lèvres.

— Je te promets que peu importe où j'irai ou ce que je ferai, il y aura toujours une place pour toi à mes côtés. Aussi longtemps que je vivrai, je ferai tout ce qui est en mon pouvoir pour que tu aies un toit au-dessus de ta tête et de la nourriture sur ta table. Et si je meurs avant toi, tu auras droit à tous mes biens pour le reste de ta vie. (Au fur et à mesure qu'il parlait, sa voix se durcissait et prenait une gravité qui faisait froid dans le dos.) Que je finisse le reste de mes jours empalé sur un poteau du Jardin des Maudits si je ne respecte pas cette promesse.

Un silence pesant s'abattit sur nous après que le son de ses derniers mots se fut éteint. Le sentiment que nous n'étions pas seuls apparut. Comme si quelque chose de grand, mais de dangereux tourbillonnait autour de nous. Mes bras se hérissèrent d'une chair de poule.

— Qu'est-ce qui se passe ? chuchotai-je, car parler à voix haute ressemblait soudain à un blasphème. Pourquoi est-ce si... intense ?

Tenant toujours mon visage entre ses mains, il glissa ses deux pouces le long de mes pommettes :

— Un fae ne manque jamais à ses promesses. Je viens de me lier à toi pour la vie. C'est intense en matière d'engagement, tu ne penses pas ?

Le sentiment étrange se dissipa finalement, ainsi que cette présence, que j'avais ressentie dans la pièce.

— Alors, lançai-je d'un ton plus léger, en essayant de me débarrasser des résidus de mon trouble. Est-ce que ça veut dire que tu as l'intention de rester dans le coin ?

— À partir de maintenant, je n'ai plus vraiment le choix. (Un coin de sa bouche se retroussa dans un demi-sourire.) Personne ne veut mourir avant d'avoir tenu ses promesses, crois-moi. (Il déplaça ses mains plus haut et enfonça ses doigts dans mes cheveux.) Ferme les yeux, demanda-t-il soudain.

— Pourquoi ?

— J'ai besoin d'enlever ma capuche. J'ai besoin de te voir mieux et elle me dérange.

Il plaqua une main sur mes yeux et retira sa capuche avec l'autre. Il ne dit rien, mais je sentais qu'il me fixait, alors je ne bougeai pas.

Mais ce silence me pesa.

— Que vois-tu, Kyllen ? demandai-je.

Il plaça son autre main sur ma joue, puis remonta les paumes, ses pouces sur mes paupières pour les maintenir fermées.

— Peux-tu sourire pour moi, Amira ? S'il te plaît ?

Il me le demanda si gentiment que le sourire qui se dessina sur mes lèvres fut vraiment sincère.

— Je ne t'ai jamais entendu rire, ajouta-t-il d'un air songeur. J'ai attendu que tu le fasses quand j'étais enfermé dans cette caisse. J'ai essayé de le provoquer, mais ça n'a pas marché.

Je ne me souvenais pas de la dernière fois où j'avais ri :

— Je... je ne le fais pas trop.

— Je pense que je vais ajouter autre chose à ma promesse alors. Je te ferai rire un jour, même si c'est la dernière chose que j'accomplis.

Avec un grand sourire, j'entrouvris les lèvres pour répondre, mais il ne m'en laissa pas l'occasion. L'odeur de Kyllen se rapprocha. L'air autour de moi se modifia et se réchauffa sous l'effet de la chaleur de son corps. Puis ses lèvres rencontrèrent les miennes.

Il m'embrassait !

Je restai figée, incapable de respirer. Mon corps se raidit, alors même que mon âme se mit à planer.

Il inclina légèrement ma tête, ses lèvres se mirent à remuer plus vite, avidement. Il devait sûrement sentir que je ne savais pas du tout comment l'embrasser en retour. Je devais arrêter ça avant de me couvrir de honte. Mais je ne voulais pas que ce baiser se termine. Je ne pouvais pas bouger. Pourtant, mes mains finirent par s'agripper à sa tunique, pour le tirer plus près de moi.

Quelque chose de chaud se mit à pulser dans ma poitrine. Peut-être était-ce mon cœur qui explosait ? J'avais vraiment l'impression d'être morte et de flotter quelque part où il n'y avait ni murs ni plafond, ni haut ni bas, seulement les mains de Kyllen sur mon visage et sa bouche qui dévorait la mienne.

Ses doigts me maintenaient fermement en place, ses pouces sur mes yeux. Mais ensuite, je sentis un autre contact. Beaucoup d'autres. Une douzaine de... *doigts* touchèrent mes cheveux, effleurèrent la peau de mon visage, se glissèrent sous mon écharpe pour caresser mon cou...

Je retirai ma tête d'un coup sec vers l'arrière, pour respirer.

Kyllen se pencha sur moi, refusant de me lâcher.

Je lâchai sa tunique pour m'appuyer sur le canapé derrière moi.

— Kyllen... haletai-je. Qu'est-ce que c'était ? J'ai besoin de voir...

Son front appuyé contre le mien, il râla :

— Euh... Donne-moi juste un moment.

Avec une profonde inspiration, il protégea mes yeux d'une main et utilisa l'autre pour remettre sa capuche :

— Tu ne peux pas *regarder*, ma douce. Je ne veux pas prendre ce risque.

Il éloigna sa main de mes yeux, puis passa son pouce sur ma lèvre inférieure. Elle était chaude et gonflée de son baiser.

Je pressai un doigt sur mes lèvres :

— C'est donc ça que d'être embrassé.

Pendant si longtemps, je m'étais posé la question, et maintenant je savais. C'était exactement comme je l'avais imaginé, et bien plus encore. Mon cœur battait toujours la chamade et envoyait des feux d'artifice à travers tout mon corps.

— Amira, dit Kyllen, qui semblait étrangement sur ses gardes. C'est ton premier baiser ?

Oh, non. Avait-il été si flagrant que je n'avais aucune idée de ce que je faisais ? Une rougeur envahit mes joues.

Après m'avoir libérée, il s'affala contre le canapé en marmonnant :

— Grand Serpent, aide-moi.

Tout en tordant un bout de mon écharpe entre mes doigts, je m'inquiétai :

— J'ai fait quelque chose de travers ?

— Non... répondit Kyllen avec hésitation, ce qui était inhabituel de sa part. (En promenant son pouce le long de sa mâchoire, il inclina la tête.) Tu n'as jamais été avec un homme, n'est-ce pas ?

— Non. Il n'y a pas d'hommes en dehors des *bracks* dans la ménagerie. Tu le sais bien.

Il se leva du canapé. Glissa ses mains à l'intérieur de sa capuche, se frotta la nuque, tout en faisant quelques pas au hasard d'avant en arrière. Il avait l'air déstabilisé... non, carrément désemparé.

— Kyllen. Qu'est-ce qui ne va pas ?

Il s'arrêta brusquement, puis se mit à genoux devant moi. Il joignit ses mains et les laissa tomber sur mes jambes.

— Tu as raison, dit-il en baissant les yeux comme s'il parlait à ses mains. J'aurais dû le deviner. Je n'ai jamais vraiment arrêté d'y penser. Il y a des hommes à *l'extérieur* de la ménagerie. L'un d'entre eux aurait pu être assez séduisant à tes yeux pour...

— Kyllen, excuse-moi, mais de quoi diable parles-tu ? Non, il n'y a pas eu d'homme, séduisant ou pas. Tu es le premier qui ne m'ait jamais embrassée. Et maintenant... (Je me penchai en avant et le serrai dans mes bras, puis le relâchai rapidement.) Voilà, maintenant tu es le seul homme que je n'aie jamais serré dans mes bras, hormis Radax. En matière d'hommes, tout est une première fois pour moi. (Je posai mes mains sur ses épaules.) Tu trouves que c'est un problème ?

Je l'aimais bien. Beaucoup. Mais si mon inexpérience le dérangeait, je ne pouvais rien y faire.

Il releva la tête, suffisamment pour que je puisse voir sa bouche :

— Je vais te dire ce que c'est. Il y a que j'ai soixante-dix-huit ans...

— Tu parais bien pour ton âge, plaisantai-je, ce qui le fit sourire, et c'était le but.

— J'ai eu de nombreuses... histoires. Les fae, en général, sont des créatures hédonistes. On ne se prive pas de plaisir. Je ne l'ai jamais fait en tout cas.

— Je ne te le demande pas. (Je ne me faisais pas d'illusions. Kyllen avait vécu dans ce monde trois fois plus longtemps que moi, et il vivrait encore des siècles après ma mort. Il ne m'avait pas promis son cœur, juste ses soins et sa protection.) Je ne te demande rien de plus que ce que tu m'as déjà donné. Tout ce que je veux, c'est un ami en qui je peux avoir confiance.

— Oh, tu vois bien que je désire plus qu'une simple amitié avec toi, mon petit pois. Tôt ou tard, je souhaiterai plus qu'un simple baiser également.

Mes lèvres picotaient encore de son dernier baiser, mais je n'aurais déjà pas hésité à en avoir un autre. Je n'étais définitive-ment pas opposée à « plus », quoi que cela voulût dire pour lui.

— Pourquoi ? Est-ce une mauvaise chose ? demandai-je doucement, en espérant qu'avec sa capuche, il ne remarquerait pas mon intense rougissement.

— Mauvaise ? Non... Je... (Kyllen avait visiblement du mal à trouver ses mots, ce qui ne lui était jamais arrivé auparavant.) Écoute. La virginité n'est pas quelque chose que mon peuple conserve longtemps. Il n'y a aucune raison de s'y accrocher. J'ai perdu la mienne avec l'une des dames d'honneur de ma mère. J'étais adolescent, et elle était... eh bien, plus âgée que moi. Après elle, il y en a eu beaucoup d'autres. Les gens de la cour de mon père aiment faire la fête et... baiser. Je n'ai jamais couché avec une vierge. Je ne pense pas en avoir croisé une d'âge mûr. Je n'ai jamais été le premier baiser, ou la première caresse, ou autre chose de ce genre, pour quiconque. Il y en avait toujours eu beaucoup d'autres avant moi.

— Mais pourquoi est-ce un si gros problème pour toi d'être *mon* premier ?

— Parce que je ne sais pas quoi faire ! répondit-il en lançant ses mains en l'air de façon spectaculaire. C'est une énorme responsabilité. Et si je gâche tout pour toi ?

Je me mis à rire.

Le problème ne venait pas de moi, mais de lui. Kyllen avait finalement été confronté à quelque chose qui le déstabilisait et ébranlait sa confiance.

— Alors c'est nouveau pour tous les deux, lui dis-je.

C'était un vrai soulagement pour moi. Il avait aussi des incertitudes à gérer, ce qui, d'une certaine façon, nous rendait égaux.

J'enlaçai ses larges épaules et lui donnai une bise sur la joue. Il appuya sa tête sur mon épaule.

— Au moins, j'ai fini par te faire rire, marmonna-t-il.

Je ne pus m'empêcher d'éclater encore de rire :

— En effet, oui.

Vingt

KYLLEN

Amira cacha un bâillement en nettoyant la petite table après leur dîner. Ils avaient eu une longue journée, et elle était manifestement épuisée.

Ça avait été fatigant pour lui aussi. Ce nouveau monde s'avérait assommant avec son bruit incessant, son air froid et ses odeurs étrangères. Les véhicules ici, qui n'étaient pas propulsés par la magie, produisaient une odeur nauséabonde et un cliquetis assourdissant. Dans l'ensemble, tout était bruyant et odieux, y compris les gens. Même les couleurs étaient ennuyeuses et ternes.

— Il est temps de se reposer, lança-t-il en se dirigeant vers la chambre.

Apparemment, les humains dormaient dans des lits ; un grand rectangle trônait au milieu de la pièce réservée au sommeil. Ça ne lui était pas totalement inconnu. Les loups-garous de Sarnala vivaient dans des châteaux, construits en pierre et en mortier comme les habitations humaines de cette ville, et dormaient dans des lits rectangulaires surélevés.

Celui-ci était suffisamment grand pour qu'ils puissent tous les deux passer une nuit reposante. Cependant, Amira restait debout près du canapé.

— Quelque chose ne va pas ? demanda-t-il avant de marquer une pause.

— Ça fera l'affaire. (Elle lui fit signe de partir.) Je serai bien ici, sur le sol... ou le canapé.

Eh bien non, ça n'irait pas.

Il s'assit au pied du lit, en l'observant derrière les portes ouvertes. Sans voir son visage, il était parfois difficile de la comprendre :

— J'ai peur d'avoir besoin d'une explication, mon petit pois. Est-ce le lit ou l'idée de le partager avec moi qui te répugne ?

— Tu ne me répugnes pas... Je suis juste...

Elle se tordait les mains, visiblement en détresse, ce qui le dérangeait beaucoup.

Il voulait la prendre dans ses bras et faire disparaître ce qui la contrariait. Sauf que l'attraper n'était peut-être pas la meilleure chose à faire dans cette situation. Il risquait de la bouleverser encore plus, il en avait bien peur.

— Je ne dors pas dans des lits, expliqua-t-elle.

— Oh, je sais très bien comment tu dors, ma chère. (Il se leva et alla vers elle d'un pas nonchalant.) Tu as passé une nuit à mes côtés, pendant que je te racontais une histoire. De temps en temps, je faisais une pause pour m'assurer que tu écoutais toujours, et tu me demandais : « Et après ? » Alors je continuais à te la conter jusqu'à ce que je n'entende plus que ta respiration profonde quand tu dormais enfin.

Il s'approcha suffisamment près pour que leurs orteils sur le tapis se touchent, puis il releva la tête pour la voir jusqu'au niveau de son nez. Elle se mordillait les lèvres. Cependant, lorsqu'il lui toucha la main, elle ne la retira pas.

— Cette nuit n'a pas à être différente de toutes les autres que nous avons passées côte à côte, Amira. (Il pencha la tête.) S'il te plaît, ne me dis pas que tu préfères que je sois dans une caisse.

— Non. Non, je ne veux pas de cette caisse, protesta-t-elle

ardemment. C'est juste que le lit... les couvertures. Je n'utilise jamais de literie. J'ai besoin de garder mes vêtements... ajouta-t-elle, en attrapant son pantalon informe sur la chaise.

— Qui a dit que tu ne pouvais pas le garder ?

Il prit le pantalon et le lui tendit.

Il aurait aimé la voir nue. L'idée de la savoir endormie à côté de lui sans la paroi en bois de la caisse entre eux titillait son torse d'excitation. Pour son plus grand plaisir, la sensation se propagea plus bas cette fois.

Une petite étincelle de désir avait finalement jailli au fond de lui quand il l'avait embrassée. Elle rayonnait maintenant plus fort, et faisait tressaillir son entre-jambes. Il se sentait enfin assez hydraté pour être pleinement un mâle, de nouveau.

Mais ce soir, il n'était pas question de désir. Il souhaitait qu'Amira se sente à l'aise avec lui, comme lorsqu'il était enfermé dans cette stupide caisse. Et il était prêt à attendre aussi longtemps qu'il le faudrait.

Elle lui apprenait la patience, ce que personne n'avait jamais réussi à faire auparavant.

Amira serrait son pantalon contre sa poitrine.

— Viens, dit-il en l'emmenant au lit. Dors habillée. Sur les couvertures, si tu veux. Moi, je vais me mettre en dessous. Sinon je risque de prendre froid.

Elle se laissa tomber sur le lit. En gardant la tête basse, elle enfila rapidement son pantalon et ses chaussettes.

Il s'assit à côté d'elle et sautilla sur le matelas une ou deux fois, pour en tester la mollesse.

— Ce lit n'est pas si confortable que ça de toute façon, se plaignit-il. Sincèrement, il n'est sûrement pas trop différent du tas de chiffons sur lequel tu dormais avant.

Un sourire effleura ses lèvres. Elle posa une main sur le matelas entre eux :

— C'est plus doux que toutes les autres choses sur lesquelles j'ai dormi auparavant.

— Super ! s'exclama-t-il, et lui attrapa les jambes pour la faire tourner, et lui mit les pieds sur le matelas.

Elle couina, en étreignant ses genoux.

— Et voilà, dit-il en croisant les bras sur son torse, tout en admirant le spectacle qu'elle offrait dans son lit. Ce n'est pas si mal, n'est-ce pas ?

Elle bougea un peu, et ramena ses genoux encore plus étroitement contre sa poitrine. :

— Ça ira, répondit-elle.

Elle semblait calme maintenant, avec une attitude plus détendue, ce qui lui plaisait bien.

Il réalisa qu'il tenait suffisamment à cette femme pour que ses ennemis l'utilisent comme une arme contre lui. Si Ghata envoyait ses *bracks* à leurs trousses, sa plus grande crainte serait qu'ils capturent Amira. Il ferait n'importe quoi pour qu'elle soit libre et heureuse.

Bien sûr, il demeurait lui-même la plus grande menace qui pesait sur elle.

— Je peux avoir ton écharpe, s'il te plaît ? demanda-t-il.

— Pourquoi en as-tu besoin ?

— Je vais devoir te bander les yeux, on n'est jamais trop prudents.

Il savait qu'elle faisait des cauchemars. Il l'avait déjà entendue sangloter et gémir dans son sommeil. Elle se réveillait brusquement en sursaut, puis se tournait et se retournait ensuite, parfois pendant des heures. Si elle dormait habillée, il devinait que ce n'était pas seulement par pudeur. Elle n'avait pas de maison où se sentir en sécurité, pas de chez-soi. Ses vêtements étaient devenus à la fois son bouclier de sécurité et sa couverture réconfortante.

Comme un petit pois dans sa cosse, Amira se réfugiait dans ses multiples couches de chemises amples et son écharpe pour se cacher de toutes sortes d'horreurs réelles et imaginaires.

— Ma capuche peut bouger dans mon sommeil, expliqua-t-il. Si nous nous réveillons tous les deux en plein milieu de la nuit, je

veux être sûr que nos regards ne se croiseront pas accidentellement.

— Oh, OK, répondit-elle.

Puis elle tira sur un bout de son écharpe.

Il le prit et le noua sur ses yeux, en laissant le reste autour de
son cou, comme elle la portait d'habitude.

— C'est mieux ainsi, dit-il.

Il arracha alors sa capuche. Puis il déploya et lança ses *senties*
en l'air. Les maintenir en permanence attachées en un nœud
n'était pas naturel, et très fatigant.

Amira resta en position assise. C'était un véritable tableau à
contempler : la tête penchée en arrière, ses lèvres roses légèrement
écartées et les yeux bandés. Elle était totalement à sa merci.

Sa confiance en lui le sidéra. Dans son monde, c'était souvent
une monnaie, jamais donnée librement. Il n'avait jamais rencontré
quelqu'un qui faisait confiance aussi facilement qu'Amira.

Pourtant, au lieu d'en profiter, il se sentait farouchement
protecteur envers elle. Une femme comme elle avait besoin d'un
protecteur fort dans un lieu comme Lorsan. Il souhaitait plus que
tout être digne de sa confiance.

Ses lèvres imploraient presque un baiser. Il songea à en voler
un, pressentant qu'elle ne s'y opposerait pas. Mais il ne savait vraiment pas comment faire avec quelqu'un d'aussi inexpérimenté
qu'elle.

Pour lui, faire l'amour était aussi naturel que de respirer. Et
jusqu'à présent, il avait toujours été sur un pied d'égalité avec ses
partenaires. Le sexe était comme une danse. Quelqu'un pouvait la
mener, mais dans chacune de ses histoires, l'autre avait toujours
suivi chaque étape en toute confiance.

Que se passait-il quand l'un des partenaires ne connaissait pas
les pas ? Lors de la danse, on trébuchait, on se marchait sur le bout
des orteils, on se cognait les pieds, puis on risquait de tomber.

Il ne voulait pas tomber avec Amira. Avec elle, il souhaitait
s'élever. Mais comment pouvait-elle lui exprimer ses attentes alors
qu'elle n'avait jamais été en couple auparavant ?

Alors il lui embrassa le front et la guida vers l'oreiller, toute habillée. Il ne lui imposa pas les couvertures. Elle les trouvait peut-être étouffantes. Ou alors se sentait-elle piégée à l'intérieur. Quoi qu'il en soit, il la laissa faire comme elle le voulait.

— Kyllen, dit-elle. Est-ce que je devrais garder les yeux fermés en permanence à Lorsan ?

— Au début, oui. Mais ce ne sera pas pour toujours. (Il ne pouvait pas la forcer à passer sa vie les yeux bandés.) Il y a des solutions pour que tu puisses nous voir.

— Comme les miroirs ?

— Non. Quelque chose de mieux. Je te l'apporterai dès que je me serai assuré que nous avons assez de nourriture et un abri sûr.

Il passa de son côté du lit et s'assit.

Il souhaitait égoïstement la garder, quoi qu'il arrive. Mais il devait être honnête avec elle. Elle devait être pleinement informée pour pouvoir prendre sa décision. Elle devait savoir ce qui l'attendait.

— C'est un voile, Amira, avoua-t-il.

— Comment ça ?

Elle se retourna pour lui faire face, même si elle ne pouvait pas le regarder.

— Un voile en soie d'araignée du Royaume du Ciel. Nos meilleurs artisans y tissent leurs sortilèges magiques afin de permettre aux autres de nous voir sans danger. Ils sont surtout utilisés par les marchands et les dignitaires étrangers. (Il se déshabilla, puis se glissa sous les couvertures.) Tu devras le porter jour et nuit jusqu'à ta mort.

Il voulait la garder auprès de lui, mais il ne pouvait pas lui imposer une vie qu'elle pourrait regretter.

— Je ne pourrais jamais l'enlever ? demanda-t-elle. Pas même quand je serai toute seule ?

— Même quand tu croiras être seule, tu ne le seras peut-être pas. Quelqu'un peut t'observer à travers une porte ou une fenêtre. Une petite erreur peut te coûter la vie. Tant que tu resteras à Lorsan, tu ne seras jamais assez en sécurité pour l'ôter.

Elle se redressa sur son coude appuyé sur l'oreiller :

— Alors je porterai un voile.

Il se rapprocha d'elle, pour se réchauffer plus qu'autre chose à ce moment-là. La literie était glaciale, sèche et froide, comme tout le reste de ce monde.

— Es-tu sûre de pouvoir le faire ? Tu verras constamment le monde à travers les fines mailles de la soie.

Un sourire se dessina sur ses lèvres alors qu'elle s'allongeait sur l'oreiller :

— J'ai regardé la vie défiler derrière la toile poussiéreuse des tentes de Madame. Un voile de soie est une grande avancée, non ? Je peux vivre avec, tant que je suis libre.

Elle tendit la main vers lui par-dessus les couvertures, et il la rejoignit à mi-chemin, puis il entrelaça ses doigts aux siens. Ils restèrent ainsi quelques minutes. Elle n'avait pas l'air endormie, et il se demandait à quoi elle pensait.

— Kyllen ? dit-elle d'une toute petite voix, à peine audible, et remplie de tant de douleur qu'elle l'alarma. Combien de temps faut-il généralement à un *brack* pour... se réveiller ?

Elle s'inquiétait pour le *brack* qu'elle avait abattu. C'était un semblant de famille pour elle, comme si un esclave sans volonté pouvait servir de famille à qui que ce soit. La solitude facilitait les attachements les plus étranges, semble-t-il.

— Il s'en sortira, lui assura-t-il, puis il ajouta, en sentant qu'elle avait besoin de plus que ça : il ne se souviendra pas de cette période où il était « mort ». C'est comme être dans un profond sommeil. Il aura peut-être mal à la tête pendant un moment après cela. Mais c'est tout.

Les gorgones ne pouvaient pas se noyer, mais elles atteignaient un état proche de la mort lorsqu'elles restaient sous l'eau trop longtemps. Il avait été piégé une fois, au fond d'une rivière, et connaissait très bien cette sensation.

— Il va m'oublier, dit-elle d'une voix tremblante, et il resserra ses doigts autour de sa main.

Le *brack* allait certainement l'oublier. C'était déjà un miracle qu'il ait ressenti une once de sympathie pour elle. Mais Kyllen devait la consoler.

— Est-ce que ce n'est pas mieux ainsi ? demanda-t-il. N'est-il pas préférable pour lui d'oublier plutôt que de se languir de quelqu'un qu'il ne reverra jamais ?

Elle poussa un long et profond soupir :

— Je suppose que c'est mieux. Pour lui.

Il frotta ses phalanges avec son pouce quand elle se calma à nouveau. Après un moment, sa respiration se stabilisa.

Il ferma les paupières lui aussi.

— Es-tu trop fatigué pour me raconter une histoire, Kyllen ? demanda-t-elle, ce qui lui fit rouvrir les yeux.

Il étouffa un bâillement.

— Une très courte alors ? De quoi veux-tu que je te parle ?

— J'aimerais en savoir plus sur cette femme. La dame d'honneur qui t'a pris ta virginité.

— Hum... (Sa requête le laissa sans voix. Cette aventure remontait à si longtemps et n'avait visiblement pas été très impressionnante puisqu'il ne se souvenait pas de grand-chose.) Pourquoi ? Que veux-tu savoir sur elle ?

— Tu l'aimais ?

— Quoi ? Non. (Il bougea maladroitement, les draps rigides frottaient contre sa peau de façon désagréable.) Écoute, que dirais-tu d'une belle histoire drôle sur moi quand j'ai appris à tirer à l'arc à la place ?

Elle bâilla, en se couvrant la bouche de sa main.

— D'accord, accepta-t-elle, sans insister, heureusement, pour qu'il lui raconte une de ses « histoires d'amour ». Tu sais tirer à l'arc ?

— Je peux le faire si nécessaire, mais ce n'est pas l'arme que je préfère. Laisse-moi te conter pourquoi.

Ils étaient tous deux fatigués et avaient besoin de repos. L'histoire se devait d'être très courte. Fort heureusement, lui raconter comment il avait accidentellement tiré sur le postérieur de sa tante très arrogante ne lui prendrait pas beaucoup de temps. Elle portait tellement de jupons que la pointe de la flèche n'avait même pas pu les transpercer tous. Cela n'avait pas empêché son père de punir Kyllen en l'enfermant dans sa chambre deux jours d'affilée, ce qui aurait été une véritable torture s'il ne s'était pas échappé par la fenêtre à la minute où la porte s'était refermée.

— À une condition, l'avertit-il.

— Laquelle ? demanda-t-elle d'un air si adorablement endormi.

— Tu devras te blottir contre moi, dit-il, et il ajouta rapidement : pour te réchauffer. Il fait tellement froid ici et, tu sais que...

Elle gloussa et, sans le laisser terminer sa phrase, elle ouvrit le bras en guise d'invitation :

— Viens ici, Kyllen.

Il l'enlaça, elle se blottit contre son torse et leurs bras s'entremêlèrent. Lui, sous les couvertures. Elle, par-dessus. Lui était complètement nu. Elle restait entièrement vêtue.

Et il savait déjà que cette nuit allait battre son vieux record de sa meilleure nuit dans ce monde.

.

KYLLEN

Il se réveilla, mais garda les yeux fermés. Amira était allongée à côté de lui, il l'entourait de ses bras.

La pression palpitante entre ses jambes annonçait une érection matinale, chose qu'il n'avait pas ressentie depuis longtemps. Il avait manifestement bu suffisamment d'eau la nuit dernière pour que cela arrive. Le bain y avait certainement contribué aussi. Il remua les hanches, mais le frottement contre la couverture ne fit qu'empirer la situation.

Il déploya prudemment une *sentie* jusqu'à la tête de lit, puis l'ouvrit pour regarder.

Le champ de vision d'une *sentie* était réduit. N'en utiliser qu'une seule était comme éclairer une pièce avec une lampe de poche au lieu d'allumer le plafonnier. Mais c'était suffisant pour lui permettre de voir que l'écharpe d'Amira était toujours fermement attachée autour de sa tête, ce qui maintenait ses yeux fermés. Il se souleva sur son coude et l'examina.

Même avec cette écharpe grise, qui cachait une grande partie de son visage, elle était belle. Elle n'avait aucune idée de sa beauté, et cela contribuait pour beaucoup à son charme. Elle était authentique, le genre de personne qu'il n'aurait jamais rencontrée à la cour de son père.

Elle remua :

— Kyllen ?

— Mmm, ronronna-t-il doucement.

— Tu es en train de me regarder, n'est-ce pas ? J'entends ta respiration juste au-dessus de mon visage.

Elle arbora un large sourire et il ne put se contrôler.

Il se pencha un peu plus et embrassa ses lèvres. La maîtrise de soi n'avait jamais été l'une de ses plus grandes qualités. Et en sa présence, il était mis à rude épreuve.

Elle accueillit son baiser avec une légère surprise, mais ne le gifla pas et ne se retira pas.

Ses *senties* tremblaient d'envie de se braquer sur elle, mais il se retint, se rappelant sa réaction lorsqu'il les avait laissées l'approcher auparavant.

Amira fit courir ses mains le long de ses bras jusqu'à ses épaules. Elle enveloppa sa nuque, puis glissa ses doigts jusqu'à l'arrière de sa tête. Ses mains effleurèrent la racine de plusieurs *senties*, ce qui déclencha une décharge d'excitation dans son aine. Et il ne pouvait plus se retenir. Il laissa libre cours à ses *senties*.

Elles s'enfoncèrent dans ses cheveux, emplissant ses sens de leur parfum et de leur texture soyeuse. Il les enroula autour de ses doigts et de ses mains, pour goûter sa peau. Il en passa une à l'intérieur de son écharpe, en faisant glisser l'extrémité le long de la peau chaude et délicate de son cou. Son odeur était plus forte à cet endroit, et il en savoura chaque effluve.

Elle relâcha sa tête et il rompit leur baiser, craignant de lui avoir fait peur.

Mais elle ne s'éloigna pas. Ses lèvres encore entrouvertes et brillantes après son baiser, elle promena ses doigts le long d'une de ses *senties*, et répandit des frissons de plaisir sur sa peau. Il étouffa un gémissement.

— C'est ça que tu cachais sous ta capuche ?

Dans sa voix, il n'y avait ni peur ni répulsion, juste de la curiosité. Elle était une petite chose curieuse.

— Des *senties*, expliqua-t-il. Et j'en ai vingt-quatre.

Elle l'enroula autour de son poignet, ses doigts en caressèrent une autre. C'était la chose la plus sensuelle, Amira, qui jouait avec ses *senties*. Il gémit à nouveau, cette fois de manière franche.

— Ça fait du bien ? demanda-t-elle.

— Beaucoup de bien, répondit-il en poussant ses hanches vers elle.

Il était si dur, qu'on pouvait sûrement le sentir à travers les couvertures.

— Oh, murmura-t-elle en lâchant ses *senties*, après avoir dégagé son poignet. Désolée... Je ne savais pas.

Par le Grand Serpent, il ne voulait pas qu'elle lâche prise. Il voulait qu'elle continue à jouer avec ses *senties*, qu'elle le laisse explorer son corps avec, à l'intérieur et à l'extérieur. Mais elle s'était déjà éloignée et sortait maintenant du lit, en s'aidant du mur pour la guider dans sa cécité.

— Attends, s'écria-t-il, en sautant du lit lui aussi, puis il envoya sa tunique par-dessus sa tête et enfila sa capuche. Tu peux ouvrir les yeux maintenant. Il n'y a pas de danger.

Il enroula soigneusement ses *senties* à l'intérieur de la capuche, pour les forcer à se calmer.

— OK, elle ôta l'écharpe autour de sa tête et se mit de l'autre côté du lit, face à lui. Oh ! s'exclama-t-elle.

Puis, elle toussota. Il comprit qu'elle devait être en train de fixer son entre-jambes.

Le chapiteau qui s'élevait là était sûrement assez grand pour abriter toute la ménagerie de Ghata. Il n'y avait rien d'autre à faire que de tout fourrer dans son pantalon, ce qu'il fit, et il y cacha son érection, la tunique et tout le reste.

Amira s'attela à faire le lit :

— Nous ferions mieux d'y aller. Ce n'est pas une bonne idée de rester au même endroit trop longtemps alors que les *bracks* sont à coup sûr à nos trousses.

Elle avait raison. Mais il n'avait pas l'intention de s'attarder dans cet hôtel de toute façon.

— On peut prendre le petit déjeuner en ville, proposa-t-elle. Puis on cherchera le meilleur moyen d'aller en France.

Il regarda avec envie la porte de la salle de bains. La nuit précédente, il avait ressenti une sensation divine en plongeant tout son corps dans une baignoire. Il souhaitait le refaire, au lieu d'affronter les vents cinglants de l'extérieur. Mais Amira voyait juste. Plus vite ils se mettraient en route, plus vite ils atteindraient leur destination. En plus, les bains de Lorsan étaient de loin supérieurs à tout ce que ce monde avait à offrir.

— Tu n'as pas l'intention de jouer aujourd'hui, hein ? demanda calmement Amira lorsqu'ils quittèrent leur chambre.

— Non. Nous avons assez d'argent. Pas vrai ? (Il avait une liasse de billets fourrée dans chacune de ses bottes. Amira avait caché le reste dans les poches de son sweat-shirt qui semblaient sans fond.) De plus, je ne pense pas qu'ils me laisseraient rejouer à la roulette, et je ne peux pas manipuler les jeux de cartes pour gagner à coup sûr.

— Alors on ferait mieux de se faufiler dans les escaliers au lieu de prendre l'ascenseur.

Il décela de l'inquiétude dans sa voix, et de la peur. Elle craignait ces pathétiques mâles humains, qui avaient essayé de l'escroquer hier soir. Bien sûr, ils seraient mécontents qu'il les prive d'une chance de lui soutirer de l'argent. Il se pouvait qu'ils essaient de l'empêcher de quitter les lieux.

Bien qu'il ne s'en souciait guère. Mais Amira était inquiète.

— Très bien. Prenons les escaliers.

Il la laissa le guider vers un escalier, puis vers la même porte par laquelle ils étaient entrés avec Rourke la nuit précédente.

Lorsqu'il posa sa main sur la poignée de la porte qui donnait sur la ruelle, une autre porte s'ouvrit au bout du couloir.

— Hé ! Mon pote, tu pars déjà ? lança Rourke en se précipitant sur leur chemin. (Il n'était pas seul. Trois individus tout aussi louches l'encadraient des deux côtés.) Tu n'avais pas promis de jouer aux cartes avec nous aujourd'hui ?

Promis était un mot un peu trop fort. Il ne faisait pas de promesses à la légère, car, pour un fae, la peine encourue pour ne pas les avoir tenues était trop grande. Il n'avait rien promis à Rourke. Il lui avait peut-être fait croire qu'il allait lui donner une chance de récupérer ses gains, mais il n'avait aucune intention de le faire.

— J'ai menti, répondit-il simplement.

Rourke cracha par terre :

— Ce n'est pas très sympa de ta part, pas vrai ?

Kyllen haussa les épaules, sans donner une réponse verbale à l'homme.

— Alors je crois que nous allons devoir récupérer notre argent d'une autre manière, dit Rourke en hochant le menton vers ses complices, qui se dirigèrent vers Kyllen et Amira. En plus de l'argent, je prendrai ton autre manchette. (Rourke sourit.) Pour dédommagement, s'esclaffa-t-il.

Kyllen grimaça en entendant son rire, puis donna un coup de poing au premier homme qui s'approchait de lui.

L'homme recula de quelques pas, et percuta le mur avec force. Kyllen n'avait pas retenu sa force. Pourquoi l'aurait-il fait ? Il était trop irrité pour être correct. C'était de leur faute, ils étaient venus l'ennuyer avant même qu'il ait pris son petit déjeuner.

— Merde, lâcha Rourke en regardant son ami étalé sur le sol.

Il rejeta le pan de son manteau de cuir en arrière et sortit un couteau de sa poche.

Un autre se glissa derrière Amira.

— Fais ce que Rourke a demandé ! hurla l'humain en l'attrapant. Ou sinon elle va payer.

Amira haletait de frayeur. L'homme lui saisit la gorge, ce qui lui interdit toute parole. Il la serra aussi par la taille, et pressa ses deux bras contre sa poitrine.

L'agacement de Kyllen se transforma en une rage féroce. Ce voyou avait osé poser ses mains sur sa propriété.

Cet humain devait mourir.

— Ferme les yeux, Amira, dit-il entre ses dents. Garde-les ainsi, peu importe ce que tu entendras.

Elle émit un son étranglé en guise d'accord et ferma les yeux.

Il arracha sa capuche.

Mais il ne voulait pas seulement tuer cette racaille. Il voulait les terrifier.

Il déploya ses *senties* en un large halo autour de sa tête, sauvages et ondulants. Il baissa la tête et jeta un regard furieux à celui qui tenait Amira. Puis il remua également ses *senties* et orienta leurs quarante-huit yeux vers l'agresseur.

Cinquante yeux de gorgone dorés et mortels dévisagèrent l'humain. Ses iris se vidèrent de leur couleur, le bleu pâle fut remplacé par du gris granit. Le gris se répandit, s'infiltra dans sa peau, ses cheveux et ses vêtements. Cet être vivant, qui respirait il y a peu, se transforma en pierre froide moins d'une seconde après avoir croisé le regard de Kyllen.

Lentement, il déplaça son regard mortel vers Rourke.

— Putain ! Qu'est-ce que...

Les mots se figèrent sur les lèvres de Rourke quand sa langue se solidifia en pierre.

— Hey ! s'exclama un autre.

— Argh, lâcha encore un des sbires.

Un par un, les quatre hommes succombèrent. Aucun n'avait fui. Les gens fuyaient généralement le danger *après* avoir jeté au moins un dernier coup d'œil vers celui-ci. Et un regard était tout ce dont Kyllen avait besoin.

La colère le secouait encore. Donner des coups de poing aurait pu en évacuer une partie. Tuer d'un regard n'était pas aussi satisfaisant. Mais ils avaient osé menacer Amira. Il avait dû s'occuper d'eux rapidement.

— Amira ? demanda-t-il en enroulant rapidement ses *senties*.

Puis il remit sa capuche en place.

Elle était enfermée dans les bras rigides de la statue. Ses yeux étaient tellement serrés que la peau tout autour s'était plissée et avait pâli à cause de la tension.

Brave fille, pensa-t-il affectueusement.

— Garde les yeux fermés, mon petit pois, dit-il en se rapprochant, d'une voix qu'il voulut douce et apaisante.

Les doigts gris et froids de la statue enserraient sa gorge. Elle pouvait à peine avaler.

Il les brisa un par un, en regrettant que l'humain ne fût plus en vie et ne puisse sentir chacun de ses doigts se casser.

Comment a-t-il osé ? fulminait Kyllen intérieurement. *Comment cette pitoyable excroissance humaine a-t-elle osé toucher son cou délicat ?*

— Merci... haleta-t-elle au moment où il dégagea sa gorge.

Il arracha entièrement la main, puis cassa le bras qui l'enserrait par la taille.

— Amira... murmura-t-il en la tirant vers lui.

Dans un élan de colère, il donna un coup de pied à ce qui restait de l'humain qui l'avait attrapée. La statue s'écrasa sur le sol, et explosa en poussière et en morceaux sous le choc. La pierre ressemblait peut-être à du granit, mais elle était plus fragile que la majorité des roches que l'on trouvait dans la nature. La chair n'était pas un matériau solide, même lorsqu'elle se transformait en roc.

Amira respirait rapidement, inspirant l'air par petites bouffées rapides. Son cœur battait la chamade contre le torse de son compagnon.

— Est-ce qu'ils sont... partis ? demanda-t-elle d'une voix haletante.

Il embrassa ses cheveux au-dessus de sa tempe :

— Oui. Tu peux ouvrir les yeux maintenant.

Tout en gardant un bras autour de ses épaules, il la guida au milieu des corps humains figés dans la mort. Elle s'agrippa à lui, en cachant son visage dans sa manche.

Un vent glacial les accueillit dehors et s'engouffra dans le tissu fin de sa tunique. Un violent frisson parcourut son corps.

— Il doit bien y avoir un endroit dans cette ville où l'on vend des manteaux, murmura-t-il.

— Tu veux faire du shopping ? demanda Amira d'une voix tremblotante.

— À quoi sert l'argent si on ne peut pas le dépenser ?

Et il la serra plus fort dans ses bras.

Premièrement, le fait de la tenir dans ses bras les réchauffait un peu tous les deux.

Et deuxièmement, il lui avait promis une place à ses côtés, et il commençait à penser que c'était exactement là où elle devait être.

Vingt-Deux

AMIRA

Après avoir demandé au chauffeur de taxi de m'indiquer un endroit pour prendre le petit déjeuner et un magasin de vêtements, il nous emmena sur Oxford Street, et nous promit d'y trouver les deux. En chemin, je lui posai quelques questions sur le meilleur moyen de se rendre à Paris, et il m'énuméra les différentes options possibles, de l'avion au train en passant par le ferry.

Les magasins de vêtements étaient encore fermés. Nous avions donc décidé de prendre le petit déjeuner dans un minuscule café, en attendant qu'ils ouvrent.

La serveuse lança un regard curieux à Kyllen, particulièrement sur sa capuche.

— Il ne peut pas... hum, il ne peut pas voir, vous comprenez, marmonnai-je en guise d'excuse pour lui.

Et ce n'était pas un mensonge. Kyllen ne pouvait pas regarder dans sa direction. S'il le faisait, elle serait déjà morte.

Son aimable visage s'emplit de compassion :

— Oh, je comprends, dit-elle en hochant la tête et en nous conduisant à notre table. Voulez-vous un menu en braille ?

Elle pensait manifestement qu'il était aveugle.

— Non, non. Merci. Je vais commander pour lui.

Lorsqu'elle nous apporta nos boissons un peu plus tard, un café pour moi et une théière entière avec une tasse pour Kyllen, je lui posai également quelques questions sur les moyens de transport. Comme je n'avais ni téléphone ni accès à Internet, je devais faire appel à des étrangers serviables pour obtenir des informations. Heureusement, le monde était plein de personnes prévenantes prêtes à apporter leur aide. Le café était plutôt calme et la femme semblait heureuse de discuter.

Quand elle se retira, je me penchai sur la table pour parler à Kyllen :

— Je pense que le train ou le ferry seraient mieux que l'avion, mais il y a des complications dans les deux cas.

— Comme quoi ? Quelles sont ces complications ?

— Eh bien, nous allons traverser la frontière vers un autre pays. Ils nous demanderont des pièces d'identité, des passeports, des documents de voyage.

Et je n'en possédais pas. Madame n'avait jamais rencontré de problèmes pour emporter sa ménagerie dans le pays qu'elle voulait, moi y compris. Je la soupçonnais d'utiliser la magie pour y arriver.

— Un avion est un appareil volant ? demanda-t-il.

Je confirmai d'un signe de tête.

— Alors je suggère que nous prenions le train, dit Kyllen, qui ne semblait pas trop inquiet.

Il sirotait son thé, les deux mains enroulées autour de la tasse pour se réchauffer. Nous devions lui trouver des vêtements d'hiver dès l'ouverture des magasins. Le pauvre homme était de toute évidence gelé.

— Pourquoi le train ?

— Car si je manipule le moteur d'un train, je ne risque pas de le faire tomber du ciel comme un avion, ou couler comme un ferry.

C'était un argument très convaincant en faveur du train.

— J'ai peur que nous ne réussissions même pas à monter à bord pour que tu puisses manipuler quoi que ce soit.

— Pourquoi ça ? Nous avons assez d'argent pour acheter les billets, non ?

En effet, nous en avions suffisamment. Mais ce n'était pas un problème d'argent, mais d'absence de papiers.

— Je crois qu'ils vérifient les documents de voyage des passagers. Les passeports et tout ça. Ils procèdent ainsi lorsque les gens traversent la frontière d'un autre pays.

— Comment vérifient-ils ?

— Je ne sais pas trop comment, mais je ne pense pas que l'on puisse manigancer quoi que ce soit dans ce processus. Ce n'est pas aussi simple qu'un jeu de roulette.

— Pourquoi pas ? dit-il en levant le menton en signe de défi. Tant qu'il y a un mécanisme quelconque, je peux le faire tourner de la manière qui me convient.

— La plupart des appareils utilisés de nos jours sont électroniques, et non mécaniques. Ils fonctionnent grâce à des signaux électriques, et non pas avec des ressorts et des leviers.

Il posa sa tasse et se pencha lentement en arrière en déployant largement ses épaules. On aurait dit que je venais de l'offenser personnellement et qu'il était sur le point de se défendre.

— Écoute, je ne voulais pas… commençai-je à expliquer, mais il ne me laissa pas continuer.

— Donne-moi un exemple d'appareil électronique.

— Eh bien… (Je regardai autour de moi.) Les deux filles à la table près de la fenêtre, là-bas. (Il se tourna dans cette direction, en suivant mon geste vers les deux adolescentes munies de téléphones portables.) Elles utilisent des smartphones, qui sont des appareils électroniques.

Je ne savais pas grand-chose du fonctionnement réel d'un smartphone. Je n'en avais jamais possédé un moi-même. Je ne connaissais pas non plus beaucoup les différences entre la mécanique et l'électronique. Mais je savais que c'était différent.

Kyllen balaya du regard le café sous sa capuche.

— Et ce truc-là ? demanda-t-il d'un geste du menton vers la machine que la serveuse tendait à un client pour effectuer un paiement par carte de crédit. C'est électronique ?

— Bien sûr, dis-je, pas très convaincue. Je n'avais jamais utilisé de carte de crédit. Madame préférait le cash, plus facile à tracer et à contrôler.

Lorsque la serveuse revint avec notre commande, un sandwich aux œufs pour moi et un bol de fruits et du yaourt pour Kyllen, il désigna la machine à paiement dans la poche de son tablier.

— Puis-je examiner cet appareil ? demanda-t-il poliment.

Elle lui jeta un regard scandalisé, et j'eus l'air d'une menteuse pour lui avoir fait croire qu'il était aveugle. En silence, elle lui tendit la machine, en gardant un œil sur elle.

— Hum, marmonna-t-il en la tournant entre ses doigts, l'écran de l'appareil s'alluma brièvement, puis s'éteignit à nouveau. Intéressant, ajouta-t-il. (Il le rendit à la jeune femme, qui repartit aussitôt.) C'est une chose bien curieuse.

Je baissai les épaules, avec un sentiment de découragement. Les *bracks* de Madame étaient peut-être à nos trousses. À l'heure qu'il était, les corps « fossilisés » de Rourke et de ses copains avaient sûrement été découverts. Que se passerait-il si quelqu'un faisait le lien entre leurs morts et Kyllen ? On risquerait d'avoir aussi les hommes de Rourke sur le dos. Peut-être même la police.

Il fallait quitter cette ville, mais comment ?

— Tu vois bien, dis-je à Kyllen. Les appareils électroniques sont différents.

— En effet, répondit-il en sirotant son thé. (Il inclina son siège.) Ils sont beaucoup plus simples.

— Plus simples ? répétai-je, tout en le regardant, bouche bée. Comment ça ?

— Il n'y a pas de pièces à manipuler. Tout ce que je dois faire, c'est envoyer des signaux. Pas étonnant que les machines de paiement électronique n'existent pas à Nérifir. Elles seraient inutiles, vu la facilité avec laquelle elles peuvent être truquées par tout le monde.

— Mais comment sais-tu quels signaux envoyer ?

— Je n'en ai aucune idée. Je sais seulement ce que je veux qu'elle fasse, et je fais en sorte que ça se produise. L'addition est payée, au fait, déclara-t-il en souriant.

— Quelle addition ? Celle du café ? Du petit déjeuner ?

Il hocha la tête, cueillit une fraise dans son bol, puis la lança dans sa bouche.

— Mais avec quel argent ? demandai-je.

— Sans argent, répondit-il en haussant les épaules. J'ai juste marqué que c'était payé. Tu vois maintenant à quel point ces appareils électroniques sont stupides ?

— Mais la direction du café va le découvrir.

— Peut-être. Éventuellement. Mais nous serons déjà partis depuis longtemps.

Je me mordillai les lèvres :

— Mais c'est mal.

Il soupira :

— Bon, il sortit deux billets de cinquante livres de sa botte et les jeta sur la table. Est-ce que ça fera l'affaire ?

C'était mieux que de voler de la nourriture.

— Ça marche, acquiesçai-je d'un hochement de la tête, et je croquai dans mon sandwich, apaisée.

Il termina rapidement son yaourt, puis commanda un deuxième thé. Ses yeux restaient dissimulés sous sa capuche, mais je sentis que son attention était portée sur moi par la façon dont sa tête était levée, comme s'il essayait d'en voir le plus possible sur moi, sous le niveau des yeux.

— Pourquoi caches-tu tes cheveux ? demanda-t-il de façon inattendue.

— Pourquoi, c'est important ? marmonnai-je, prise au dépourvu par sa question.

— Je suis curieux, c'est tout.

Personne ne m'avait jamais posé cette question auparavant,

mais je connaissais la réponse. Je cachais tout ce que je pouvais, y compris mes cheveux. Et bien souvent, j'aurais également souhaité pouvoir cacher tout le reste de ma personne.

Bien sûr, je ne pouvais pas le lui dire sans risquer qu'il me prenne pour une folle, comme tant de gens le pensaient.

— Ils sont trop longs, dis-je à la place, en buvant mon café. Ça me gêne. Surtout quand je travaille.

— Longs jusqu'à quel niveau ?

Il y avait quelque chose dans sa voix qui réchauffa mes joues, et je baissai mon regard vers ma tasse à café.

— Longs, répondis-je en déglutissant.

Il ne voulait pas abandonner :

— Je peux les voir ?

— Maintenant ? Ici ?

— Je n'ai jamais vu de cheveux de près avant de te rencontrer. Je n'en ai jamais touché non plus.

— Vraiment ? (Ça n'aurait pourtant pas dû me surprendre. Les gorgones n'avaient pas de cheveux. Juste des *senties*, quoique ce fût exactement.) Eh bien...

Je jetai un coup d'œil autour de moi pour m'assurer que personne ne nous regardait. Les quelques rares clients attablés au café étaient occupés avec leurs téléphones ou par une conversation.

— D'accord, dis-je en tirant sur ma tresse, pour la faire sortir de mon écharpe et mon sweat à capuche. Quand ils sont nattés, ils arrivent un peu plus haut que ma taille. Sans tresse... eh bien, je ne sais pas, je n'ai jamais lâché mes cheveux.

— Puis-je ? demanda-t-il en se penchant sur la table pour prendre le bout.

Il tira d'un coup sec sur l'élastique et libéra une bonne partie de ma tresse. Naturellement ondulés, mes cheveux bruns gardèrent la forme bouclée de la natte que j'avais faite lorsqu'ils étaient encore humides après la douche de la veille.

Il passa ses longs doigts entre les mèches :

— C'est beaucoup plus doux que la crinière d'un cheval.

Cette remarque me fit sourire.

— Je l'espère bien. Est-ce que ça te semble bizarre ?

C'était totalement nouveau pour lui, après tout.

— Ça chatouille... Et c'est plutôt excitant.

Il saisit l'extrémité de mes cheveux dans son poing et le fit tourner, enroulant ainsi la tresse autour de son avant-bras. Puis il tira dessus pour rapprocher mon visage du sien.

— Kyllen, soufflai-je contre ses lèvres.

— J'adore ça, dit-il dans un murmure rauque.

J'inclinai un peu ma tête, ce qui augmenta la pression sur mes racines. Mon cuir chevelu me picota et chauffa légèrement. C'était étrangement... excitant, comme il l'avait dit.

— Tu aimes ça ? murmura-t-il, comme si nous étions seuls dans la salle. Tu aimes quand je joue avec tes cheveux ?

Il bougea son bras, pour me faire tourner la tête dans le sens qui lui convenait.

C'était bizarre d'être complètement à sa merci comme ça, comme une marionnette au bout d'une ficelle. Mais en même temps, je sentais que je maîtrisais ma vie comme jamais auparavant. J'avais passé ma vie à subir la volonté des autres, sans avoir mon mot à dire sur ce qui m'arrivait. Avec Kyllen, c'était différent. Je savais que, quoi qu'il fît, il avait à cœur mes pensées et mes sentiments.

— Lâche-moi, dis-je doucement, juste pour voir s'il le ferait.

Il desserra son poing et libéra mes cheveux. Ma tresse en désordre se déroula autour de son bras et tomba sur la table.

— Je t'ai fait peur ? demanda-t-il avec un sourire plein d'assurance. Dans le bon sens, j'espère.

Y avait-il une bonne façon d'avoir peur ?

Il semblerait que oui, mais seulement parce que je lui faisais confiance. La sensation agréable des petits picotements sur mon cuir chevelu se propagea à mon cou et mes bras en plusieurs vagues de plaisir.

Il joua avec les extrémités de mes cheveux sur la table entre nous. Je regardai ses doigts habiles les tresser rapidement en une nouvelle natte soignée.

— Pour quelqu'un qui n'a jamais vu ni touché de cheveux, tu es plutôt doué pour les tresser.

— Je suis habile dans beaucoup de domaines, se vanta-t-il, sans modestie. Ce n'est qu'une des nombreuses façons de faire une corde. (Il enfila l'élastique pour fixer les extrémités, puis agita la tresse en l'air entre nous pour montrer son travail.) Tu vois ?

— Merci, répondis-je en glissant le bout d'un doigt le long de ses articulations.

Le motif sombre du maillage sur celles-ci avait presque disparu. Seules quelques traces étaient encore visibles lorsqu'il orientait sa main vers la lumière sous un certain angle.

— Ta peau paraît plus douce, remarquai-je.

— Mmm, répondit-il pour approuver, le bain d'hier soir m'a fait du bien. Peu importe combien de fois je me désaltère, l'air est trop sec dans ce monde pour me maintenir correctement hydraté. Faire trempette dans la baignoire m'a permis de boire suffisamment pour une fois.

— *Boire* ? Tu veux dire que tu as bu l'eau du bain ?

Il rit de ma stupéfaction :

— Oui, par ma peau, qui absorbe aussi l'humidité ambiante. Elle l'aspire comme une éponge, ce qui rend la peau souple et douce. (Il caressa mes doigts avec les siens.) Cela permet une bien meilleure perception tactile aussi.

— C'est vrai ? soufflai-je, hypnotisée par sa caresse.

— Pour nous, le toucher est encore plus important que la vue, dit-il en enroulant ses doigts autour de ma main, et il la pressa doucement. Mes mains peuvent souvent m'en dire plus que mes yeux.

— Comment ? Que peux-tu dire seulement en me touchant ?

— Maintenant ? Je peux dire que tu as froid. (Il porta ma main à ses lèvres pour un baiser rapide.) Ce qui n'est pas du tout surprenant. Il fait froid ici, même à l'intérieur.

— Très bien. (Je retirai ma main et remis ma tresse dans mon sweat à capuche.) Allons te chercher des vêtements chauds. Je ne peux pas supporter de te voir aussi misérable.

Vingt-Trois

AMIRA

Après un long moment dans un magasin de vêtements pour hommes, à la recherche du bon pull en cachemire et du bon manteau en laine qui conviendraient à Kyllen. Il finit par trouver ce qui lui plaisait, un pull vert olive doux comme un nuage et un long manteau marron clair. Puis il m'entraîna dans une boutique pour femmes à proximité.

J'attrapai le premier de couleur noire et simple que je trouvai, prête à partir, mais Kyllen ne l'entendait pas de cette oreille.

— Je n'ai besoin de rien d'autre, dis-je d'un ton soutenu. J'aurai assez chaud avec ça.

— Tu n'as peut-être *besoin* de rien d'autre, mais y a-t-il quelque chose que tu *veux* ?

— Quelque chose que je veux ? (Je jetai un coup d'œil hésitant dans la boutique. Des étoffes douces, des ornements chatoyants, de tendres couleurs pastel, tellement de choses désirables.) Quel intérêt, Kyllen ? Je ne peux rien emporter avec moi de tout cela.

Il posa ses mains sur ses hanches.

— À moins que tu ne prévoies de traverser la Rivière des Brumes toute nue, ce à quoi je ne m'opposerais d'ailleurs pas, tu devras bien porter quelque chose. Pourquoi pas des vêtements que tu aimes et que tu choisirais toi-même ? (Il désigna d'un geste discret ma tenue ample.) Quelque chose qui te va mieux que ça.

Je lançai un regard critique à mon reflet dans le miroir situé entre deux allées. Une personne maigre, dont il était difficile de savoir s'il s'agissait d'un homme ou d'une femme, engoncée dans un tas informe de coton noir et gris, me fixait.

— Bien. Je pense que je peux changer de style, concédai-je.

— Splendide ! s'exclama Kyllen, dont les lèvres dessinèrent un sourire satisfait. (Il se rapprocha ensuite de moi pour me chuchoter à l'oreille, pour que je sois la seule à entendre.) N'oublie pas que nous avons beaucoup de papier-monnaie qui ne servira à rien en dehors de ce monde. Vas-y, mon cher petit pois, trouve quelque chose que tu aimes.

Il me fit un signe de la main, me laissant aux soins de la vendeuse très enthousiaste.

Faire du shopping n'avait pas été facile pour moi. À part les soutiens-gorge et les culottes, je n'avais jamais acheté de vêtements auparavant. Je n'avais aucune idée du « type de corps » que j'avais, de ce qu'était mon « style » ou ma « palette de couleurs » préférée et toutes ces choses déroutantes que les vendeurs ne cessaient de me demander. Je ne savais même pas quelle était ma taille. Nous l'avons découvert après plusieurs essais et échecs.

Quand on réussit enfin à me trouver une tenue, j'étais essouf-flée et épuisée.

Mes nouveaux vêtements consistaient en un pantalon de velours noir et un pull. Le pantalon faisait habillé, pour les grandes occasions, mais il était si doux et confortable que je pouvais le porter toute la journée, quotidiennement. Il était en cachemire, de la même couleur vert olive que celui de Kyllen.

Je sortis de la cabine d'essayage et tournoyai devant Kyllen, qui était installé dans un fauteuil :

— Qu'est-ce que tu en penses ?

Il releva la tête et me scruta de bas en haut, depuis mes vieilles et confortables chaussures de course, que j'avais refusé de changer, jusqu'à ma poitrine. Avec le bord de sa capuche qui cachait ses yeux, il ne pouvait pas voir plus haut que mon menton.

— Que dis-tu de ça ? demanda-t-il en soulevant une large bande de tissu rose-écarlate qui recouvrait son genou.

La vendeuse hocha la tête d'un air approbateur :

— Oh, cette écharpe est un pashmina. Il est si beau.

— Tu veux que je change d'écharpe ? dis-je en serrant mes mains dans le tissu gris familier enroulé autour de mon cou.

Elle était assez neuve. Je la portais depuis quelques mois et seulement parce que la noire que j'avais avant était devenue si vieille et miteuse qu'elle ressemblait à une corde lorsqu'elle était enroulée autour de mon cou.

Après avoir posé le pashmina rose sur une épaule, Kyllen se leva du fauteuil et se dirigea vers moi.

— Tout ce que je veux, c'est que tu essaies, et voir si ça *te* plaît. (Il plaça ses mains sur mes épaules, me fit reculer dans la cabine d'essayage, puis me retourna face au miroir.) Puis-je ?

Il prit l'extrémité de mon écharpe grise entre ses doigts, avec l'intention manifeste de l'enlever et de libérer mon cou.

J'enfonçai ma tête entre mes épaules.

Il ne bougea pas, mais attendit patiemment ma permission.

La dernière fois qu'on m'avait enlevé mes vêtements, c'était lorsque les *bracks* nous avaient fouettés Radax et moi. L'impuissance, la honte et la peur que j'avais ressenties alors m'envahirent à nouveau. Mon cœur s'emballa, et mes mains devinrent moites.

— Je... balbutiai-je lentement dans une grande inspiration.

— Là, là, répondit-il d'une voix qui était comme le bruit de la brise dans les hautes herbes, apaisante et réconfortante, et ses lèvres effleurèrent délicatement le contour de mon oreille. C'est moi, Amira. Je ne te ferai pas de mal. Je ne ferai jamais rien à moins que tu ne me laisses faire.

Kyllen préférait parcourir ce monde à moitié recouvert par sa capuche plutôt que de risquer de me faire du mal. Ce n'était pas un *brack*.

— OK, Kyllen, dis-je en lui donnant ma permission.

Lentement, comme s'il me laissait une chance de l'arrêter à tout moment, il dénoua mon vieux foulard gris de mon cou et le jeta sur le sol. Mais au lieu de le remplacer par le rose, il glissa doucement ses doigts sur mon cou.

L'air frais rencontra ma peau découverte, d'une caresse légère comme un frôlement d'ailes de libellule.

— Mmm, gémit-il en enfouissant son nez entre mon cou et mon épaule. J'aime cet endroit, murmura-t-il contre ma peau, en inspirant profondément. C'est là que ton odeur est la plus forte. C'est comme si je pouvais te goûter.

Le tissu de sa capuche bougea en même temps que quelque chose tressaillait en dessous.

Une idée folle me traversa la poitrine, avec un sentiment d'impatience et d'excitation. Madame avait utilisé un miroir pour le regarder. J'étais face à un miroir qui courait du sol au plafond, et lui qui se tenait juste derrière moi.

— Kyllen, est-ce que je peux voir tes yeux ? (J'avais rêvé de lui. Dans mes rêves, ses yeux étaient parfois noirs et vides, comme deux trous au fond d'un abîme. D'autres fois, ils brillaient incroyablement telles des étoiles.) Je peux te regarder dans le miroir en toute sécurité, n'est-ce pas ?

Je voulais voir son visage, ne serait-ce qu'une fois.

Il releva la tête d'un coup sec. Un sourire fit frémir ses lèvres, comme s'il venait juste d'y songer lui aussi.

— Oui, c'est sans danger.

— Vas-y s'il te plaît, dis-je en retenant mon souffle.

Il posa la main sur sa capuche, puis la repoussa légèrement, jusqu'au milieu de son front.

Ses yeux rencontrèrent les miens dans le miroir, et mon cœur s'arrêta net.

Ils n'étaient pas noirs comme les abysses ou blancs et étincelants tels les astres. Ils étaient dorés, d'une profondeur et d'une brillance comparables à celles des étoiles. Une fine pupille verticale coupait l'iris en son centre. Il n'avait ni cils ni sourcils, mais la couleur bronzée de sa peau s'épaississait et prenait une teinte vertnoir le long de ses arcades sourcilières, avec le motif en losange à peine perceptible comme sur ses mains.

Du noir bordait également ses paupières et s'étendait au-delà du coin de l'œil comme un trait d'eye-liner ailé. Il était à la fois élégant et masculin. Si beau qu'il me faisait penser aux anciennes peintures égyptiennes.

Sa peau semblait briller le long de ses pommettes pointues, sur l'arête droite de son nez et sur la saillie fière de son menton puissant.

Je me souvins du halo lumineux qui enveloppait Zeph, l'homme-sirène, lorsqu'il était enfermé dans le réservoir d'eau de Madame. Ou la faible lueur qui avait émané de Lero, le loup-garou, au moment où il avait quitté sa forme animale. La magie des fae leur donnait une beauté éthérée.

— Tes yeux sont de la même couleur que tes cheveux, dit-il doucement, et je m'aperçus que Kyllen m'avait également étudiée.

J'essayai de me voir à travers ses yeux. Il n'y avait rien de magique dans mon expression fatiguée. Ma peau semblait terne en comparaison. À défaut d'être éclatante, j'avais des cernes.

— Oui, soufflai-je. Ce n'est pas très varié.

— C'est très beau. Et si... inhabituel, ajouta-t-il.

Il glissa une main sur mon visage et se pencha pour déposer un baiser sur ma tempe.

Une boucle épaisse s'échappa de sa capuche. Elle pendait devant son visage, et dépassait son menton. Puis elle se déploya en s'étirant jusqu'à sa poitrine.

Je restai bouche bée, les yeux grands ouverts, alors que la pointe en forme de diamant de « la boucle » se soulevait. Je pris une grande inspiration tremblotante et je vis une paire d'yeux dorés me fixer dans le miroir.

Un serpent !

Brun clair sur le ventre, un motif vert foncé ornait son dos, avec un reflet doré qui courait tout le long. Il glissa furtivement sa langue fendue hors de sa gueule, en se tournant vers mon cou dénudé.

Je me raidis et levai une épaule pour protéger mon cou.

— Désolé, dit Kyllen en voyant mon expression horrifiée dans le miroir. J'ai tendance à perdre le contrôle en ta présence.

Le serpent disparut immédiatement sous sa capuche, comme si quelqu'un l'avait tiré par la queue.

— Est-ce que c'était...

— Une de mes *senties*. Ça t'a fait peur ? Bouleversée ? Ça t'a repoussée, peut-être ? demanda-t-il prudemment. Les fae n'apprécient pas tous l'apparence des gorgones.

Je m'entendais bien avec les serpents-oiseaux de Nérifir à la ménagerie. Ils mesuraient un mètre ou deux, étaient couverts de plumes et pouvaient voler. Les serpents terrestres, cependant, n'étaient pas mes animaux préférés. Une fois, j'avais dormi plusieurs nuits d'affilée sur le toit d'une remorque parce que les *bracks* avaient attrapé un serpent à sonnette dans l'une des tentes.

Mais ce n'était pas un serpent, n'est-ce pas ? C'était une partie de Kyllen... en quelque sorte.

Je déglutis difficilement et réussis à sourire :

— Ça m'a surprise. C'est tout.

Je m'approchai de lui et pris sa joue dans ma main. Ses paupières se baissèrent. Un sourire tendre se dessina sur ses lèvres alors qu'il se laissait aller à ma caresse.

— Je peux le revoir, s'il te plaît ? (Je lâchai son visage et écartai mes doigts.) Tu peux me toucher avec.

— Tu en es sûre ?

— Oui. Si c'est une partie de toi, elle ne me fera aucun mal, répondis-je en le croyant sincèrement.

— Tant que tu ne le regardes pas dans les yeux, me rappela-t-il.

— Je ne le ferai pas.

Et je gardai les yeux sur son reflet dans le miroir.

La petite tête en forme de diamant pointa timidement hors de sa capuche.

— Allez, petit, l'amadouai-je, en remuant mes doigts, n'aie pas peur.

Kyllen pouffa de rire :

— Tu réalises que tu parles à une partie de mon corps, hein ? C'est comme si je parlais à ton doigt.

— Il n'a pas de cerveau à lui ?

— Bien sûr que non. Pourquoi aurais-je besoin que mes appendices sensitifs aient un cerveau ? gloussa-t-il.

— Mais ils ont bien des yeux, répliquai-je en montrant du doigt les deux perles dorées qui scintillaient de chaque côté de la « tête ».

— Qui sont connectés à mon cerveau. Je suis celui qui possède cinquante yeux, tu te souviens ?

— Elles n'ont pas de langue, non plus ? Je crois avoir vu quelque chose.

— Si, elles en ont une. (Le mince ruban d'une langue fourchue jaillit de la bouche ouverte à l'extrémité de la « tête ».) Elles ont des bouches, aussi. Mais c'est moi qui les fais s'ouvrir. Tu vois ?

Le petit orifice s'ouvrit en grand.

— Il n'y a pas de dents, notai-je.

— Non. Elles ne mangent pas.

Je constatai qu'il n'y avait pas non plus de gorge au fond. À la place, les parties supérieure et inférieure fusionnaient à l'intérieur comme la bouche d'une marionnette, avec la langue qui pointait au milieu.

— Pourquoi ont-elles besoin d'une langue ? demandai-je, fascinée par cette partie de son anatomie.

— Les *senties* sont des capteurs. Comme les doigts, elles peuvent toucher les choses.

La petite tête se rapprocha de ma joue, effleura ma peau, puis glissa doucement jusqu'à mon cou.

— La langue est encore plus sensible. Avec elle, je peux percevoir les odeurs. (La langue se déploya et s'enroula comme un ressort autour de ma peau.) Je peux goûter les choses, ajouta-t-il, et le bout fourchu de la langue toucha mon cou.

Le torse de Kyllen se bomba derrière moi. Un gémissement sourd vibra au fond de lui. Il pencha la tête en arrière, en fermant à moitié les yeux, comme s'il savourait une gorgée de bon vin.

— Je rêvais de te goûter, mon doux petit pois, dit-il, et il appuya son front sur ma tempe.

D'autres petits coups de langue surgirent de partout. Les *senties* s'étaient échappées de la capuche pour s'enrouler autour de mon cou, puis elles se glissèrent sous l'encolure de mon pull et s'enfoncèrent dans mes cheveux pour se frotter à mon crâne.

C'était comme être touché par vingt-quatre doigts doux et insolents. Je sentis l'une d'entre elles se faufiler dans mon soutien-gorge et je levai la main pour la repousser, mais j'interrompis mon geste. Je pouvais toujours l'arrêter plus tard. Mais que se passerait-il si je laissais faire juste un peu plus longtemps ?

Jusqu'où pouvait aller cette sensation de picotement sur ma peau ?

Jusqu'où pouvait aller la chaleur dans mon bas-ventre ?

Que se passerait-il quand je ne pourrais plus résister aux caresses ?

Et si j'en voulais plus ?

Une femme se racla la gorge derrière nous :

— Excusez-moi, mais allez-vous acheter un de ces vêtements ?

La voix de la vendeuse m'arracha du rêve tiède et frémissant dans lequel les caresses de Kyllen m'avaient plongée.

Il tituba légèrement, comme s'il sortait d'une transe lui aussi. Il rabattit sa capuche et se tourna vers la femme :

— Nous les prenons tous.

— Et le pashmina ? voulut-elle savoir.

Il retira l'écharpe rose de son épaule et la drapa doucement autour de mon cou :

— Qu'est-ce que tu en penses ?

On aurait dit un baiser sur ma peau. J'enfonçai mes mains dans l'écharpe, pour me blottir dans la matière, qui était aussi douce que pouvait l'être un nuage selon moi. Je fermai les yeux et gémis de plaisir.

— Oui, dit Kyllen à la femme. Nous prenons aussi l'écharpe.

J'abandonnai mes vieux vêtements au magasin, laissant la vendeuse en disposer comme bon lui semblait. La seule chose que je souhaitais garder de mon ancienne vie était la barrette en forme de libellule que Kyllen avait fabriquée pour moi. Je l'accrochai dans mes cheveux, juste au-dessus de mon oreille droite.

En quittant la boutique, j'enfouis mon visage dans ma nouvelle écharpe et jetai un regard furtif à Kyllen.

Dans son manteau, il ressemblait presque à un homme ordinaire maintenant. Plus grand que la moyenne et plus large d'épaules, il marchait avec une assurance que peu de gens pouvaient maîtriser, mais il ne donnait plus l'impression d'être un visiteur sorti tout droit d'un royaume magique.

Je remarquai que les gens ne jetaient plus de regards curieux vers moi non plus. Maintenant, nous nous fondions tous les deux beaucoup mieux dans la masse. Même la capuche de Kyllen n'était pas trop différente des nombreuses autres capuches sur les sweat-shirts et les vestes et remontées sur la tête des gens contre le vent.

Kyllen fourra ses mains dans ses poches, et je glissai mon bras sous le sien.

— Tu ne m'as pas dit si ma nouvelle tenue te plaisait, lui demandai-je avec un coup de coude.

— Est-ce que tu l'aimes, *toi* ?

Je blottis mon menton dans ma nouvelle écharpe :

— Je l'adore.

— Alors je l'aime aussi, dit-il en souriant.

— C'est tout ? Ça te fait plaisir si c'est le cas pour moi ?

Il ralentit le rythme de ses pas :

— Mon doux petit pois, je t'aimais bien dans ces affreuses choses que tu portais avant, et je t'accepterai même habillée d'un sac en toile de jute. Peu m'importe ce que tu mets, du moment que tu es heureuse. (Il pencha la tête.) Est-ce que le fait de porter les vêtements des *bracks* te rendait heureuse ?

Je fronçai les sourcils. Tant de souvenirs étaient liés à ces vieux vêtements, mais il ne valait guère la peine de s'en souvenir.

Il hocha la tête :

— Je me le disais bien.

Vingt-Quatre

AMIRA

Monter à bord du train s'était avéré plus facile que je ne le pensais. Après le déjeuner, nous avions acheté les billets, puis nous nous étions faufilés dans un wagon en début de soirée, en évitant la douane. Kyllen avait utilisé sa magie, et il avait suffi que quelques portes s'ouvrent au bon moment alors qu'elles étaient censées être verrouillées, et que quelques tourniquets se déplacent dans la direction opposée à celle prévue.

Une fois dans le train, je m'étais laissée tomber dans mon siège à côté du sien, épuisée.

— Fatiguée ? me demanda Kyllen, qui avait deviné mon état. Viens ici. (Il passa son bras autour de moi et ramena ma tête contre son épaule.) Nous avons deux heures à tirer, enfermés dans ce tube ambulant. Tu devrais faire une sieste.

En apparence, la journée avait été plutôt relaxante. Nous avions pris le petit déjeuner, fait des courses, puis déjeuné, et embarqué dans le train le soir.

Mais en réalité, j'étais dans les bras d'un homme qui avait tué quatre personnes ce matin-là, simplement en les regardant.

Dans un sens, Kyllen était encore plus dangereux que Madame.

Il avait des serpents qui se dressaient sur sa tête. J'aurais dû songer à m'éloigner de lui. Au lieu de ça, je me blottissais contre lui. Être à côté de Kyllen me détendait. Je me sentais en sécurité. Sa voix me réconfortait. Quant aux « serpents... », leur contact m'excitait, au lieu de me répugner ou de me terrifier.

Je n'avais jamais passé autant de temps avec quelqu'un. Je n'avais jamais eu d'ami avec qui aller prendre un petit déjeuner ou faire du shopping. Ces choses, que les gens faisaient tout le temps et qu'ils considéraient comme acquises, étaient des expériences nouvelles et excitantes pour moi. Et le fait de les vivre toutes en même temps, comme aujourd'hui, m'avait épuisée.

— Mais nous allons voyager sous l'eau, marmonnai-je en luttant pour garder les yeux ouverts. Je ne veux pas manquer ça.

— D'après ce que j'ai compris, dit-il. Ce ne sera qu'un long tunnel obscur. Tu ne rateras pas grand-chose.

Je ne sus jamais s'il disait vrai. Je m'étais assoupie en quelques minutes et j'avais dormi jusqu'à la fin de notre voyage.

À notre descente du train, il faisait déjà nuit.

— Nous devrions aller à l'hôtel, nous reposer un peu, et chercher le portail après-demain, suggéra Kyllen. Ou bien préfères-tu plutôt chercher la maison de Lero ? Est-ce que ça le dérangerait que nous passions la nuit chez lui ?

Nous avions quitté la gare, et je me retrouvai dans la rue d'une autre ville inconnue. Et cette fois-ci, j'étais également entourée de personnes dont je ne comprenais pas la langue.

J'étais agitée, je me sentais comme suspendue en transit alors que la destination était déjà presque en vue. Je ne pensais pas que Lero nous en voudrait de passer la nuit chez lui, mais je voulais continuer à avancer.

— Nous devons aller au parc, répondis-je. Lero a dit que le portail s'ouvrait vers trois heures tous les matins. Il n'est que dix heures et demie. Nous pourrons le franchir à sa prochaine apparition, dans quatre heures et demie.

Au moment où le soleil se lèverait, je serais déjà dans un endroit qui deviendrait ma maison pour toujours. J'allais peut-être enfin trouver ma place quelque part.

— C'est ce que tu veux ? demanda Kyllen. Faire la traversée cette nuit ?

Je répondis d'un signe de la tête. La décision de partir avait été difficile à prendre. Et une fois prise, je ne voulais plus traîner.

Il se tourna vers moi, et posa ses mains sur mes épaules :

— Je veux que tu y penses très fort, Amira, une dernière fois. (Je ne pouvais pas voir ses yeux, mais l'intensité de sa voix était sans équivoque.) Après cela, il n'y a pas de retour en arrière possible. Tu ne pourras jamais revenir.

— Je sais.

— Tu ne reverras jamais Radax, ajouta-t-il d'une voix plus douce. Il ne saura jamais ce qui t'est arrivé.

À ces propos, mon cœur se serra douloureusement.

Quitter Radax n'avait pas été facile. En m'amenant à la ménagerie, il avait endossé le rôle qu'un *brack* n'était pas censé assumer : s'occuper d'un enfant. Et il s'en était bien tiré. Il m'avait tout appris. Il avait été mon soutien, mon réconfort, mon refuge pendant des années.

Mais cela lui avait coûté beaucoup. Sa vie aurait été tellement plus simple sans moi.

Quand je l'avais serré dans mes bras la dernière fois, j'avais eu l'impression qu'un morceau de mon cœur s'était détaché. Je savais que je ne le retrouverais jamais, mais j'étais soulagée à l'idée que Radax avait gagné un peu de liberté, lui aussi. Il n'avait désormais plus aucune responsabilité vis-à-vis de moi. Madame ne pouvait plus se servir de moi contre lui et nous manipuler tous les deux.

Elle n'avait aucune raison de le suspecter de m'avoir aidée à m'échapper. Il avait refusé de me dire quoi que ce soit sur le portail. Même si elle avait sondé son cerveau, elle n'y aurait trouvé rien d'autre. Il ne savait rien de mes plans. Et comme si cela ne suffisait pas, je l'avais tué...

La douleur dans mon cœur devint insupportable et inonda mes yeux de larmes.

J'étouffai un sanglot et stabilisai ma respiration avant de répondre.

— Radax est bien mieux sans moi. Il est immortel. Je ne suis qu'une petite tache sur le chemin sans fin de son existence. Il m'oubliera bien assez tôt.

Kyllen garda le silence, les mains sur mes épaules, ses pouces massant mes muscles à travers le manteau. Peut-être voulait-il simplement me laisser le temps d'écouter mon cœur avant de prendre ma décision finale, c'était tellement nouveau pour moi d'être maître de ma vie. Ou alors songeait-il peut-être à ce que cela signifiait pour lui aussi.

De toute façon, la vie comme nous la connaissions tous les deux avait disparu. Personne ne pouvait nous dire ce qui nous attendait de l'autre côté de la Rivière des Brumes.

Kyllen retira ses mains de mes épaules :

— Allons-y, alors. Nous aurons le temps de dîner, puis je trouverai quelqu'un pour nous emmener au *Parc des Brouillards*.

Nous étions dans une rue très fréquentée. Malgré l'heure tardive, un flot continu de piétons se pressait devant nous. La vie palpitait tout autour, et il était difficile d'imaginer que nous n'en ferions plus partie dans quelques heures.

Le temps de trouver un endroit où dîner, il était déjà minuit passé. Et une fois dans un taxi, le chauffeur refusa de nous conduire jusqu'au *Parc des Brouillards*.

— C'est trop loin, dit-il dans un anglais très prononcé. Il vaut mieux prendre le train demain matin.

— Mais nous devons partir maintenant, implorai-je.

— Combien ? demanda Kyllen calmement. Combien vous faudrait-il pour nous y conduire, maintenant ?

L'homme loucha sur Kyllen à travers le rétroviseur et annonça une somme qui me donna le vertige.

— Bien. (Kyllen prit une poignée de billets de la liasse qu'il rangeait dans sa botte.) Voilà. (Il remit le tout au chauffeur.) Emmenez-nous. Maintenant.

Le chauffeur regarda l'argent, clairement confus :

— Mais ce sont des livres britanniques, ce n'est pas de l'euro.

— La livre n'a-t-elle pas plus de valeur que l'euro ?

Je n'étais pas vraiment sûre moi-même. Je n'avais pas encore eu l'occasion de me pencher sur la question et je n'aurais probablement jamais plus l'occasion de le faire.

— Voilà, dit Kyllen en lançant quelques billets de plus dans sa direction.

Je jetai un regard prudent dans sa direction. Bien sûr, nous n'aurions plus besoin de cet argent là où nous allions, mais je craignais que le chauffeur ne se méfie de Kyllen avec sa façon de jeter des billets comme des papiers de bonbons.

Heureusement, toute cette pluie d'argent réussit à le convaincre de nous emmener. Après un long, mais beau trajet à travers les paysages nocturnes de la ville de Paris, puis de sa banlieue, nous arrivâmes au parc.

— C'est fermé au public à cette heure-ci, nous avertit le chauffeur alors que nous sortions de son véhicule.

Il attendit un instant, peut-être pour voir si nous allions changer d'avis après avoir constaté de visu que l'endroit était fermé. Kyllen lui fit signe de partir, et le taxi s'éloigna.

Nous étions tous les deux debout devant la porte en fer forgé encastrée entre deux colonnes de pierre. Aussi loin que mes yeux pouvaient voir dans l'obscurité, la clôture en fer s'étendait dans les deux sens à partir du portail. Lero m'avait signalé que le *Parc des Brouillards* était une propriété privée. Les propriétaires tenaient manifestement à leur intimité, même s'ils laissaient l'endroit ouvert aux visiteurs durant la journée.

Je me souvins de la dernière heure indiquée sur l'horloge du tableau de bord dans le taxi :

— Il nous reste moins de vingt minutes avant l'ouverture du portail.

— C'est court. (Kyllen se dirigea vers la clôture à droite du portail.) Il faut trouver l'étang. Est-ce que tu peux escalader ça ? Viens, je vais te donner un coup de pouce.

Il appuya son pied sur les fondations en pierre et je grimpai sur son genou, puis sur le grillage, en essayant prudemment de ne pas m'empaler sur les extrémités pointues des poteaux métalliques. Une fois de l'autre côté, Kyllen franchit facilement la clôture pour me rejoindre.

Nous marchâmes rapidement le long d'un chemin de pierre entre des haies soigneusement taillées recouvertes de neige. L'air vif de l'hiver sentait bon. Je tentai de garder en mémoire les odeurs de mon monde, mais ces senteurs m'étaient étrangères.

Les odeurs qui resteraient toujours liées à ce monde étaient celles des murs de toile poussiéreux, des enclos des animaux et de l'air vicié à l'intérieur des camions et des wagons de train qui étaient toujours trop froids ou trop chauds pour voyager.

— Là-bas, dit Kyllen en pointant du doigt devant lui après un petit moment.

La lumière de la lune couchante se reflétait au loin à la surface de l'eau.

— C'est un très grand étang.

J'avais imaginé quelque chose de beaucoup plus petit et de moins froid que la grande étendue d'eau devant moi. Ça ressemblait plutôt à un lac.

Sur un quai en bois, un panneau écrit en français et en anglais proposait la location de pédalos et de paddles, mais aucune embarcation n'était en vue. Ils avaient dû être rangés pour l'hiver. Il ne faisait pas assez froid pour que l'eau gèle. Une mince couche de glace s'était formée le long de la rive au cours de la nuit. Elle allait sûrement fondre au matin.

Un sifflement inattendu fendit l'air. Quelqu'un avait crié en français.

Deux personnes couraient vers nous depuis le petit bâtiment au bord du lac. Un homme et une femme, tous deux en uniformes noirs.

Kyllen se tourna vers moi.

— Ça doit être la sécurité, fut la seule explication qui me vint à l'esprit.

Je scrutai rapidement la surface de l'étang. Il n'y avait pas le moindre signe de présence d'un portail. Kyllen avait peut-être eu raison de se méfier, et Lero avait dû mentir. Mais je n'étais pas disposée à abandonner.

— Est-ce que tu peux les arrêter ? demandai-je à Kyllen, en montrant d'un geste les gardes qui approchaient rapidement.

Il porta la main à sa capuche.

— Non ! m'exclamai-je en attrapant son bras. Pas comme ça.

L'horreur vibra en moi. Mes mains tremblèrent. Je ne pouvais pas le laisser faire. Je ne pouvais pas regarder d'autres personnes mourir. Rourke et son gang méritaient peut-être ce qu'il leur avait fait, mais ces vigiles n'étaient que des gens ordinaires qui faisaient leur travail.

— Tu ne pourrais pas juste... les frapper, ou faire un truc du genre ? demandai-je. Ils auront mal, mais au moins ils resteront en vie.

Il recula devant moi, apparemment consterné.

— Tu me demandes de frapper une femme ? Pour qui me prends-tu ?

— Tu étais sur le point de la tuer ! lui rappelai-je.

Il secoua la tête.

— C'est différent.

— En quoi la frapper est-il pire que de la transformer en pierre ?

Une certaine contrariété m'envahit.

Les cris étaient de plus en plus forts. Les gardes se rapprochaient.

— Bon, dis-je en me débarrassant de mon manteau. Si tu insistes pour jouer au gentleman, alors on ferait mieux de courir.

Je tournai sur mes talons et m'éloignai des vigiles. Kyllen me rejoignit facilement, en enlevant lui aussi son manteau en chemin. Nous sprintâmes le long de la rive. Mais les sifflements et les cris des gardes se faisaient toujours plus proches. Les gardes nous rattrapaient.

Je courus plus vite, en m'aidant de mes bras.

— Amira, regarde ! s'écria Kyllen en montrant l'étang.

Un petit nuage de brume s'élevait au-dessus du trajet du clair de lune qui se reflétait à la surface. On aurait pu croire qu'il ne s'agissait que d'une évaporation au-dessus de l'eau, de la buée s'élevant dans l'air frais, s'il n'y avait pas eu au cœur de ce nuage une petite pointe de couleur rose.

— Oh, mon Dieu ! Le passage existe vraiment ! m'écriai-je, tout en manquant de trébucher. Le portail est bien réel, Kyllen !

Il n'y avait aucune autre raison pour que la couleur rose apparaisse. La nuit était encore épaisse avec un clair de lune bleu-argenté et pas le moindre soupçon de lever de soleil.

Cela devait être la brume de la rivière magique qui reliait les mondes. Forcément.

La vigile attrapa le bout de mon écharpe. Elle me tira en arrière en criant en français.

— Non ! hurlai-je, en me tortillant afin d'enlever mon écharpe et je l'abandonnai entre ses mains.

J'étais si proche. Rien ne pouvait m'arrêter maintenant.

— Cours ! me lança Kyllen en quittant le chemin pour rejoindre l'étang, pour m'entraîner avec lui.

La glace craqua sous nos pieds. L'eau gelée s'engouffra dans mes chaussures. Mon souffle se coupa, ma peau s'engourdit. J'inspirai en haletant l'air froid qui envahit mes poumons.

Le froid. Partout. Et le portail était encore loin.

— Tu sais nager ? demanda Kyllen en me tirant par le bras.

Je secouai la tête, en prenant des inspirations courtes et superficielles alors que l'eau glacée montait de plus en plus haut sur mes jambes à chaque pas que nous faisions.

Les gardes, abasourdis, restèrent sur la terre ferme, criant encore plus et soufflant dans leurs sifflets. Ils n'avaient manifestement aucune idée de ce qui se passait et allaient probablement

signaler que deux personnes s'étaient noyées dans l'étang le lendemain matin.

Rien de tout cela ne me touchait plus. Il n'y avait que la nuit
noire et l'eau glacée, noire comme de l'encre.

Les os de mes jambes me faisaient mal, comme s'ils s'étaient
congelés.

— Accroche-toi à mes épaules, ordonna Kyllen. Quoi qu'il
arrive, ne me lâche pas.

Je pouvais à peine entendre sa voix à cause du claquement de
mes dents. Mais je hochai la tête. Il me tourna le dos. J'enroulai
alors mes bras autour de ses épaules. Il plongea droit devant. Et
l'eau nous engloutit.

Un froid que je n'avais jamais connu auparavant s'infiltra dans
mes vêtements, ma peau, ma chair jusqu'à mes os. Il me priva de
toute capacité de mouvement. Respirer même devenait presque
impossible.

Je passai mes bras autour du cou de Kyllen et posai mon
menton sur sa nuque, tout en luttant pour garder ma tête hors de
l'eau.

Mais il arrivait à nager. Ses bras forts fendaient les ondulations
du clair de lune à la surface, à chaque mouvement.

La brume argentée nous entoura, avec sa douce teinte rosée,
et... nous nous enfonçâmes dedans. L'eau se referma sur nos têtes,
comme un sarcophage glacé. Mais il ne faisait plus noir.

La lumière traversa mes paupières fermées. Elle scintillait et
dansait comme si elle jouait dans les feuilles d'un arbre ou les
ondulations d'un étang.

Je sentis à nouveau mes muscles. Ma peau se hérissa comme
piquée par des milliers d'aiguilles.

Le courant glissait sur moi et me caressait le visage. Mais cela
ne ressemblait plus à l'eau de l'étang. C'était beaucoup plus doux,
plus tendre, plus chaud.

Et je pouvais respirer dedans.

Et puis j'ouvris les yeux.

Kyllen et moi étions suspendus dans la lueur rose et soyeuse.

Elle coulait tout autour de nous, mais son mouvement allait dans une direction. Et nous flottions dedans, emportés.

— Ferme les yeux, dit la voix de Kyllen qui dériva à travers les brumes jusqu'à moi. (Il se retourna et me prit dans ses bras.) Quoi qu'il arrive, ne me lâche pas.

Je resserrai mes bras autour de son cou.

Il m'embrassa sur la joue, puis pressa doucement mon visage contre son épaule :

— Accroche-toi à moi, Amira. Ne me lâche pas.

J'ouvris les lèvres pour répondre, mais la brume autour de nous devint subitement plus dense. Elle s'engouffra dans ma bouche et mes poumons. Je toussai, j'étouffai. Ma poitrine me brûla. Ma gorge se serra.

Les bras de Kyllen me maintenaient serrée comme dans un étau.

Je me débattais contre lui, cherchant désespérément à atteindre la surface, où qu'elle soit. J'avais besoin d'air. Je ne pouvais pas respirer.

Mais il n'y avait pas de surface. Pas de haut. Ni de fond. Juste une eau suffocante.

Mon esprit partit à la dérive, la vie s'échappait de moi avec le courant.

Vingt-Cinq

KYLLEN

La Rivière des Brumes les libéra.

Et les eaux de Lorsan les accueillirent.

Pris dans le torrent, il ne distinguait pas la surface du fond. Tout en tenant Amira serrée dans ses bras, il tapa du pied. Ses bottes rencontrèrent quelque chose de solide. Il s'y heurta, ce qui les propulsa dans la direction opposée, qui se trouvait être celle qu'il cherchait.

Après avoir traversé la surface, il respira une bouffée d'air. Sa capuche avait été repoussée par le courant. Secoué par la panique, il pressa la tête d'Amira contre son épaule pour qu'elle garde les yeux fermés.

Elle avait cessé de résister à son étreinte depuis un moment. Son corps s'était relâché dans ses bras.

La panique l'envahit. Avait-il tué sa sauveuse en l'entraînant entre les mondes ?

Une langue de terre se profilait devant lui, l'étendue familière de couleur jaune-vert. Il se dirigea vers elle. Quand il eut pied, il chargea Amira sur son épaule et pataugea jusqu'à la terre ferme.

Chacun de ses pas la secouait. Son épaule se pressait contre sa poitrine. Lorsqu'il tomba à genoux sur le sable, elle crachait et toussait, mais elle était encore en vie. Il remercia pour cela toutes les divinités qu'il connaissait.

Il se débarrassa de son nouveau pull, sortit sa tunique de sa ceinture, puis arracha une longue bande de tissu au niveau de l'ourlet.

— Garde ça. En permanence. (Il attacha la bande autour de sa tête, au-dessus de ses yeux.) Il n'y a pas que moi de dangereux ici.

Elle lui prit la main.

— Sommes-nous à Lorsan ? Kyllen, on a réussi ?

Il prit une longue inspiration. L'air était chaud et lourd d'humidité, il emplit ses poumons des senteurs familières de lentilles d'eau dorées et de saules duveteux, de mousse humide et de champignons. Il n'avait pas besoin d'examiner de près l'endroit où ils avaient atterri pour affirmer qu'il était chez lui.

— Oui, mon doux petit pois. On a réussi.

Ils l'avaient vraiment fait.

Il déploya largement ses *senties*, afin de laisser son corps se délecter de l'air riche et nourrissant de sa terre natale. L'excitation l'envahit. Il était chez lui, et c'était grâce à elle.

Amira était assise sur la rive du fleuve, les yeux bandés, elle semblait perdue. Il se leva d'un bond et la prit dans ses bras.

— Nous sommes à Lorsan, ma petite amie humaine ! (Il lui fit faire un tour dans les airs, désireux d'entendre son rire.) Nous sommes libres !

Elle sourit enfin, en passant ses bras autour de son cou. Il ne put résister au besoin de l'embrasser et prit sa bouche avec la sienne. Elle lui rendit son baiser, timidement.

— Kyllen. (Elle pencha son visage vers lui quand il se détacha de ses lèvres.) Dis-moi où nous sommes.

— À Lorsan, ma chérie.

— Oui. Mais *dis*-moi à quoi ça ressemble. S'il te plaît.

Un pincement de regret fit tressaillir son cœur. Il souhaitait qu'elle puisse voir son pays. Pendant un moment, il envisagea d'enlever le bandeau, pour qu'elle puisse jeter un coup d'œil rapide par elle-même. Mais il écarta immédiatement cette idée.

C'était tentant. Comme ça le serait toujours. Juste un regard rapide, le plus bref des regards. Que pouvait-il se passer en une seconde ou deux ?

Mais cela pouvait lui coûter la vie. Ici, au pays des gorgones, il n'y avait pas que lui à craindre. Quelqu'un pouvait arriver à l'improviste. Et alors...

Non. Il ne valait pas la peine de risquer sa vie pour un regard. Rien ne le valait.

Elle rejeta ses épaules en arrière, en tirant sur l'encolure de son pull :

— Il fait chaud.

Il freina son excitation et l'envie de continuer à avancer. Elle avait besoin de temps pour s'adapter, et il voulait le lui donner.

Il s'assit sur le sol, puis l'attira sur ses genoux :

— C'est la saison verte actuellement. L'été.

— Est-ce qu'il y a un hiver aussi ?

Il la serra dans ses bras et posa son menton sur son épaule :

— En quelque sorte. Nous l'appelons la saison dorée. C'est quand les arbres deviennent jaunes. Des feuilles tombent. D'autres se fanent et se dispersent dans le vent, pour renaître quand la saison verte revient.

— Alors il y a des feuilles sur les arbres maintenant ? De l'herbe sur le sol ?

— Oui. L'herbe est de la plus chaude nuance de vert. Elle est haute. Elle t'arriverait à la taille si tu te levais et faisais deux pas à droite ou à gauche, le long de la rivière.

— Ça ne couvre pas tout le sol, n'est-ce pas ?

Elle s'inclina un peu pour tapoter le sable à côté de l'endroit où ils étaient assis.

— Presque entièrement, à vrai dire. Il y a juste quelques plaques de sable dénudées. Nous sommes assis sur l'une d'elles. Les hautes herbes vont jusqu'à l'eau sur presque toute la rive. Elle pousse aussi dans le ruisseau, là où il est peu profond. Ses larges brins transpercent les feuilles de lentilles d'eau dorées qui bordent le rivage. Comme beaucoup de rivières à Lorsan, celle-ci est plus large que profonde. Elle s'étend à travers la forêt, et coule entre les arbres. L'eau a pris la couleur du sable doré, elle est calme et chaude.

Elle saisit sa main :

— J'ai eu tellement peur quand on était dedans.

Il lui embrassa la tempe :

— Ça m'a fait peur, moi aussi. Parce que c'était inattendu. Mais l'eau ne représente pas en elle-même une grande menace à Lorsan.

— Quelle est la menace alors ?

— Les choses qui y vivent, pour commencer. Mais le plus dangereux, cependant, ce sont les gens qui vivent sur ces terres.

— Les gorgones ?

— Mmm, répondit-il en hochant la tête. Les fae sont des gens perfides, Amira. Tu ne peux faire confiance à personne. Je sais qu'un loup-garou a fait preuve de gentillesse sur Terre, mais cela ne veut pas dire que d'autres fae ne te feront pas de mal quand ils te croiseront. Tu dois te méfier de tout le monde.

Il devait être franc avec elle. Elle allait vivre dans ce monde dorénavant, et pratiquement à l'aveugle. Le moins qu'il pouvait faire, c'était de l'armer de connaissances.

— Eh bien, tu as été gentil avec moi toi aussi, pas uniquement Lero, rétorqua-t-elle.

— Ma gentillesse était intéressée. Tout ce que j'ai fait pour toi m'a finalement profité à moi également.

Elle resta silencieuse quelques instants, puis descendit de ses genoux pour se remettre debout :

— Merci pour l'avertissement.

— Amira ! s'exclama-t-il en se levant d'un bond, lui aussi.

Il aimait l'avoir près de lui. Il affectionnait la façon dont son corps doux et souple se glissait dans ses bras, comment elle pouvait se blottir sur ses genoux lorsqu'elle était assise ou se lover contre son torse lorsqu'elle dormait. Et malgré ses propres avertissements, il appréciait la confiance qu'elle avait en lui.

Il voulait qu'elle soit armée et bien protégée contre ce monde. Mais il détestait l'idée qu'elle s'éloigne de lui.

Il l'attrapa par-derrière, et la ramena contre lui :

— S'il y a quelqu'un en qui tu peux avoir confiance ici, c'est bien moi.

Elle fronça la bouche d'un air blasé :

— Tu viens de me dire que...

— Je sais. (Il lui caressa le bord du cou. Elle avait perdu son écharpe, et il aimait voir sa peau délicate exposée ainsi pour lui.) Mais je t'ai aussi fait une promesse, tu te souviens ?

— Les promesses ne veulent pas toujours dire grand-chose, répondit-elle en haussant l'épaule, comme si elle essayait de repousser ses caresses.

Il ne la laissa pas faire cependant, et pressa ses lèvres à la jonction de son cou et de son épaule. Oh, il aimait tellement cet endroit ! Son doux parfum se mêlait à l'odeur fraîche de la rivière.

— Pas pour les fae, murmura-t-il contre sa peau. Si nous manquons à une promesse, nous perdons la raison et peu après notre vie. C'est pourquoi je n'en fais jamais dès le début.

— Jamais ?

— Non, mon petit pois chéri. La promesse que je t'ai donnée était la première que j'ai faite. J'espère vraiment que ce sera la dernière aussi. Car elles impliquent l'énorme obligation de les tenir. Et je trouve ça ennuyeux et contraignant.

Elle ne tenta pas de le repousser à nouveau. Au lieu de cela, elle allongea ses bras devant elle, pour explorer l'espace autour d'elle. Ses doigts effleurèrent la branche d'un arbre tout proche.

— Saule duveteux, lui dit-il en lui donnant le nom de la plante.

Elle attrapa une des longues feuilles entre ses doigts fins. La feuille était vert foncé et brillante sur le dessus et vert doux argenté sur le dessous.

— Son tronc est à une dizaine de mètres sur notre droite.

(Comme elle ne pouvait pas voir, il essaya de compenser cela avec ses descriptions.) Il faudrait s'y mettre à deux pour l'enlacer, tant il est épais. Et les branches sont assez longues pour se faufiler jusqu'à l'eau.

Elle soupira :

— Merci. Ça m'aide beaucoup à savoir où je suis.

— Viens. (Il lui embrassa la joue et la libéra, lui prenant la main à la place.) Je crois que nous avons eu la chance d'atterrir sur le domaine de mon père. C'est l'un de ses terrains de chasse, juste ici. Maintenant, nous devons déterminer *à quelle époque* nous sommes.

Vingt-Six

KYLLEN

Marcher dans les marécages était délicat. La rivière se ramifiait en plusieurs bras qui fusionnaient un peu en aval pour se diviser à nouveau. De plus, de nombreux ruisseaux et étangs parsemaient le terrain. Certains n'étaient pas très profonds et pouvaient être traversés à gué. D'autres demandaient un gros effort pour les franchir.

Kyllen ne connaissait pas très bien cette partie du domaine de son père, mais il avait suffisamment de compétences et de connaissances générales sur la traversée des zones humides à pied pour repérer un chemin praticable sans trop de difficultés. Même avec Amira, quasi aveugle, à ses côtés, il avançait à une bonne cadence.

Amira suivait sans se plaindre, mais il savait qu'elle devait être fatiguée. Ils avaient tous deux besoin de nourriture et de repos.

Il avait choisi d'aller en aval parce que si cette rivière était l'El-grall, comme il le croyait, alors le palais du Haut Seigneur devait se trouver dans cette direction. À l'endroit où la rivière Elgrall se jetait dans la baie de Layahi, qui ne devait pas être très loin.

Il y avait de fortes chances, bien sûr, que personne au palais ne sache qui il était. Il ne s'attendait pas à être accueilli « chez lui » à bras ouverts, mais il espérait y trouver de la nourriture et un abri, au moins pour un petit moment. Il n'avait pas grand-chose à marchander, mais il y avait toujours possibilité de passer un marché.

Le faible son d'une musique flotta sur l'eau.

Il tendit l'oreille.

C'était une flûte. Un instrument à cordes l'accompagnait, peut-être un luth. Les marécages n'étaient pas le meilleur endroit pour une troupe de musiciens désireux de répéter. Sauf s'ils faisaient partie d'un groupe de voyageurs, et jouaient pour le plaisir de quelqu'un d'assez riche pour rémunérer leur talent.

Il se précipita le long de la rivière, en restant caché derrière les arbres.

La mélodie augmentait au fur et à mesure que le groupe de voyageurs se rapprochait.

En jetant un coup d'œil derrière les arbres, il les vit entrer dans la rivière par un large canal latéral. Une flottille entière de planches à pagaie entourait plusieurs bateaux plus grands. Le dernier transportait la carcasse d'un élan de rivière, déjà éviscéré, mais pas dépecé.

Le plus gros bateau était équipé d'un siège drapé de velours vert militaire brodé des armoiries d'Ellohi. L'homme qui y était assis semblait étrangement familier.

Kyllen avait besoin de se rapprocher.

— Amira chérie, tu vas devoir rester ici un instant.

Il la conduisit vers un grand saule au bord de l'eau et l'aida à s'asseoir sur l'une des racines noueuses qui s'arquaient au-dessus du sol humide.

— Qu'est-ce qui se passe, Kyllen ? demanda-t-elle doucement, en s'adaptant à son ton de voix plus bas.

— Je vais devoir discuter avec ce groupe de chasseurs là-bas. Mais je ne veux pas qu'ils te voient. Pas encore. (Pas avant qu'il ne sache exactement qui étaient ces gens.) Reste là aussi silencieuse que possible. Je vais revenir très vite.

— D'accord, répondit-elle en croisant ses mains sur ses genoux, docilement, il l'embrassa sur la joue.

— Je ne serai pas long.

Sans Amira à la traîne, il rattrapa facilement le groupe de chasseurs et les devança, tout en restant invisible à leurs yeux. Il grimpa sur un arbre mort qui avait basculé dans le ruisseau et marcha le long du tronc pour rencontrer la troupe de front.

— Salutations ! cria-t-il en écartant les pieds pour garder l'équilibre et en posant les mains sur ses hanches.

L'ayant repéré, les gardes pagayèrent à reculons, en luttant contre le courant qui les entraînait lentement vers lui. Cela ralentit la flottille. D'un coup de pagaie, un garde debout sur une planche s'avança vers lui. Il portait l'uniforme du palais aux couleurs sauge et or.

— Déclarez votre nom et votre activité, ordonna le soldat.

Kyllen ne reconnut pas cet homme, et il n'allait pas donner son nom à n'importe qui comme un idiot.

— Je suis un voyageur. De retour sur Lorsan après une longue absence. J'aimerais offrir mes services au Haut Seigneur d'Ellohi.

— Votre nom, insista le garde.

Derrière le groupe de gardes sur leurs planches, un mouvement sur le bateau principal causa de l'agitation. L'homme assis sur le siège du Haut Seigneur se leva. Les personnes autour se précipitèrent à ses côtés, en attrapant ses bras pour le soutenir.

— Kyllen, lâcha-t-il, et son nom fusa dans l'air comme un bruissement de feuilles sèches.

Les gardes s'écartèrent avec leurs planches, pour laisser passer le bateau principal.

Kyllen regarda attentivement l'homme qui se tenait debout, soutenu par ses hommes des deux côtés.

Était-ce possible ? Aurait-il la chance non seulement de revenir sur les terres de son père, mais aussi à l'époque où celui-ci était vivant ?

Le bateau se rapprocha.

Le visage du Haut Seigneur affichait des signes évidents de vieillesse. Le motif vert foncé de déshydratation était net et proéminent à la fois sur ses *senties* et ses mains, et s'étendait aussi sur son visage. La sécheresse mortelle du vieillissement s'était installée.

Il affichait les traits de la famille de Kyllen, mais ce n'était pas son père.

— Kyllen. Mon frère ! s'exclama le Haut Seigneur en écartant les bras. Tu es revenu.

— Udren ?

Son petit frère, qui n'avait que seize ans lors de son enlèvement, était maintenant un vieil homme, manifestement déjà au seuil de la mort.

Un homme beaucoup plus jeune aux côtés du Haut Seigneur lança un regard furieux à Kyllen :

— Ton frère ?

Udren balaya sa main entre eux deux :

— Bherlon. Voici Kyllen. Ton oncle.

Son oncle ? Il avait un neveu, maintenant ?

Le Haut Seigneur se retourna vers ses gardes :

— Laissez-le monter à bord.

Avec un autre coup de pagaie, le bateau glissa assez près pour que Kyllen puisse y sauter du tronc d'arbre. Il atterrit juste en face de son frère.

— Tu n'as pas changé d'un iota, dit le vieillard en souriant. Toujours aussi rapide et agile.

— Udren... bredouilla-t-il en dévisageant son frère, à court de mots.

Des siècles entiers étaient passés à Lorsan, et Udren en avait fait les frais. C'était un homme vieux et fragile maintenant. Sa vie entière s'était déroulée durant l'absence de Kyllen.

— Père et mère ? demanda-t-il, sans trop d'espoir.

— Ils sont tous deux morts depuis bien longtemps, répondit Udren.

Il s'attendait à cette réponse. Pourtant, la douleur de leur perte envahit son cœur. Il aimait sincèrement sa mère et respectait son père. Il avait rêvé d'être à la hauteur de leur héritage et espérait les voir fiers de lui un jour. Mais ce jour n'arriverait jamais.

Il devait encore s'estimer heureux d'être arrivé assez tôt pour retrouver quelqu'un de sa famille en vie, quelqu'un qui se souvenait encore de son nom.

L'émotion le submergea, et il tendit la main vers son frère.

— Udren, murmura-t-il, il prit le vieil homme dans ses bras.

— Mon frère. (Les bras frêles l'enveloppèrent en retour.) Bienvenue chez toi.

Lorsque le Haut Seigneur le relâcha, Bherlon, le neveu, lui adressa un bref signe de tête en guise de salut. Udren promena son regard sur le corps de Kyllen, pour apprécier sans doute l'état déplorable de ses vêtements.

— J'ai hâte de savoir où tu étais, mon frère. (Il se tourna ensuite vers sa cour et éleva la voix) : une grande célébration s'impose. Mon frère est revenu de la lointaine contrée des humains.

Kyllen haussa un sourcil :

— Comment savais-tu que j'étais chez les humains ?

Udren revint face à lui :

— J'ai vu les hommes qui t'ont piégé, Kyllen. Ils avaient le crâne rasé, et des tatouages de Ghata sur leurs bras. C'étaient ses moines, les loups-garous qu'elle a convertis en *bracks* pour la servir. Elle s'est échappée de ce monde il y a très longtemps, comme tu le sais, mais ses *bracks* se montrent à Nérifir de temps en temps, pour commercer à son profit. Nous savions où ils t'avaient emmené, mais nous ne pensions plus jamais te revoir. C'est un jour glorieux. (Il fit signe de la main aux gardes.) Allonsy. Faites savoir au palais que le seigneur Kyllen est de retour.

— Attends ! dit Kyllen en l'arrêtant. Je ne suis pas seul.

— Qui est avec vous ? demanda Bherlon en jetant un regard prudent le long de la rive, comme s'il s'attendait à une embuscade.

— Une femme humaine m'a aidé à m'échapper. Elle est venue avec moi.

— Une humaine ? s'exclamèrent Udren et Bherlon en chœur. Udren secoua la tête.

— Mais pourquoi ? Elle ne tiendra pas longtemps ici.

— J'ai l'intention qu'elle *tienne* toute sa vie, c'est-à-dire environ cent ans, dit Kyllen à haute voix pour que tout le monde l'entende.

Il n'allait pas les laisser traiter la vie d'Amira comme quelque chose de moins précieux que celle d'une gorgone.

Udren se tourna vers la berge en plissant les yeux :

— Où est-elle ?

— Je vais aller la chercher, déclara Kyllen en sautant sur la planche du garde le plus proche. Je peux ?

Il prit la pagaie des mains de l'homme, qui semblait quelque peu abasourdi par son audace.

— Laissez-le faire, ordonna Udren d'un signe de la main, puis il se laissa lourdement retomber dans son fauteuil. Je connais mon frère. Si vous ne lui donnez pas la planche, il ira la chercher à la nage. Et il y a des sangsues pourpres dans cette partie de la rivière.

À en juger par le regard qu'il y avait dans les yeux jaune pâle de Bherlon, son neveu ne semblait pas contre l'idée que les sangsues violettes sucent son oncle jusqu'à la moelle. Kyllen nota dans un coin de sa tête de tenir son neveu à l'œil alors qu'il plongeait la pagaie dans le ruisseau. Le garde grimpa dans le bateau du Haut Seigneur, et confia le contrôle de la planche à Kyllen.

Il se plaça en arrière de la planche, souleva l'avant hors de l'eau, puis fit tourner l'ensemble d'un seul coup de rame.

Le Haut Seigneur gloussa depuis le bateau d'un air approbateur :

— Il m'a appris à faire ça il y a bien longtemps.

Avec de longs coups de pagaie, Kyllen maîtrisa facilement le courant paresseux, et revint à l'endroit où se trouvait Amira. Il ralentit, traversa les hautes herbes et accosta avec le bout de la planche sur le sol humide.

— Amira, appela-t-il en appuyant la pagaie contre le fond de la rivière pour stabiliser la planche.

— Kyllen ? répondit sa voix calme, derrière l'arbre où il lui avait dit de l'attendre.

— Viens par là, mon doux petit pois, dit-il sur un ton cajoleur. Il n'y a pas de danger, mais tu dois garder ton bandeau sur les yeux.

Elle tâtonna autour du tronc d'arbre.

— Suis ma voix, dit-il pour la guider. Je suis dans l'eau sur une planche à pagaie. Tu dois passer à travers les hautes herbes. C'est humide ici. Tes chaussures peuvent prendre l'eau. N'aie pas peur.

— Je n'ai pas peur, répondit-elle en gardant ses mains devant elle, et elle s'avança vers lui à petits pas hésitants.

Elle lui faisait confiance, entièrement et aveuglément. Elle ne cessait de l'étonner, avec sa capacité de confiance infinie. La facilité avec laquelle elle pouvait être trompée lui donnait envie de faire le contraire : la protéger à tout prix.

— En voilà une brave fille, murmura-t-il quand le bout de sa chaussure frôla le bord de la planche.

Il aurait pu lui tendre la pagaie pour qu'elle s'y accroche. Mais il ne voulait pas lui faire peur avec cet objet inconnu. À la place, il se déplaça le long de la planche et lui offrit sa main.

Elle la trouva du bout des doigts et s'y accrocha comme à une bouée de sauvetage.

— Te voilà. (Il la guida jusqu'à la planche.) Maintenant, assieds-toi ici. Non, il n'y a pas de chaise. Tu vas devoir te mettre tout en bas et te poser sur tes jolies fesses. Bien. Comme ça. Et ne fais pas de mouvements brusques. Je suis un peu rouillé après tous ces longs mois dans la caisse. Il ne faudrait pas qu'on tombe à la renverse.

— Où allons-nous ? demanda-t-elle en s'asseyant.

— Au palais du Haut Seigneur d'Ellohi. Udren, mon jeune frère, a pris le trône.

Elle haleta doucement, mais ne dit rien de plus.

La planche glissa sur les eaux troubles de la rivière et il rattrapa rapidement la flottille puis il l'aligna avec le bateau du Haut Seigneur.

— Vous êtes tous les deux les bienvenus ici, annonça Udren en jetant un regard curieux sur Amira.

Le garde auquel Kyllen avait confisqué la planche se redressa, prêt à reprendre sa place, mais Kyllen ne bougea pas. Dans le bateau, il serait assis aux pieds de son frère, et devrait lever les yeux vers lui s'ils voulaient parler. Alors que, debout sur la planche, sa tête était plus haute que celle du Haut Seigneur. Il préférait cette position.

En plus, être à nouveau sur l'eau lui faisait du bien. Dans la caisse maudite, il y avait eu des moments où il s'était dit qu'il n'aurait jamais plus l'occasion de le faire.

Amira pencha la tête en arrière et respira profondément. Privée de sa vision, elle semblait laisser ses autres sens la guider dans l'exploration de ce monde nouveau pour elle, en particulier l'odorat.

— Voici mon frère, Amira, dit-il. Udren, le Haut Seigneur d'Ellohi.

Elle se redressa et se tourna pour faire face au bateau.

— Ravie de vous rencontrer, dit-elle gentiment, d'une voix polie, mais prudente.

D'un geste vers elle, il la présenta à voix haute pour que toute la flottille l'entende :

— Voici mon Amira.

C'était une reconnaissance publique. L'utilisation du pronom possessif était un avertissement adressé à tout le monde pour les avertir de rester à distance. Et à en juger par les regards intrigués qu'elle recevait de toutes parts, la mise en garde était bien nécessaire.

— Bienvenue à Ellohi, Amira, dit Udren en inclinant sa tête. J'espère que vous vous plairez ici.

Elle sourit et salua de la tête, d'un geste plein de grâce. Elle se plaça plus près, à l'avant de sa planche, les jambes croisées, et semblait calme. Mais à la façon dont elle gardait son dos parfaitement droit et à la blancheur de la peau de ses articulations lorsqu'elle agrippait le bord de la planche de chaque côté, il pouvait dire qu'elle était nerveuse, hors de son élément, et probablement complètement stressée.

Il aurait aimé pouvoir tirer la planche jusqu'au bord de la rivière, la prendre à nouveau sur ses genoux et la calmer avec des câlins et des baisers. Mais le palais du Haut Seigneur était déjà en vue. Les baisers devaient attendre.

Vingt-Sept

AMIRA

Je n'avais presque pas besoin de *voir* le palais pour savoir où nous étions à notre arrivée. Kyllen m'avait si parfaitement décrit son foyer dans ses histoires que je pouvais parfaitement l'imaginer.

Un arbre gigantesque du marais royal constituait la partie centrale du palais, avec des pièces espacées à intervalles réguliers entre les larges branches. Il était entouré de sept arbres plus petits. Tous étaient reliés entre eux par des ponts suspendus à chaque niveau.

D'épaisses racines plongeaient profondément dans le sol et soulevaient les troncs hors de l'eau de la baie de Layahi. Au milieu de l'arbre central se trouvait la grande cour, où se tenaient toutes les réunions importantes.

Je me demandai s'ils allaient nous y conduire à notre arrivée. Le bruit d'une grande foule s'abattit sur moi comme une couverture étouffante dès notre descente de la planche à pagaie. Il s'amplifia au fur et à mesure que nous grimpions des escaliers et montions des chemins pentus. Craignant de trébucher en chemin, je continuai à m'accrocher au bras de Kyllen.

— Ahhh, dit-il dans une grande expiration à mes côtés. C'est exactement comme je m'en souvenais. (Je ne savais pas s'il faisait référence à l'endroit ou à la foule qui nous entourait. Probablement les deux.) Ça n'a pas beaucoup changé. Combien de temps s'est-il écoulé ? Quatre ? Cinq cents ans ?

C'était donc la période à laquelle nous avions atterri. Ces nombreux siècles auraient entraîné des bouleversements radicaux sur Terre. Mais sur Nérifir, comme l'avait déjà dit Kyllen, la vie s'était écoulée lentement, avec peu de changements apparents entre les générations.

Ses mots se noyèrent dans un océan de voix, un océan qui semblait sur le point de me submerger.

Combien de personnes se trouvaient autour de nous ? Des centaines ? Des milliers ?

Ils nous encerclaient. Je pouvais sentir leurs regards sur ma peau qui frémissait de gêne. Par moments, une phrase surgissait de la cacophonie des bruits et me frappait comme une gifle.

— Une humaine ? Comme c'est curieux...

— Qu'est-ce que le seigneur va faire d'elle ?

— La baiser. Ou l'échanger. Les humains sont rares. Elle pourrait rapporter gros.

— Est-elle un trophée ou une prisonnière ?

— Si c'est une prisonnière, pourquoi ne l'a-t-il pas tout simplement exécutée ?

— Ce serait une miséricorde. Elle ne tiendra pas longtemps, de toute façon...

Leurs remarques ne me faisaient pas peur. Je savais que Kyllen ne me ferait jamais de mal. Mais la foule invisible, qui discutait oisivement de mon exécution, me semblait bien plus menaçante. Je serrai plus fort la manche de Kyllen et me collai contre lui.

Davantage de voix s'élevèrent tout autour de moi. Ils parlaient maintenant de Kyllen.

— Le seigneur va-t-il réclamer sa place, à votre avis ?

— Eh bien, c'est le fils aîné. C'est son droit de naissance.

— Mais Udren est notre Haut Seigneur depuis des siècles. Il n'a enfreint aucune règle en prenant la place de son père.

— Le dîner est servi ! annonça quelqu'un par-dessus le bruit de la foule.

— Tu as faim ? chuchota Kyllen à mon oreille.

— Non, répondis-je rapidement.

J'avais perdu le peu d'appétit qui me restait.

M'asseoir à une table avec tous ces gens, avec l'impression que leurs regards transperçaient mon bandeau... Je ne pouvais pas y arriver, alors que j'étais épuisée par le manque de sommeil et la longue marche à travers les marécages de Lorsan. J'étais dépassée par ce nouveau monde, qui s'était abattu sur moi si soudainement et si... intensément.

— Monseigneur, dit Kyllen d'une voix forte. Veuillez nous accorder quelques minutes pour nous changer. Nous ne voulons pas déshonorer votre aimable compagnie avec notre allure délabrée.

— Ne t'attarde pas trop, mon frère, demanda Udren. Nous sommes tous impatients de découvrir tes aventures au pays des humains.

Alors que Kyllen me conduisait à l'écart, quelqu'un nous rattrapa :

— Je vais vous montrer vos chambres.

— Je sais comment rejoindre *mes* chambres, rétorqua Kyllen.

L'homme toussota et poursuivit avec hésitation :

— Eh bien, Lord Bherlon occupe actuellement vos anciens appartements, monseigneur, et les appartements adjacents sont pris par sa femme, Lady Igaed.

— Bien sûr qu'ils sont pris, dit Kyllen, qui n'avait pas l'air surpris. Par mon *neveu*, ajouta-t-il d'un air entendu.

Ce ne devait pas être facile pour lui de réintégrer sa vie au palais. Les choses avaient suivi leur cours, sans lui, durant si longtemps.

— Nous avons d'autres belles chambres à vous proposer pour vous, et votre... hum, amie humaine, suggéra l'homme.

— Allons donc, répliqua Kyllen froidement. Eh bien, montrez-nous le chemin, mon brave homme.

Le valet nous mena vers une pièce qu'il disait être pour moi. Il voulut ensuite emmener Kyllen, quelques étages plus haut, mais ce dernier refusa.

— Trouvez-m'en une juste là, à côté d'elle, demanda-t-il. Je vais l'aider à s'installer pendant que vous la préparez.

Aussitôt seuls tous les deux, dans ma nouvelle chambre, je me tournai vers Kyllen :

— Je ne veux pas aller dîner. S'il te plaît. Pas même après nous être changés. Je ne peux pas...

Il me caressa le bras :

— Je m'en doutais. C'est trop pour toi, n'est-ce pas ?

— Oui, soufflai-je, soulagée qu'il ait compris.

— Moi, je dois y aller. C'est important que j'y assiste, dit-il d'un air plutôt sombre.

Je lui pressai la main :

— Je sais. C'est bon. Je vais attendre ici.

— Je t'enverrai de quoi manger.

Je secouai la tête :

— Pas la peine. Je suis tellement fatiguée que je vais sûrement m'endormir avant que ça n'arrive.

Combien de temps s'était écoulé depuis ma dernière nuit de sommeil ? Ou mon dernier repas ? Le temps passé dans la Rivière des Brumes comptait-il ? Ou restait-il suspendu ?

Je savais seulement que j'étais trop fatiguée pour manger.

— Laisse-moi t'aider à te familiariser un peu avec cet endroit avant de partir, dit Kyllen en me prenant par le bras.

En me promenant lentement dans la pièce, il posait ma main sur chaque objet et m'expliquait son utilité.

— Une table et deux chaises. Je vais les rapprocher les unes des autres pour que tu aies plus d'espace et moins de risques de trébucher dessus. La fenêtre. Ne t'en approche pas. Elle est assez grande pour passer au travers, il y a juste quelques branches en guise de balustrade. L'eau est suffisamment profonde pour survivre à la chute, mais l'impact risque d'être violent, nous sommes assez haut. La baignoire. Elle est toujours pleine à Lorsan.

Je détectai un sourire dans sa voix. C'était un clin d'œil évident à celle qu'il avait trouvé vide dans la chambre d'hôtel de Londres.

Puis j'entendis un filet d'eau juste à mes côtés.

— C'est une chute d'eau ? demandai-je.

— Tout à fait. Touche-la.

Il saisit mon poignet et tendit ma main vers l'eau.

Un flux tiède coula agréablement sur mes doigts.

— On peut la boire et se baigner dedans. Les articles de bain sont ici, sur le rebord à droite. (Il ouvrit ensuite une autre porte.) Les toilettes. C'est assez petit.

Le bruit d'une autre chute d'eau jaillit de l'intérieur de la petite pièce.

— Les eaux usées sont-elles rejetées directement dans la baie ?

— Bien sûr que non, répondit-il d'une voix empreinte de dégoût. Elles sont d'abord traitées et désinfectées.

— Comment ?

— Je ne sais pas trop. (Il ferma la porte, et le bruit de la cascade disparut derrière.) Je n'ai jamais eu envie d'étudier les détails du traitement des eaux, mais si tu veux absolument le savoir...

— Non, le stoppai-je. Vraiment pas ce soir.

— OK. Et voici ton petit nid.

Il m'emmena de l'autre côté de la cascade avec la piscine.

— Mon nid ?

— Le lit, expliqua-t-il. Vous appelez ça « le lit ». Les loups-garous disent souvent « la tanière » ou « le repaire », selon la région de Sarnala dont ils sont originaires. Et les gargouilles l'appellent parfois « le perchoir ». Mais c'est la même chose, à quelques différences près : c'est l'endroit où l'on dort. C'est ici, derrière le paravent.

D'une main sur le mur de bois poli, je le suivis jusqu'à un renfoncement dans le mur. Un écran de tissu soyeux tendu sur un cadre en bois cachait un matelas moelleux qui semblait posé à même le sol.

— Le nid est rond, pas carré comme vos lits, poursuivit Kyllen tout en continuant à me servir d'yeux et en décrivant les choses que je ne pouvais pas voir. Ce n'est pas surélevé, mais c'est si épais que tu ne sentiras jamais le sol.

Je me penchai pour le toucher. Le matelas faisait environ un mètre d'épaisseur. Un gros bourrelet moelleux entourait le bord, ce qui lui donnait l'apparence d'un nid.

On frappa à la porte. L'homme qui nous avait amenés jusqu'ici était de retour pour annoncer que la chambre de Kyllen était maintenant prête.

— Elle est sur la même branche que celle-là. J'ai envoyé une femme de chambre chercher une robe pour... hum...

Il ne savait pas comment me désigner.

— Amira, dit Kyllen. *Dame* Amira pour vous.

— Je ne suis pas une dame, marmonnai-je tout bas.

— Tu l'es dorénavant. (Il me tira vers lui.) C'est plus facile comme ça. Ils doivent savoir où te situer. (Il s'adressa ensuite de nouveau à l'homme.) La robe ne sera pas nécessaire ce soir. Lady Amira ne viendra pas dîner. Elle souhaite se reposer.

— Comme vous le souhaitez, ma dame, dit l'homme. Vos vêtements de soirée sont dans votre chambre, monseigneur.

— Je ferais mieux d'y aller, mon doux petit pois, dit Kyllen en déposant un baiser sur mon front.

Mon cœur se brisa au moment de le laisser partir, mais je forçai mes doigts à se détacher de sa main. Il n'était pas là pour faire du baby-sitting. Sa vie entière venait d'être bouleversée, et il devait y mettre de l'ordre.

— Fais de beaux rêves, me souhaita-t-il avant de partir.

Quelques instants plus tard, quelqu'un frappa de nouveau à ma porte.

— Oui ! lançai-je en me redressant, espérant contre toute attente que Kyllen était revenu et qu'il passerait avec moi ma première nuit dans ce nouveau monde.

La porte s'ouvrit.

— Ma dame, dit une voix féminine à la place de celle de Kyllen. Mon nom est Geltar. J'ai été envoyée pour vous aider à vous préparer pour la nuit.

— M'aider ? Mais comment ?

Et pourquoi ? Qu'est-ce que j'étais censée faire pour m'endormir ? À part m'allonger et fermer les yeux ? Et ce n'était pas nécessaire non plus, réalisai-je avec un sourire. Mes yeux étaient déjà recouverts par le bandeau.

— Euh... eh bien, balbutia la pauvre fille d'un air déconfit. Je vais devoir brosser et tresser vos cheveux, enlever vos vêtements et vous mettre votre chemise de nuit.

Craignait-elle que je ne puisse pas effectuer tout cela toute seule ?

— Oh. Merci. Mais je peux le faire moi-même.

Je n'étais pas handicapée, même avec un bandeau sur les yeux.

— Mais... hésita-t-elle.

Sa gêne me peina.

— Y a-t-il un problème ?

— Une dame a besoin d'une femme de chambre pour se préparer à dormir, dit-elle doucement, mais avec conviction.

Je compris alors le propos de Kyllen et le fait que les gens devaient savoir où me placer. Il semblait y avoir une hiérarchie à la cour du Haut Seigneur. Chaque position était assortie de règles, de droits, d'obligations et de privilèges. Une dame avait apparemment besoin de sa femme de chambre, et comme Kyllen leur avait annoncé que j'étais une dame...

— Et si vous veniez plutôt m'aider à m'habiller dans la matinée ? Je suis trop fatiguée pour qu'on... hum, qu'on *m'aide* pour le moment. Est-ce que ça irait ? proposai-je d'une voix aussi douce que possible.

La dernière chose que je voulais était d'offenser quelqu'un alors que je venais juste d'arriver ici. Il m'était impossible de juger avec précision les réactions des gens sans voir leur visage.

— Ah, très bien. Comme vous voulez. Je vais laisser la chemise de nuit ici, alors, sur le rebord du paravent.

— Merci, Geltar.

Elle sortit en refermant la porte derrière elle. Je m'approchai alors de la porte et l'inspectai du bout des doigts, à la recherche d'un verrou. Comme je n'en trouvai pas un, je calai une chaise contre et je notai dans un coin de ma tête qu'il fallait demander demain à Kyllen de régler cela. Il m'avait bien dit de ne faire confiance à personne.

J'essayai un instant de dormir avec mes vêtements, comme je le faisais habituellement. Mais ils étaient encore humides de notre baignade dans la rivière. Le long pantalon et le pull étaient également trop chauds pour le climat doux et humide de Lorsan. J'avais vraiment besoin de les enlever.

Avec les bras tendus devant moi, je trouvai le paravent et la chemise de nuit que Geltar avait laissée pour moi. Le tissu semblait fin comme du papier et léger, comme une toile d'araignée entre mes doigts. J'ôtai rapidement mes vêtements mouillés, y compris le soutien-gorge et la culotte, et j'enfilai la longue chemise de nuit sans manches. Le vêtement léger et vaporeux était doux contre ma peau.

Je me rendis ensuite aux toilettes, puis je me lavai le visage et me brossai les dents dans la cascade centrale de la chambre.

Tout cela aurait été beaucoup plus facile pour moi sans le bandeau. J'avais même songé un moment à l'enlever. Il n'y avait personne d'autre dans la pièce. Je pouvais au moins jeter un coup d'œil par en dessous pour avoir une idée de ce qui m'entourait.

Mais c'était là où était le problème, n'est-ce pas ? J'essaierais toujours de jeter un coup d'œil furtif à chaque fois que je penserais en avoir l'occasion. Mais que se passerait-il si je n'étais pas seule ? Et si, comme l'avait dit Kyllen, quelqu'un me regardait par la fenêtre ou entrait à l'improviste ?

Je mourrais, et il n'y aurait pas de seconde chance.

Si je ne pouvais regarder personne, le mieux était de m'entraîner à ne plus le faire du tout. Peut-être était-il mieux de ne pas savoir ce que je ratais ? De plus, il y avait assez de nouvelles odeurs et textures, de nouveaux sons, à assimiler pour l'instant.

Épuisée, je me traînai jusqu'au « nid » et y grimpai. Il était incroyablement confortable, doux et chaud avec des draps frais et soyeux. Au début, je m'allongeai dessus de tout mon long. Mais sans mon écharpe et vêtue seulement d'une fine chemise de nuit, je me sentis trop exposée et désagréablement nue.

Je soulevai le drap du dessus et me glissai dedans.

Kyllen avait découpé mon bandeau dans un morceau de sa chemise, et il sentait encore son odeur. Son parfum réconfortant de mousse et de pluie m'enveloppa tandis que je m'endormais.

Vingt-Huit

AMIRA

Le bruit des pieds de la chaise qui raclaient le sol me réveilla en sursaut.

Il faisait sombre. Aucune lumière ne filtrait à travers mon bandeau. Le grincement de la chaise fut suivi de jurons prononcés d'une voix étouffée, mais familière.

— Kyllen ? lançai-je en me redressant.

— Ferme les yeux, Amira.

— Ils sont fermés, répondis-je, et mon cœur ralentit après la course folle que ce réveil soudain lui avait fait subir.

Il monta dans mon « nid ». Il posa ses mains de chaque côté de ma tête et trouva le bandeau.

— Brave fille, murmura-t-il. C'est toi qui as mis cette chaise, là ?

— Oui, il n'y a pas de verrou.

— Intelligente, dit-il en embrassant le bout de mon nez.

— Qu'est-ce qui se passe, Kyllen ? Pourquoi es-tu venu me voir ?

— Oh. C'est une très bonne question. (Il tira sur le drap du dessus et se glissa en dessous avec moi.) Tu vois, après le dîner, je suis allé dans ma chambre. J'ai pris un bain, je me suis déshabillé. Puis je me suis allongé dans mon nid, puis je me suis demandé : « Par le Jardin des Maudits, qu'est-ce que je fais là ? Seul ? Alors que ma petite humaine est juste à côté, et qu'il n'y a pas de chaînes ou de caisses pour me séparer d'elle ? » Alors je me suis levé, j'ai renvoyé le garde que j'avais placé à ta porte, et je suis venu ici. (Il se rapprocha et se déplaça un peu, pour se mettre à l'aise.) Et je suis heureux de l'avoir fait. Il semble qu'ils t'ont donné un nid plus confortable que le mien. Je me sens beaucoup mieux ici.

Je souris :

— J'aime bien t'avoir à mes côtés.

— Ça tombe bien, ma chère, car je pense que je vais rester là dorénavant.

Cela ne me dérangeait pas du tout et je me penchai sur la chaleur désormais familière de son corps.

— Comment s'est passé le dîner ?

Il prit un moment avant de répondre :

— Intéressant.

— Raconte-moi.

— Non, dit-il. Je dois d'abord y *réfléchir*, avant de pouvoir en *parler*.

Il devait être dépassé lui aussi, sans doute moins que moi, mais il n'était sûrement pas facile de changer de siècle aussi rapidement.

— Tu dois être fatigué.

Il avait moins dormi que moi. Depuis notre réveil, ce matin-là, dans l'hôtel londonien, il n'avait même pas fait de sieste.

— Je suis tout bonnement exténué, reconnut-il.

— Allons dormir, alors. (Je me blottis contre son torse, avant de me retirer juste après.) Oh, tu es nu. Il n'y avait pas d'épaisse couette entre nous cette fois.

— Et alors ? C'est ainsi que je dors tout le temps. (Il effleura ma hanche de sa main.) Toi, par contre... (Il se leva sur son coude.) Par le pouvoir du Grand Serpent... Amira, mais qu'est-ce que tu portes ?

Il arracha le drap. Je roulai alors sur le dos pour l'attraper, mais il était trop tard. Il m'avait déjà découverte jusqu'aux genoux.

Je n'avais aucune idée de l'épaisseur du tissu de ma chemise de nuit. À en juger par son silence tendu, elle n'était sans doute pas très couvrante. Et la nuit ne devait pas être aussi noire qu'elle me le semblait avec le bandeau sur les yeux. Il avait vu... quelque chose.

— Que tous les dieux me secourent... gémit-il. C'est quoi ce vêtement ? Il est *à peine* visible et te *dénude* si délicieusement.

— Une femme de chambre l'a apporté. (Je renonçai à chercher le drap et utilisai mes bras et mes mains pour essayer de me couvrir.) Elle a dit que c'était une chemise de nuit.

— Grand Serpent, bénis la femme de chambre, déclara-t-il avant de se pencher et d'embrasser la main que j'avais placée sur mon sein gauche.

Étonnamment, être ainsi exposée devant lui ne me mettait pas mal à l'aise et je ne me sentais pas honteuse. Au contraire, la déférence dans sa voix et la révérence dans ses gestes me procuraient un sentiment de toute-puissance.

— Oh, laisse-moi te toucher, Amira. S'il te plaît. J'ai besoin de ça ce soir.

Il embrassa ma clavicule, puis mon cou et remonta jusqu'à mes lèvres. Ses *senties* tremblaient autour de ma tête et de mes épaules, leur contact était tendre, comme un frôlement de pétales de rose sur ma peau.

Un pic de chaleur torride jaillit au plus profond de mon ventre, dans un élan de désir et de tentation.

— Kyllen... soufflai-je contre ses lèvres alors qu'il couvrait ma bouche de baisers légers et affectueux.

— Oui ? Ma douce, ma tendre amie, siffla-t-il doucement, en déplaçant ses hanches plus près des miennes.

L'une de ses *senties* frôla ma clavicule et glissa entre mes seins. L'autre poussa sa tête en forme de diamant sous ma main, sur mon sein. Dès que je lâchai ma main, la *sentie* se glissa plus bas, sous ma chemise. La langue fine et fluide tourna autour de mon mamelon, puis la petite bouche se referma sur le bourgeon durci. Ses mordillements fermes et minuscules firent vibrer mon corps de plaisir. La chaleur picota entre mes jambes.

— Qu'est-ce que c'est ? (Je posai enfin la question qui était sans réponse depuis des années.) Qu'est-ce qui m'arrive ? Quelles sont donc ces choses que je ressens ?

— Oh, mon amour, dit Kyllen, qui entoura ma tête de ses mains et enfonça ses doigts dans mes cheveux. C'est le plaisir, Amira. Appelle ça du « sexe » ou « faire l'amour », c'est une bonne chose, tant que ça fait du bien. (Il m'embrassa à nouveau, puis retira ma main droite de mon autre sein. Il le saisit à travers ma chemise, et frotta le mamelon avec son pouce.) Est-ce que ça te plaît, ma chérie ?

La pointe de mon sein frémit, se contracta. Des ondulations de chaleur se répandirent plus bas, ce qui me rendit nerveuse. Je sentais qu'il me fallait... quelque chose.

— Oui, Kyllen, murmurai-je, en gémissant et cambrant le dos, c'est tellement bon.

— Quelle bonne fille tu es, dit-il, il fit glisser la chemise de mon épaule, pour dévoiler ma poitrine.

Sa voix familière m'apaisait. Ses caresses excitaient tous les nerfs de mon corps. Ses *senties* allaient et venaient sur mon cou tandis qu'il palpait mon sein et pinçait la pointe entre ses doigts.

— Oh, mon Dieu, Kyllen, oui, lâchai-je en inspirant une bouffée d'air et en m'abandonnant aux vagues de plaisir qui parcouraient tout mon corps.

— Laisse-moi te faire du bien ce soir... (Sa voix flottait sur moi, musicale et envoûtante, tandis que ses mains remontaient la jupe de ma chemise de nuit. Il fit courir ses doigts à l'intérieur de ma cuisse, provoquant ainsi une nouvelle vague de frissons.) C'est là que tu me veux, n'est-ce pas ?

Il appuya sur quelque chose juste entre mes cuisses et mes jambes tremblèrent, le plaisir me parcourut comme un feu d'artifice.

— Oh ! fut tout ce que je pus dire, submergée par toutes ces sensations et brûlant d'impatience d'en avoir encore plus.

— Laisse-moi te donner ce que tu veux, ma chérie, dit-il en frottant légèrement puis en faisant tourner le bout de son doigt en rond.

Je gémis, en soulevant mes hanches :

— Encore... Oh, s'il te plaît, Kyllen, encore un peu...

Il se pencha sur moi et me murmura à l'oreille :

— Tu aimes ça ? (Il appuya plus fort et me frotta plus rapidement.) Qu'est-ce que tu ressens ?

Je n'avais pas de mots pour décrire cette sensation. Et même si j'en avais eu, je n'aurais pas pu les dire. Les mots m'avaient abandonnée. Mon être tout entier semblait se réduire au bout du doigt de Kyllen et à l'endroit où il le pressait contre moi.

— Est-ce que tu as l'impression de ne plus pouvoir en supporter davantage ? demanda-t-il pour moi, dans un murmure chaud et pressant tandis qu'il bougeait sa main de plus en plus vite. Comme si tu allais exploser en morceaux si je continuais ? Pourtant, tu préférerais mourir plutôt que de m'arrêter ?

Je gémis quelque chose d'incompréhensible en guise de réponse et me tordis les hanches sous sa main. Je fis rouler ma tête sur l'oreiller, et il attrapa ma bouche dans un baiser. Ses *senties* jouaient avec mes seins, et s'enroulaient autour. Deux petites bouches se refermèrent sur mes deux tétons, pour les mordiller et les frotter.

Des décharges aiguës de plaisir déferlèrent depuis ma poitrine jusqu'au bas de mon ventre. Elles se contractèrent et se rassemblèrent juste sous le doigt de Kyllen.

— Laisse tout exploser, ma douce, murmura-t-il. Laisse-toi aller.

Et c'est ce que je fis.

Je ne pouvais plus me retenir. Je me laissai emporter. Des vannes s'ouvrirent quelque part en moi et une véritable béatitude m'envahit. Sans retenue.

Le désir inconnu qui avait germé en moi depuis des années s'était enfin matérialisé. C'était ce dont j'avais envie. Cet instant, qui avait fait voler en éclats mon corps et mon esprit, où je m'étais effondrée, et je me fichais éperdument de savoir si je pourrais à nouveau être entière.

— Comme ça, oui, dit Kyllen, qui me faisait vivre tout ça.

Il ralentit, puis retira son doigt. À la place, il me prit entre les jambes avec sa main. La légère pression qu'il exerçait me fit frissonner un peu plus, chaque fois plus lentement que la précédente, jusqu'à ce que mes muscles se calment. À l'intérieur de moi, quelque chose frémissait encore légèrement, comme les répliques d'un tremblement de terre de plaisir.

— Quoi... haletai-je, en luttant pour reprendre mon souffle et retrouver mes mots. Qu'est-ce que c'était ?

— Orgasme, gloussa Kyllen en me caressant le visage. C'était ton premier ?

— Tu sais bien que oui.

Il se leva au-dessus de moi :

— Je sais qu'aucun homme ne t'a jamais touchée. Mais est-ce que tu ne l'as jamais fait toi-même ?

— Je...

Que pouvais-je répondre à ça ?

Que je n'avais jamais eu de temps pour moi ? Que j'avais vécu dans un état d'alerte constant, m'attendant à ce que quelqu'un me crie dessus à tout moment ? Bien que je me sois sentie seule toute ma vie, je n'avais jamais été tranquille. Je n'avais aucune intimité. Je ne m'étais jamais sentie suffisamment en sécurité ou détendue pour explorer mon corps sans la menace d'une intrusion ou d'une interruption, voire d'une punition.

Je lâchai un soupir, puis dis quelque chose qui, d'une certaine manière, résumait tout ce qui précédait.

— Je n'ai jamais eu de nid rien qu'à moi.

Je le dis d'une voix basse en m'attendant à ce que Kyllen s'en moque. Il riait toujours si facilement, même lorsqu'il avait été un prisonnier enfermé dans une caisse. Mais il ne rit pas cette fois-ci. À la place, il me berça doucement contre son torse.

Quelque chose de dur, long, et dont la forme ressemblait beaucoup à celle du concombre que je lui avais jeté une fois, se pressait contre moi. Je fis un mouvement pour me pencher en arrière et l'explorer.

Mais il continua à me serrer contre lui, sans me lâcher :

— Chuuut. Dors maintenant.

— Mais...

— Tu es fatiguée. Ne t'inquiète pas pour ça. Ça peut attendre. Nous aurons beaucoup de temps ensemble.

Oh, comme je souhaitais que cela soit vrai. Et peut-être que ça l'était ?

Madame n'était pas là pour me menacer, moi ou les personnes que j'aimais. Il n'y avait aucune raison d'avoir peur. Je me détendis contre son torse.

Une poignée de *senties* caressèrent ma joue, puis se posèrent paisiblement sur mon cou.

Je ne m'étais jamais sentie à ma place dans le monde que j'avais quitté. Je n'étais pas sûre non plus que Lorsan m'accepterait un jour non plus.

Mais ici, dans les bras de Kyllen, j'étais plus à l'aise que jamais auparavant. J'avais enfin l'impression d'être à ma place.

La Conquête du Serpent

PARTIE 2

CHAPITRE 1 : AMIRA

Lady Igaed piqua son aiguille dans la broderie sur laquelle elle travaillait. Sa toile était tellement tendue que je pouvais entendre chaque point qu'elle faisait.

— Lord Kyllen rentre-t-il au palais ce soir ? demanda-t-elle en enchaînant les points dans une série ininterrompue de petits coups.

À l'évocation du nom de Kyllen, mon cœur bondit et se dérégla complètement. C'était le quatrième jour depuis son départ, mais cela semblait être une éternité.

— Oui, répondis-je en serrant la tasse de thé dans mes mains. Il a dit qu'il rentrerait ce soir.

Je n'avais pas grand-chose à faire au palais à part manger et dormir. Et avec le bandeau sur les yeux, je ne pouvais même pas me joindre aux travaux manuels de lady Igaed afin de passer le temps jusqu'au retour de Kyllen. J'avais accepté de lui rendre visite ce matin parce que la solitude de ma chambre m'avait rappelé mes moments d'isolement derrière une caisse dans les tentes de Madame.

— A-t-il dit où il se rendait ? demanda Igaed pour la deuxième fois depuis que nous nous étions retrouvées après le petit déjeuner.

Nous étions assises dans une espèce de patio. Le palais du Haut Seigneur était conçu de telle sorte que les espaces de vie se mêlaient harmonieusement à l'extérieur. Les chambres étaient taillées dans les branches épaisses des grands arbres royaux, et agrémentées de murs et de cloisons là où cela était nécessaire. Les salles et les espaces communs étaient souvent à ciel ouvert, protégés uniquement par la canopée luxuriante qui les surplombait.

Une brise caressa mon visage. Les lumières filtraient à travers mon bandeau dans un motif toujours changeant, les rayons du soleil devaient sûrement être en train de jouer entre les feuilles au-dessus de nous. Geltar, qui avait été désignée comme ma femme de chambre, m'avait fait part de l'invitation de la lady à la rejoindre dans son salon. Et nous étions là, dans la brise et le soleil, sous la voûte végétale. Ce n'était pas une « pièce » comme j'en avais l'habitude.

— Non. Kyllen ne m'a pas dit où il allait, répondis-je en gardant la tête basse.

Je ne m'attendais pas à ce qu'il me laisse seule si tôt, à peine un jour après notre arrivée à Lorsan. Avant de partir, il m'avait embrassée et serrée dans ses bras, une étreinte qui me semblait encore trop courte. Ensuite, il avait glissé quelque chose sur mon annulaire.

— Cela te protégera durant mon absence.

— Qu'est-ce que c'est ? demandai-je en palpant l'objet avec précaution.

C'était une bague sertie d'une pierre percée d'un trou. Il avait l'habitude de la porter à son petit doigt.

— C'est une pierre de sorcière. La magie circule à travers et crée un passage. Juste ici. (Il prit ma main et pressa un de mes doigts sur le canal lisse du trou.) Ça te protégera des maléfices ou de ce qu'ils pourraient mettre dans ta nourriture.

« *Ne fais confiance à personne* ». Ses paroles résonnaient encore dans ma tête.

Tout en tenant la tasse de thé, les doigts croisés, je suivis les bords lisses du trou dans la pierre. C'était chaud et, d'une certaine manière, réconfortant.

— Mmm, dit Igaed en continuant à piquer énergiquement la toile avec son aiguille. Lord Kyllen est plutôt secret, n'est-ce pas ?

Elle avait touché un point sensible. Kyllen était parti sans me dire où il se rendait et cela me dérangeait. Je lui faisais aveuglément confiance, mais il avait choisi de me cacher des choses.

Mes pensées se précipitèrent vers le jour de son départ. Nous avions pris le petit déjeuner ensemble. Il avait voulu savoir quels œufs je préférais, ceux de poisson ou de grenouille marinés. Il avait commandé les deux pour que je les goûte. Je lui avais dit que je préférais toujours les œufs de poule, ce qui l'avait fait rire.

Oh, mon Dieu, combien ce rire me manquait ! Le désir de le revoir transperça ma poitrine si fort qu'il me fit mal. Je serrai mes doigts autour de la tasse de thé, tâchant de ne pas m'effondrer devant lady Igaed.

Je fis en sorte que ma voix ne tremble pas :

— Je suis sûre qu'il a ses raisons.

— Vraiment ? répondit-elle. Je ne vois pas ce que ça pourrait être. Nous sommes tous sa famille ici. Nous lui avons souhaité la bienvenue. Le Haut Seigneur avait prévu une grande fête pour marquer son retour. Et il est parti...

Elle laissa la fin de sa phrase en suspens, comme si elle m'invitait à m'expliquer.

Mais que pouvais-je dire d'autre sinon que Kyllen n'avait pas parlé de ses projets de voyage parce qu'il ne voulait pas que quelqu'un le sache ? Peut-être n'avait-il pas confiance en sa famille, tout comme il n'avait manifestement pas entièrement confiance en moi.

Quand je lui avais demandé sa destination, il m'avait demandé d'attendre. L'attente me minait encore plus que mon impossibilité de voir le monde autour de moi.

— Les hommes, souffla Igaed, et je l'imaginais en train de

secouer la tête. Il est préférable pour une femme de ne jamais dépendre d'un homme.

C'était une remarque surprenante de la part de la femme mariée à lord Bherlon, le fils du Haut Seigneur d'Ellohi, et qui était censée gouverner ces terres aux côtés de son mari un jour.

— Est-ce que lord Bherlon et vous êtes unis par le lien d'attachement ? lâchai-je.

Elle gloussa :

— Oh non, ma chérie. Trouver le compagnon idéal est si rare qu'on peut passer toute sa vie à le chercher et à l'attendre en vain. Cela n'en vaut pas la peine. Ce lien est absent de la majorité des unions entre fae. Et franchement, c'est plus facile comme ça.

— Plus facile ? Comment ça ?

— Ce type de lien nécessite une forte implication émotionnelle. Au point où, si l'un des compagnons meurt, l'autre suivra rapidement. C'est triste, vraiment. (Elle poussa un soupir.) Alors qu'un mariage pratique et arrangé permet à une femme de conserver davantage sa personnalité, son cœur, son âme, voire son corps dans certains cas.

J'essayai de ne pas paraître naïve, mais je ne pus résister à la curiosité.

— Le sexe n'est-il pas obligatoire dans un mariage ?

Elle gloussa doucement.

— Pas nécessairement. Une union diplomatique ne requiert que votre esprit et votre porte-monnaie, ou tout statut et propriété que chaque partenaire apporte à l'union. Mon père, Haut Seigneur de Stevali, a transféré une grande partie de ses meilleurs terrains de chasse à Ellohi dans le cadre de notre accord de mariage. Le Seigneur Udren a conclu une alliance avec lui en retour.

— Oh... dis-je en buvant une gorgée de mon thé maintenant tiède.

J'avais tellement de choses à apprendre sur ce nouveau mode de vie. Maintenant que j'avais plus de temps libre, je rêvais de trouver des livres sur le sujet. Mais avec le bandeau sur les yeux, il m'aurait été impossible de lire de toute façon.

— Mais *vous* n'avez pas à vous soucier de tout cela, ma chère, souligna-t-elle. Les humains ne peuvent pas se marier avec un fae, ou tisser le lien avec eux. Du moins, je n'ai jamais entendu dire que cela pouvait arriver.

Son ton dédaigneux me transperça comme son aiguille à travers la toile dans le cadre.

— Que deviennent-ils alors ? demandai-je avec appréhension.

— Votre espèce est rare sur Nérifir. Je n'ai jamais entendu dire que l'un d'entre vous était venu à Lorsan, et ce, pour des raisons évidentes. (Elle faisait clairement référence à la nécessité de mon bandeau.) Les légendes des autres royaumes de Nérifir disent que les humains font de très bons amants. Ils sont aussi très féconds. Votre taux de natalité est beaucoup plus élevé que celui des fae, malgré votre durée de vie plus courte ou, peut-être, justement en raison de celle-ci. De plus, un enfant né d'un humain restera toujours un fae. C'est un avantage pour un amant, surtout s'il n'a pas d'héritier légitime.

Je posai ma tasse sur une table voisine. Si je tentais de prendre une autre gorgée, je risquais fort de m'étouffer avec. Il y avait aussi un réel danger qu'elle tombe, car mes mains tremblaient. Je les serrai, en détestant l'idée que lady Igaed pouvait sûrement voir la détresse que ses propos provoquaient en moi. Je n'avais jamais été douée pour cacher mes émotions.

— Il n'y a pas lieu de s'inquiéter, ma chérie, me cajola-t-elle. Tant que tu seras jeune et jolie, tu pourras toujours trouver un seigneur n'importe où dans Nérifir pour prendre soin de toi.

Je ne savais pas si ses paroles étaient destinées à me consoler, mais elles ne faisaient rien de tel. J'étais venue à Nérifir pour être libre. Pas pour devenir la maîtresse de quelqu'un ou... une poule pondeuse.

Le corsage serré de la robe dans laquelle Geltar m'avait enveloppée ce matin-là me parut encore plus étroit. Je courbai la tête, mais il n'y avait pas de foulard dans lequel me cacher. La robe n'avait même pas de col, ce qui laissait mon cou et mes épaules à découvert. J'avais l'impression que toute mon âme était exposée, elle aussi, nue et vulnérable.

Quelqu'un marcha sur la terrasse où nous étions assises.

— Oh, bonjour, chéri, murmura Igaed à la personne. Vous êtes debout.

Au ton intime de sa voix, je supposai que le nouveau venu était son mari.

— Je vous cherchais, répondit-il, et je compris que ce n'était pas lord Bherlon.

La voix appartenait à un autre homme, et je ne savais pas exactement qui c'était.

Ses paroles furent suivies du bruit d'un baiser et d'un gloussement de la dame. Un autre baiser, puis le bruissement des vêtements et le grincement de sa chaise.

Pensaient-ils que mon bandeau m'empêcherait de voir ce qu'ils faisaient ? Ou est-ce qu'ils s'en fichaient tout simplement ?

— Tu dois partir mon cœur. Je suis en train de discuter avec lady Amira. Ne le vois-tu pas ?

— Bonjour, lady Amira, déclara l'homme en adoptant un ton légèrement plus formel. Pardonnez-moi de vous avoir interrompues.

Je hochai la tête dans sa direction, ne sachant pas quoi répondre. Aucun des deux n'avait pris la peine de nous présenter. Je ne connaissais pas son nom.

Ses pas s'évanouirent au loin, marquant son départ.

— C'est l'un des gardes personnels du Haut Seigneur, expliqua Igaed, alors que je n'avais pas demandé d'explication. C'est aussi l'un de mes amants.

— Et lord Bherlon...

— Il le sait, bien sûr, continua-t-elle. Mais il s'en moque. Lord Bherlon a un grand nombre de courtisans, hommes et femmes, pour lui tenir compagnie dans son nid, lui aussi. Comme je vous l'ai dit, un mariage de haute naissance est une union politique avant tout. En dehors des visites programmées de mon mari dans mon nid, dans l'espoir de concevoir un jour un héritier, je suis libre de décider à qui je veux accorder mes faveurs. Mon cœur reste à moi. (Elle avait dû se pencher vers moi, car sa voix semblait plus proche.) Si vous êtes une femme intelligente, lady Amira, ne donnez jamais votre cœur à qui que ce soit. Sans terre, sans nom, sans titre, c'est votre bien le plus précieux, votre *seul* bien. Préservez-le. (Elle se redressa et sa voix s'éleva.) C'est le meilleur moyen d'éviter un chagrin d'amour. De plus, un seul homme ne pourra jamais donner à une femme tout ce qu'elle désire, même s'il essayait. Alors, pourquoi se contenter d'un seul ?

Je ne savais pas du tout comment répondre à cette question. Attendait-elle toutefois une réponse ?

Probablement pas, car elle poursuivit :

— Bref, quand Kyllen se lassera de vous...

— Ça n'arrivera pas, la stoppai-je, ne voulant pas entendre la fin de cette phrase. Il m'a promis que...

Elle ricana :

— Les fae ne font pas de promesses s'ils peuvent l'éviter, ma chère. Parfois, on pourrait croire que nous le faisons, mais les mots peuvent être facilement déformés.

— Kyllen ne va rien déformer du tout, arguai-je. Il s'est engagé de manière claire et nette. Il a fait un serment.

C'est ainsi que j'avais compris ses paroles, dans cette chambre d'hôtel à Londres, un serment.

— Qu'est-ce qu'il vous a dit exactement ? demanda-t-elle avec désinvolture.

En fait, elle semblait faire un grand effort pour paraître désintéressée.

Je n'avais aucune idée de la façon dont lady Igaed pourrait tirer profit des mots exacts qu'avait utilisés Kyllen ou si cela pouvait lui nuire. Mais son avertissement de ne faire confiance à personne me revint en tête.

— Je pense que ce serait mieux de le lui demander, répondis-je fermement. C'est *sa* promesse après tout. C'est à lui de la révéler.

« *Ou pas* », ajoutai-je pour moi-même.

Quand je regagnai finalement ma chambre, ses paroles continuèrent à me hanter.

Je fermai le nouveau verrou que Kyllen avait installé sur ma porte avant de partir. Puis je fis les cent pas dans la pièce, perdue dans mes pensées.

Il avait été si facile de me laisser aller à la tendresse de Kyllen quand il me prenait dans ses bras. Si facile de garder les yeux fermés — au sens propre comme au figuré — sur le monde qui m'entourait, d'ignorer la vie de la cour et les personnes qui s'y trouvaient.

Ne pas y prêter attention me coûtait finalement. Cet endroit était censé être ma nouvelle maison. Je devais trouver ma place dans la vie de la cour.

Mais comment voulais-je exactement m'intégrer ? Quelle serait ma position idéale ?

Je l'ignorais aussi.

Je voulais être avec Kyllen, mais était-ce réaliste ? Nous n'avions pas parlé de mariage. Je n'y avais jamais pensé jusqu'à ma conversation avec Igaed. Le mariage en lui-même ne m'intéressait pas vraiment. Tant que Kyllen et moi étions ensemble, peu m'importait de savoir comment les choses se passaient.

Mais cela avait de l'importance pour les autres. À Lorsan, le statut déterminait tout.

Si je ne pouvais pas être la compagne de Kyllen ou sa femme, comment me sentirais-je s'il décidait un jour de se marier ? L'idée de le savoir en couple ne me convenait pas. Même s'il ne s'agissait que de « visites programmées » dans un but de procréation entre lui et sa future épouse, je ne pouvais pas imaginer le partager avec une autre.

En revanche, je comprenais que je n'avais pas le droit d'exiger quoi que ce soit de lui. Il ne m'avait fait aucune promesse à part celle de prendre soin de moi. Et peut-être que cela devait être suffisant. Mais ça ne l'était pas. J'en voulais davantage. Je voulais l'avoir dans mon nid chaque nuit, seulement tous les deux.

Mais qu'est-ce que je représentais pour lui ?

Kyllen aimait s'amuser et vivre des émotions fortes. Il prenait plaisir à découvrir de nouvelles choses. Il m'avait découverte dans un autre monde et avait décidé de me garder pour lui, comme un enfant le ferait avec un nouveau jouet tout beau tout neuf.

Possessif comme il était, il ne laissait personne toucher son joujou préféré. Mais cela ne signifiait pas qu'il n'aurait pas d'autres amours pour s'amuser avec. Rien ne l'empêchait d'offrir son affection à autant de personnes qu'il le souhaitait. Surtout que ceci était la norme à la cour de son frère.

Peut-être que lady Igaed avait raison lorsqu'elle me conseillait de ne pas donner mon cœur à n'importe qui. Cependant, je craignais que son conseil n'arrivât un peu trop tard.

* * *

Disponible maintenant.

Pour en savoir plus sur Marina Simcoe

Le Monde de la Rivière des Brumes

Feu Dans la Pierre

Les Cœurs en Feu

La Caresse du Serpent

La Conquête du Serpent

La Ménagerie des Curiosités de Madame Tan

L'appel de l'Eau

Folie de la Lune

Le Pouvoir de la Rage

ROMANS D'AMOUR de SCIENCE-FICTION

Un Alien pour les fêtes

Mon Mariage avec Krampus

Mon Minuscule Géant

Mon Escapade D'Anniversaire

À propos de l'auteur

Marina Simcoe aime écrire des histoires d'amour avec des personnages, qui peuvent être humains ou non, car elle croit fermement que notre monde contemporain a toujours besoin d'un peu de fantaisie.

Elle s'amuse beaucoup à explorer comment ses personnages fantastiques, dotés de leurs propres croyances, valeurs et aspirations, s'adaptent à notre vie de tous les jours.

Elle vit au Canada avec son grincheux de brute bien à elle, leurs trois jeunes enfants et un chat, qui est assurément unique en son genre.

Pour être tenir informé de ses prochains livres, veuillez consulter la page de Marina Simcoe sur Facebook ou le site de l'auteure.

https://www.marinasimcoe.com/français

facebook.com/MarinaSimcoeAuthor

instagram.com/marinasimcoeauthor

patreon.com/MarinaSimcoe

bsky.app/profile/marinasimcoe.bsky.social

bookbub.com/profile/marina-simcoe

pinterest.com/marinasimcoe

www.ingramcontent.com/pod-product-compliance
Lightning Source LLC
Chambersburg PA
CBHW020746310726
48969CB00002B/446